中国最狠 的 商人

他是中国历史上身份最为独特的商人

他的出现动摇了大明帝国的海禁政策

他死前的一句话让明朝东南大乱十年

李靖岩◎著

江苏人民出版社

图书在版编目（CIP）数据

中国最狠的商人/李靖岩 著. —南京：江苏人民出版社，
2012.2
ISBN 978-7-214-07530-7

Ⅰ.①中… Ⅱ.①李… Ⅲ.①长篇历史小说—中国—当代
Ⅳ.① I247.5

中国版本图书馆CIP数据核字（2011）第205233号

书　　　名	中国最狠的商人
著　　　者	李靖岩
责 任 编 辑	刘　焱
出 版 发 行	凤凰出版传媒集团
	凤凰出版传媒股份有限公司
	江苏人民出版社
集 团 地 址	南京市湖南路1号A楼，邮编：210009
集 团 网 址	http://www.ppm.cn
出版社地址	南京市湖南路1号A楼，邮编：210009
出版社网址	http://www.book-wind.com
经　　　销	江苏省新华发行集团有限公司
印　　　刷	北京市兆成印刷有限责任公司
开　　　本	700毫米×1000毫米　1/16
印　　　张	13.5
字　　　数	173千
版　　　次	2012年2月第1版　2012年2月第1次印刷
标 准 书 号	ISBN 978-7-214-07530-7
定　　　价	28.00 元

（江苏人民出版社图书凡印装错误可向承印厂调换）

　　这本书的主人公王直是一个历史上富有争议的人物。他活动的历史时期，是明朝嘉靖年间，距今已近五百年。然而在如此之长的时间里，围绕着他的争议始终不能停止。对于王直，至今没有一个明确的历史评价。在一些比较传统的说法里，王直是汉奸，是海盗，是勾结倭寇横行中华的民族罪人。然而在一些明史学者和王直歙县的乡里眼中，这个评价大有商榷余地。近年来借王直墓的落成这一契机，这个问题又被重新捧到风口浪尖之上。然而众相议论一场喧嚣之后，这个问题仍然没有尘埃落定。

　　王直为何如此富有争议，他的问题又为何如此复杂？这是因为他的一生，有两个极其有特色的特征：其一是历史时代特征，其二是地域人文特征。

　　先说历史时代特征，王直身处的大明王朝是一个非常复杂的王朝。在这个朝代里，中国曾经是世界上最强大的国家，它的富强和兴盛令世界为之侧目。同样在这个时代里，人类的工业文明开始崛起，大航海时代和机械工业令西方诸强国星辰般冉冉升起。这个时代于中国是哲学与政治联系最紧密的时代，儒家理学学派的衍生与发展几乎横亘整个王朝，而理学与心学间的分歧与争斗也成为明朝中后期尤其嘉靖朝之后的主线。这个时代于中国又是最矛盾的时代，儒学作为天子圣贤之学在明朝达到了势力膨胀的极限，同时也在大时代当中经受着有史以来最为尖锐的历史考验。这个朝代之中有着最典型的智慧、聪明、经略、权变、仁心仁术，也有着最典型的黑暗、暴虐，荒淫、颠顸和离心离德。这是一个最富有争议的朝代。这个朝代之中围绕着权力分配，经济体制解构和社会发展发生过许多具有历史意义的变革。而这些变革是如此深重的影响着身在其中的人们的人生轨迹。上至天子王侯、下至黎民百姓概莫能外。作为其中的一分子，在历史上留下过自己痕迹的人，王直在所难免的具备这个时代所天生赋予的一切特征。这个时代的复杂也就造成了他个人性格的复杂。

再说地域人文特征。王直是安徽歙县人。安徽在明朝，意义非常。明太祖朱元璋是安徽凤阳人，安徽也就是龙兴之地。然而这个龙兴之地在明朝却并没有得到如何优厚的待遇。"说凤阳，道凤阳，凤阳是个好地方。自从出了朱皇帝，十年倒有九年荒。"四百多年之后，这首小调仍然妇孺皆知。所以在生存的巨大压力之下，安徽人艰难地作出了自己的选择。总的来说，在以儒学为指导思想的明代，所推崇的生存方式是农业。但徽人则前仆后继地在农业之外开辟出极有地方特色的商业，也即徽商。并且从此把持着中国商业的命脉历数百年。王朝更替而徽商之势不衰，其传承直至清末。所以作为同期徽人中的佼佼者，王直的本质更多的也是一位商人而非政治家，更非枭雄、海盗乃至汉奸。在王直一生中的各种举措当中，追求商业利润是他的根本目的，并且始终未曾动摇。他的起身，发迹，成就一时霸业乃至最终覆灭，都和他这个商人逐利的本质紧紧相连，不可分割。

所以我们看到的王直，其实并不是一个人。在他个人波谲云诡的一生之中，所凝聚的其实是一整部晚明史和一整部徽商史。这既是他人生争议的背景，也是他极具传奇色彩和魅力的原因所在。

我们试图在这本书中将王直的这两个重要特征一一加以反映。这也就决定了这本书中的王直，也即我们看到的王直比诸以往的版本必将有所不同。我们引入宏观的历史性角度来重新审视和评价王直的一生，本诸历史而不拘于历史，并且希望这种尝试是有益的。

目 录
contents

的朱纨被诬下狱，在狱中他深感海事之艰难，将希望寄托在了那个人——胡宗宪身上，自己最终含恨而死。

由于萧显的逃离，藏身之地暴露，王直等人不得不离开烈港再度漂泊海上，寻找新的安身之地。而王直最终将目标锁定处在战国时代的日本。他和众人一起在平户暂住，而意外发生了。王直的船队被萧显袭击了。而此时的萧显背后有着更强大的靠山——海盗陈思盼。

王直的结拜兄弟徐惟学得知船队被袭，怒不可遏。于是他私自向平户的大名松浦家借兵，意图打垮萧显和陈思盼报仇。双方在东南沿海鏖战数日。徐惟学胜利在望之时，狡猾的陈思盼却早已与官军联手。伏击之下，徐惟学惨败，死于萧显刀下。

结义兄弟的死让王直悲痛万分，为了报仇他与叶宗满精心设计了一套进攻陈思盼巢穴横港的方案。他派大将徐海混进横港，在陈思盼寿辰那天杀他个措手不及。而且此次王直也联合了官军，准备以其人之道还治其人之身，一场大战即将开始。

官军的到来，让陈思盼大为恼火，他派萧显出兵迎战。而自以为是的萧显却遇到了当世的名将俞大猷。就在双方激战正酣之时，潜伏横港的徐海发动突袭，陈思盼身首异处。被俞大猷击败的萧显留下绝命之言后则被徐海所杀，横港覆灭。但王直的麻烦远未结束。

众人护送王直逃走后，陈东失踪，徐海失手被擒。而取得王江泾大捷的张经被严嵩的党羽赵文华参倒，赵文华意图杀掉徐海及其党羽。此时唯一知道徐海帮助官军的罗龙文突然投靠严嵩，形势急转直下，胡宗宪被迫处死徐海，东南沿海又陷入重重迷雾之中。

王江泾大战之后，胡宗宪由于赵文华的提拔得以掌控浙江。此时，他派出使者决意与王直议和，希望王直能归顺朝廷，为朝廷所用。在双方斡旋下，二人终于在一个无名之岛上会面，长谈之后，二人握手言和，王直的海盗生涯似乎就要结束了。

嘉靖三十六年（1557年），王直将义子王璈留在岑港，自己率众抵达杭州，准备接受"招安"。谁知回到京城的赵文华与严嵩父子密议，预备除掉王直。他们派王本固来浙江将胡宗宪全盘计划破坏。此时嘉靖皇帝也下诏处死王直，胡宗宪无奈之下最终将王直诱捕处斩。

第 1 章　惨败双屿岛

船队在海上停住了。

水面上有雾,影影绰绰,看不到远处。船队的首领王直走出舱来,他的部下们簇拥着他。王直手里拿着一支葡萄牙出产的"千里镜",但在浓雾之中,也无法看清更远的地方。

他忽然感到一丝不安。

这是大明嘉靖二十七年(1548 年)一个普通夏日的清晨。尽管这时王直还没有意识到,他的人生将面临命运的拐点,还将做出最终的选择。他的生死祸福乃至身后声名都将在这一天彻底改变。他环视着他的部下,这些大多有着南方沿海渔民身份又历经漫长海上航程的人是大明嘉靖年间来自民间最优秀的水手。他们的身材瘦小而精悍,雾气在他们黝黑的皮肤上凝成水珠。他们紧张不安地回望着王直。对他们而言,王直不只是这支船队的首脑,也是他们的"总哨",是可以一手掌握他们生死祸福的人物。

"听清楚了,是官兵?"

"回总哨的话,绝对没错。是浙江水师的'飞鱼船'!他们的橹声和其他船都不一样。"

回答的人相貌特异,眼睛、耳朵都极大,目中有异光。这是海船队上不可或缺的人物——"猫眼"。他们平时视自己的眼睛和耳朵如珍宝,眼睛可以在常人伸手不见五指的黑暗中视物,耳朵可以捕捉到纤芥之物掉落的响动。在大雾之中,他就是船队的眼睛和耳朵。

王直沉吟着。

飞鱼船在浙江水师之中是一支游兵。飞鱼船的历史可以上溯到北宋中叶,当时关押天下重犯的沙门岛孤悬海外,环岛守卫的就是飞鱼船队。这种船形状狭长。每只船里最多只能坐三个人，然而航行在海上极其迅速灵活。它们飞快而安静地逼近对手，像狼群里精锐的前锋。飞鱼船队出现在这里，那就说明浙江水师的主力已经离此不远了。

"双屿出事了。"王直缓慢而平静地说。这句话立即在船队里引起了轻微的骚动。他的左膀右臂，以智谋闻名于海上的叶宗满赞同地点了点头。而另一个猛将徐惟学则瞪着眼睛，刷的一声将腰刀半抽出鞘。

"怎么？朱纨敢对大朝奉动手？"

"他早就想动手了。"叶宗满道，"自从朱纨署理了浙江巡抚、提督闽浙海防军务，他就无一日不想剿灭我们这些化外之民。他是什么脾气，你又不是不知道。不过朝廷里像朱子纯这样的人也不多。老话说文官不爱钱，武官不怕死，天下便可大治。他既不爱钱，也不怕死。"徐惟学默然。他粗鲁然而却不笨，也不健忘。

朱纨和他们三人的过节可以一直追溯到二十多年前。那时候他们是主官和治下的关系，从那时至今他们的关系屡遭更变。徐惟学当然知道朱纨是一个怎样的人。他不用闭起眼睛就能轻易想起朱纨的容貌：一个固执而有风骨的书生。这个书生以进士起身，从县令一直做到一方督抚，统管提调数万水师。他或许不是这个帝国最有能力、最有胆识的官员，但绝不缺少对朝廷近乎理想化的忠诚。

"那……那咱们怎么办？"结巴了半晌，徐惟学总算艰难地问出一句。这句话叶宗满不会问，因为王直也难以回答。

"大朝奉可能不行了。"王直说。

船员们都默默地接受了这个判断。被称为大朝奉的人是双屿岛的实际统治者许栋，嘉靖年间的海上霸主。他和王直是同一个地方——南直隶徽州府歙县人。徽州千百年来人才辈出，经商风气兴盛。许栋并没有做过当铺老板，但他的属下们还是遵从他家乡的习惯称他做大朝奉。十余年来，许栋顶着海禁令的压力在双屿开辟出一个船港，以作为大明民间与东瀛、西洋各国贸易的中转。这种贸易为大明律例所严禁，然而为浙闽沿海百姓乃至世家大族所倾心拥护。所以十余年来他们始终处于半公半私、半明半暗的状态，虽不合律例，但水师也并不认真追剿。双方维持着一种微妙的平衡。但这种平衡如今在大明水师的威压下顷刻间被破坏，再也无法修补。

"杀过去，接应大朝奉！"徐惟学不假思索地说道。他们的船队刚刚从外洋贸易归来。每只船上除了满载货品和银两之外，还有一门来自红毛国的船尾炮。

但叶宗满反对，他说："飞蛾扑火，无济于事，飞鱼船队虽不是我们的对手，但我们也不是浙江水师的对手！况且大雾弥漫，敌我之势不明，贸然突进，送死何益？"

"那你说怎么办？"

"全队进入战备状态。保持距离，控制航速，绕双屿岛迂回，随时准备策应岛内的大朝奉，或者撤退。"王直即刻下令。

船队立即忙碌起来。水手们在大雾中互相吆喝着，各就各位。凶猛剽悍的人拔出刀剑，灵巧轻捷的人窜上桅杆。船队在大雾中安静地向前推进。

回到舱里，关上房门。王直的神色才有些松动。

"怎么办？老叶。当局者迷，我想听听你的意思。"

"大哥。"叶宗满用结义的排行来称呼他。王、叶、徐三人从小结义，已经二十年，关起门来，无话不说。"形势很明显，朱纨那人的行事风格，要么不做，做便做绝。大朝奉完了，浙闽不会再容一个双屿岛，朝廷也不会再容一个双屿岛。巧的是，大哥刚好没有卷进去。这一趟我们赚得不少，退一步海阔天空，船队靠岸，大家分了它，隐姓埋名，可以做一世富家翁。"

"进一步呢？"

"进一步，就是公然与朝廷为敌了！"叶宗满道，"双屿之前虽也不为国法所容，中间总还隔了一张纸。看在闽浙诸省各位老爷的面上，彼此也不为难。现在这张纸破了。再进一步，我们就是朝廷钦犯！"

"嘉靖二年禁海，守着几千里海滩，片板不能入海，什么世道！"徐惟学不忿，"老子不过是弄几条船做生意。咱们愿意卖，人家愿意买。怎么了？这都不许，干脆捉起来砍了算了。老子不在乎当这个钦犯！"

"老三！"叶宗满喝止他，"听大哥的。"

王直沉吟着，缓缓地在狭窄舱中走动。他的身体随着船的颠簸上下起伏。这是他人生中最艰难的一个选择。而他意识到这个选择将改变无数人的命运。

在此之前，这个群体是灰色的。既不被朝廷所认可，却也不为民间所摒弃。不出海的时候，王直的船员们会三三两两回到家里，成为附近渔村中的焦点人物。人们请他们坐首座，喝着自家酿制的劣酒，围坐在火边吃着烤鱼。听他们生动地讲述这一行的收获和海上无数珍奇诡异的见闻。他们黝黑的皮肤和结实的肌肉在火光中熠熠生辉。十里八村的年轻小伙子们用羡慕的眼光打量着他们，并且在心中暗自下定决心，将来要和他们一样。但当王直做出这个选择之后，这些人可能将永远告别这些熟悉的场景。他们将成为朝廷钦点缉拿的要犯。捕快和皂隶三天两头就会下来追查、喝骂、拿走一切看得上眼的东西。他们会从此风餐露宿漂泊海上。即使是睡觉的时候，枕头底下都得枕着一把刀，他们要随时为了保护自己的生命和财产与朝廷的水师血战。在某个月夜风高的日子他们也许会悄然回到家乡，轻轻地叩开门，给流着泪的妻儿留下有限的银两后，再度消失在黎明前的夜色之中。

王直的手停在半空中，落不下去。

叶宗满期待地望着他。

徐惟学愤懑地望着他。

然后一种久违的感觉突然涌上他的心田，王直怔住了。长期漂泊海上因而强行压住的那些情感和回忆在霎那之间卷土重来。他想起少年离乡之后的许多事，直到他的脚步停在双屿。他在双屿投入了十余年的时光，由天真少年而娶妻生子；从海船上最不起眼的水手做到双屿岛可以独立统领船队的"总哨"。他的一生都和这个地方纠缠在一起，再也无法分离，包括他所率领的大大小小船上的水手们。而此刻，这个地方正在覆灭。有些人可能已经死去了，有些人可能还在浴血奋战！

他为自己曾经想到扬帆离去而感到耻辱。

他的手重重落下来。

"干！"他说，"就算与朝廷作对！"

徐惟学热烈地低呼一声，叶宗满也松了一口气，虽然他的本意其实是主和的。但一旦王直做了决断，他就会立即站到王直的角度上替他考虑全局，出谋划策。

"这或许是我们的机会！"叶宗满说。

一个时辰之后，大雾散了。

　　远远近近的海面渐渐浮现出来。攀在高高桅杆上的水手们可以望到远处黑烟弥漫的双屿。若干年前，许栋和李光头这两个要犯从监狱里逃了出来，扬帆出海，在双屿建立起他们的基业，接引远近客商。此后双屿就成为朝廷三大贸易港口之外，大明海域上最繁华的地方。鼎盛时期的双屿拥大小船只千艘，港口中停泊船只的桅杆密密麻麻像丛林一样。双屿的客商中甚至还有从遥远的红毛国来的。闽浙沿海大大小小的士绅们，多少会跟双屿港有点联系。他们通过可靠的中间人将当地的特产送往双屿，收获可观的利润。这些士绅很多都具有朝廷命官的背景或身份，因此他们会动用所有的力量来干扰浙江巡抚和闽浙水师提督的决策，直到对各方态度无所顾忌的朱纨出现。就此，双屿覆灭了！

　　然而这场战斗也是朱纨所指挥乃至所经历的战斗中最为惨烈的。之前，朱纨买通了内奸——双屿岛每天进出的海船如云，管理不可能至严至密，这样的内奸很容易收买。他们报知朱纨，双屿岛内实力相当强盛的王直船队恰好去外洋贸易，不在岛内。于是朱纨决定各个击破。闽浙水师在一场难得的大雾中冒着触礁危险向双屿突进，在对方猝不及防下展开猛烈攻势。双屿岛因为这场大雾，警戒格外松弛，水师的炮火横扫港湾的时候，许多水手还在陆地上。那时水师的战斗阵形已经布置完毕，双屿港内纵有零星几艘船只展开反击，也被立即压制下去。双屿千只桅杆之中，绝大多数并不是战船，所以立即一败涂地。

　　但水师继续向陆上突进，企图扫平海盗巢穴的时候，却吃了大亏！双屿岛的海盗抵抗异常猛烈，不畏生死。而且岛上还布置着一支令许栋和王直在后世饱受唾骂的精锐部队——倭军。这些倭人来自千里海波之外的倭国，人数不过二三百，然而极其勇猛。每人佩两把倭刀，一长一短，有些人身上甚至带有三四把。倭国国内正经历着数十年的战乱，诸侯争霸，征战杀伐，所以他们出海之前都是白刃厮杀的好手。而倭刀的锋锐也远胜明朝一般军器。他们的长刀在黯淡无光的夜里像闪电一般来去纵横。闽浙水师的水勇论训练和器械都不及这些倭人，只能靠人海战术。天明时分，水师几乎占领了双屿岛的全部外围地带，封锁了要道，然而少数人仍然凭依着岛上的天妃宫顽强抵抗。天妃宫内供奉着海民们信仰的海神，建筑异常坚固。他们占有地利，而且极其勇悍。水师倘使继续硬攻，不但耗时，而且必然伤亡惨重。所以他们在岛上四处放起火，准备班师收兵。就在这时，负责外围警戒的"飞鱼船"也向水师的旗舰上禀告了发现大量舰船的消息。

"王直回来了！"朱纨对他手下的将领都指挥佥事卢镗说。朱纨作为实际上的主帅，对这一带海上的势力格外清楚，他不顾劝阻亲临战阵。而卢镗对王直等人的势力更是心里有数。

"王直本不足畏！"他说，"要是早到几个时辰，他也难逃覆灭之虞。但现在我们船虽够，人手却少。官兵折损太多，许多船上都不满足额。这样是打不了仗的。此消彼长，他就成了我们的劲敌！大帅，俗话说除恶务尽，属下请大帅吩咐。"

朱纨点了点头。

与内心的刚直截然不同，朱纨的外表显得很随和。说话的语调也并不严肃，待人接物，只要不触及他的原则，也很从容。他当然听得懂卢镗的意思，他也知道王直船队在此刻赶到的意义。他和王直相识已久，虽然极少会面，却很清楚王直那个人。"就让一让吧。"他说，"毕其功于一役，固然是一大快事。但余贼甚多，一概赶剿，恐怕他们逃遁乡野，反倒横生事端。留王直一个机会，以为他日再战之余地。"

"是。谨遵大帅训令！"

朱纨之所以做出"让一让"的决定，是因为他抓住了双屿岛的一号人物——许栋，而且此刻他就被关押在自己的旗舰上。

之前，双屿岛一共有两个大头领，就是许栋和李光头。许栋与王直同乡，都是南直隶徽州府歙县人。但他年纪比王直大得多，离乡也久，所以在朱纨主政歙县短暂的时间里，两人并没有见过面。而李光头是福建人。他们是在福建监牢里建立患难之交的。一起越狱之后就逃向海外，逐渐在双屿岛上建立起了基业。起初论年纪论地利，都是李光头居长。双屿岛兴旺之后，许栋的一个哥哥许松，两个弟弟许楠许梓都上了岛。随着许家势力大增，两人的关系发生了微妙的变化，开始面和心不和了。最终许栋坐上了双屿第一把交椅，而李光头渐渐失势。直到数月前李光头率领几十名手下乘船出海，一去不复返，人莫知其所终。

许栋由此成为岛上唯一的大头领。他为人既霸道又精明，原本绝不至于失手被擒。但闽浙水师进袭的前一天晚上他正好喝了酒，那是为了招待倭人首领而举办的盛大筵席。许栋在许氏四兄弟里酒量最大，但已经喝得大醉，另外三个则早已不省人事。因此当水师船队长驱直入双屿港时，许栋便成了在场唯一可以发号施令的人。他倒握着长长的倭刀踉跄走出厅堂，一眼就看到花费十余年光景辛苦打造的双屿岛成了一片火海。他的属下们抱头鼠窜四下奔逃，这令许栋气不打一处来。他亲自率领几十名亲信冲下山去，打算打个样子出来给手下们看看。这一招足以激励士气的妙计是他听说书先生讲楚霸王兵败乌江的故事听来的。但大醉的许栋没有意识到，即使项羽勇猛无敌，那一仗也是他人生的最后一仗。许栋领着亲信们猛虎一样冲下来，四处砍杀，一时纵横无敌，不过这也只是昙花一现。而后在一阵排枪之下许栋的手下溃不成军。许栋小腿和胳臂上也各中了一枪，倭刀远远地扔在了沙滩上。几个明军士兵跳过来将他按住时，还不知道这个衣着华丽而勇悍的醉汉就是双屿岛的头号罪酋许栋。以至当终于有人认出他，而向朱纨和卢镗禀告时，朱、卢两人都难以置信。

所以朱纨对这场战斗的实际情况心里有数。表面上水师长驱直入，纵横无敌，但有极其罕见的大雾掩护，实际上已方占了偷袭之利。而敌酋多醉酒，根本没有组织起有效的抵抗。即便如此，水师在海战中占据的绝对优势也被陆地激战的巨大损耗所大大抵消了。

大明王朝的军队体制与以往诸朝均不相同，为了防止意外兵变，明朝庞大的军队在训练和指挥两个方面是脱节的。帝国的将领临时接到敕命和符令才有权力指挥某所某卫的士兵。而在和平年代士兵们是几乎不受管辖的。专业的士兵群体称为"军户"，每一代父子相承。所以这些年龄、体质、训练程度均参差不齐的士兵一旦组织起来，其战斗力可想而知。明朝当时真正勇猛善战的部队大多来自半官方性质的地方私募。比如涿州虎头枪手、沧州铁棍手，苗疆的狼兵，以及出身于三大名刹——五台山、少林寺和伏牛山，武艺熟娴的僧兵！当朝廷急需用兵之时，兵部会火速发出调令，将这些来自帝国四面八方的精兵集中到一起。但朱纨对双屿的突袭事前唯恐泄密，并没有向上征求六部的意见，自然也就不可能得到这些精兵的配合。卢镗虽是福建名将，但他手下的亲兵数量有限。这些紧急集中起来的卫所士兵自然不是那些常年手不离刀、杀人如麻的海寇们的对手。

而王直在双屿诸般势力里，向来有能战之名。

当水师实力已虚时，善战的王直船队出现在战场上，这对水师是大为不利的。所以即使是朱纨也立即选择了最妥善的对策，那就是暂时避让。至少在出战之前他预期的两个目的：捣毁双屿港和擒杀敌酋许栋，此时都完成了。

于是，朱纨沉着地命令卢镗，指挥水师全军上船，形成战斗队形，缓缓地向外开去。而这时大雾已散，海面上相隔数里之外，已经影影绰绰可见王直的船队。一面面画着巨大"王"字的旗帜在舰船上飞舞！

朱纨不禁皱了皱眉头。

"糟了，是大朝奉！"透过千里镜观望着，叶宗满失声说。他看见对面旗舰上几个明军士兵推攘着被绳捆索绑的许栋上了船。与此同时王直也在通过千里镜观察着对面的船队。他脸色阴沉，双唇紧紧抿着。

"大朝奉没有死。可是比死更糟！"叶宗满说道，"大哥，怎么办？"

"朱大人厉害啊！"王直长叹。

"大朝奉是朝廷要犯，一定活不成了。"叶宗满暗示道。

"我懂你的意思。但是不行！至少，我做不到。"王直痛苦地说。他和叶宗满都已经判断出朱纨推出许栋的目的和含义。明军的水师已经别无良策了，倘若王直悍然进犯，朱纨就会先砍了许栋，那么许栋就相当于死在了王直手上。

而无论朱纨还是王直自己都相信，这种事绝对不会发生。

王直沉默半晌，缓缓摇了摇头。

徐惟学瓮声瓮气地大喊："降旗！落帆！"

这道命令立即由旗语和哨声传遍整个船队。标有"王"字标志的大旗一面面被降下，每张桅杆上的帆也落了一半，这使得整个船队的速度都缓了下来。而在海战之中，减缓速度就等同于自缚手脚。

然而两支船队仍然缓缓地互相逼近，直到彼此隐约可辨面目。朱纨负手站在舰桥之上。锦衣斑斓。卢镗板着脸按剑肃立在他身后。而在他们前边的甲板上，水兵们奋力抓着许栋。许栋的酒已经醒了，他认出不远处王直的船队，也立即明白了自己此刻的处境。他激烈地挣扎着，企图投水自尽。他相信朱纨一旦失去了挟制，王直一定会也一定有能力为他报仇。但他终于还是筋疲力尽，无力地瘫倒在甲板上，身上还有将近十只手紧紧抓着他。

两支船队几乎是迎面驶来。随着距离的不断拉近，两边的士兵们都紧张起来。水师舰船上大炮的炮衣已经全部去除，弓箭手也纷纷就位。他们拉起一张又一张的硬弓，箭镞在阳光下闪着慑人的寒光。王直也严阵以待，论炮和弓箭手的数量，他们很难占据上风，但是一个个勇猛的水手已经攀上帆索。他们赤裸着上身，嘴里都衔着明晃晃的快刀。一旦战斗打响，他们就会从帆索上如猿猴一般灵活的跳过来，挥刀大肆砍杀，直到战死！

面对一触即发的战事，连叶宗满手里也多了一张弓。他的弓箭瞄准的目标，只有王直心里有数。王直用手按住长弓。

"算了。不能那么做。"

"大哥，你想好，这是最后的机会！"叶宗满说。

"我意已决。"

于是，在即将进入海战有效范围的最后瞬间，王直的船队偏转了方向。他们从朱纨水师船队的侧翼划过，距离最近的时候彼此船上都能看清对方的样貌。弓手和炮手的手指都凝固在半空，哪怕一个意外的攻击都可能引发前所未有的激烈战斗。但最终双方都保持了难得的克制。王直的船队绕向后方，而朱纨水师已经径直脱离了王直船队的攻击范围。他们的舰船在海上不久就远去成为一个个黑点，同时带走了双屿的首领许栋。

这时，王直的船队才渐渐靠近双屿。

叶宗满把王直和徐惟学的衣角轻轻一扯，二人会意，一起走到船舱里，关上了门。叶宗满四处望望，确信没人，这才低声说："大哥，老三。有几件事，现在就得预备了。"

"哦，老叶，你的意思是？"

"岛上群龙无首。"叶宗满道，"国不可一日无君，我说这可能是大哥的机会。咱们得赶快派可靠的人回歙县，把嫂夫人接过来。"

这里有一段渊源。王直的夫人，便是许栋的堂房侄女。许栋膝下无子，这个侄女实际上是当女儿养的，自幼娇宠非凡，英明决断，颇有豪气。嫁给王直之前，岛上人人让她三分。数年前身怀有孕，经不起海上风浪，这才回歙县老家安养，顺便侍奉王直老母。王直自然明白叶宗满的意思，他不禁沉吟。叶宗满却道："大哥，俗话说，天予不取，反受其咎。你要明白，你占这个位子，是替大朝奉占的！"

"嗯！"王直不住点头。这句话倒真是切中要害。

"他日如果大朝奉安然脱险，重回双屿，自然还是大朝奉统领全局。如其不然，与其别人坐这个位子，不如我们自己坐。这是为了大家的好处。"叶宗满继续说道。

这一次连徐惟学也不禁深表赞同。

"老二说得对。大哥，这种时候，不能退让。嫂夫人那里，我亲自走一趟！"

"你又来了。"叶宗满责备，"这里怎么少得了你？"

"那我也有手下。"徐惟学说。

三兄弟之中，徐惟学最为憨勇莽撞。但他提出的这个人却得到了王直的叶宗满的双双赞同。这就是他的从侄徐海，号明山。他原本在杭州虎跑寺做和尚，新近才加入王直麾下。这个人的性格和他叔叔完全不同，胆大心细、精明干练、冷静多智，可以担负大事，加入的时间虽然不长，却很受三兄弟的青睐。所以徐惟学提出这个人，王直和叶宗满都表示再合适不过了。

"那顺便去我家一趟，把我的家小也带来。"叶宗满补充道。他和王直同乡，家里比邻而居。这重意思，是怕徐海与王直的夫人许大小姐在路上孤男寡女。这份体贴之意，王直自然明白。

于是王、叶各自修书一封。徐惟学叫来徐海，当面叮嘱一番。徐海一边听，一边问，将可能碰到的困难都提了一遍，做到心中有数。之后，他便叫了两个随从，带齐银两，连双屿岛也不上，驾条小船径直往中原而去。

那边徐海刚走，这边王直的船队进港，却又大费了一番周折。双屿本来有极宽阔的天然港湾，但朱纨指挥水师突袭成功，千只桅杆中的大多数都被击沉在港里，王直的船队因此开不进去，只能找岸边相对平坦的地方，放下舢板分别上岸。这时双屿岛上的火光还没有安全熄灭，整个岛上都弥漫着焦臭的味道。

王直一行人直上天妃宫。

天妃宫里也有人出来接应。是许栋的两个兄弟许楠和许梓。

"三叔、四叔。我回来晚了。"王直对许家兄弟都很敬重。

"不怪你，不怪你。"许楠也一脸愧疚，"是我们防范不周，没想到官军这等狡猾，攻了个迅雷不及掩耳。要不是你赶回来，双屿就此覆灭也不一定。"

"现在也好不了多少。"许梓苦笑，"已经烧成了这个样子，二哥又不在了。五峰（王直号五峰）进去之后，小心那个人！"

"我明白。"王直点点头。

"那个人"就站在天妃宫的正殿里，正仰头望着妈祖天妃娘娘庄严的法相。他岁在中年，面白无须，双目细长而眉梢斜挑，虽然是在海寇云集硝烟弥漫的双屿岛上，却穿一领青色的儒生长袍，且背着手，身上不挂刀剑。如果不熟悉他的底细，还以为他是恂恂守礼的名士。然而在这双屿岛上，却是无人不忌惮他三分。即使是这等惨败之后，他仍独立殿中，俨然一派宗主模样。

"五峰！"那个人并不回头，话语里带着浓重的南粤口音，"你回来的好啊，是时候！"

王直并未回应，而向旁边坐着的一个人拱手："大伯，我回来晚了！"

"大伯"即是许栋的长兄许松。这是个厚道人，徽州世代多商贾，此人之前就是买卖做到整个南洋的大富商。许栋和李光头开辟双屿港的时候，财力便大多出自许松资助。他在岛上年纪最大，辈分最长，但除生意之外，向来不插手兵务。加上他为人也过于老实，也就没什么威望。他愁眉苦脸地勉强回答一声："五峰，回来就好。"

"对！"那个人冷笑，"回来，好接大朝奉的位子！"

"萧显！"王直还没答言，徐惟学已经暴怒，"你到底什么意思？不阴不阳的。给句痛快话，别以为双屿岛上人人都怕你！"

"哦？"萧显倏然转过身来，紧紧盯着王直，"五峰，那么，我有一句话。"

"你说！"

"你带回来那些船，是你的，还是大家的？"

王直明白他的意思。双屿港内本来极多船只，号称千条桅杆，但大多都被朱纨水师毁了。他们这些在海上挣扎生活的人，船比性命还重要。然而面对萧显气势汹汹的态度，王直还是从容答道："既不是我的，也不是大家的，是大朝奉的。"

"大朝奉不在了！"萧显咬着牙狞笑，"少给大伙戴这高帽。五峰，你也痛痛快快撂一句话。你只要说'是',"他指指自己的鼻子,"我萧某人就带头第一个向你俯首称臣!"

大殿上的目光,一下子就集中到王直身上来。

王直沉着地摇了摇头:"船是大朝奉的。大朝奉不在,就是大伯的。暂时由大伯统领,大家群策群力,想办法把大朝奉救出来,到时再作计议。"

"我不成,我不成。"许松连连摇手,"五峰,领兵带队,当然还是你来。要不,你和萧显两个人再商量商量?"

"商量?"萧显冷笑,"许老大,别被这小子哄住了。咱们站在高处,又不是看不到。官军的水师和他船打对头,为什么就这么轻轻过去了?这时候不救,过后找补。五峰,你的心机很深啊!"

"这是什么话?"叶宗满反唇相讥,"他们押着大朝奉做人质,我们怎么办?贸然攻上去,伤了大朝奉,你萧显负得了这个责?"

"我不在其位,不任其事!"

对话演变成了争执。萧显的桀骜和狠辣,在双屿岛上除了许栋以外无人能制。他有桀骜的资本,岛上诸雄之中,唯独他和倭国勾连最深。如今还在岛上的几百名倭人便是他从倭国北九州岛上亲自招募回来的。倭人的首领辛五郎佩服他的狠辣,和他关系也很好。双屿在水师的突袭之下还能勉强存活,全亏了这支精兵的支持。所以虽然明知众寡悬殊,而且许氏兄弟都会偏向王直,萧显却仍然以保全双屿的功臣自居,根本不把王直放在眼里。徐惟学和他大吵大嚷,他吵得比徐惟学还凶。有资格进入这间大殿的,也都是双屿岛中头目以上的人物,这时各为其主,更是互不相让。争吵之中,有些人便推推攘攘起来,手也渐渐摸向刀柄。

眼见内讧之势将成,王直心中忧愤不堪。徐惟学紧紧跟着他,手握刀柄,眼睛也是目不转睛地盯着萧显。萧显虽然书生打扮,但他身手不凡,在广东黄梅寺跟当家老和尚学过"不动之刀",恐怕他一时暴起,伤了王直。叶宗满则眼观六路耳听八方,眼见倭人的首领辛五郎长坐在地上,也渐渐直起身来,似欲站起。他便不动声色地向后退去,万一变起,就招呼殿外的手下进来助战。这种局面直到许松一声颤抖的大喝才压了下来。这时候许多小头目才想起来双屿岛上始终以此人居长。许松不善言辞,更懒得下决断。但眼见王直与萧显势同水火,他不出头不行,这才出面平息了争吵。

"我说一句话！"许松道，"请大家看我的面子，都听一听。"

三爷许楠却没许松那般好脾气。他睁着眼睛，瞪着一干小头目："天妃娘娘座下，谁惯得你们这样？拿刀动枪，没规没矩！还不都给我收了！"

萧显冷着脸，脸色铁青，也不说话。他不发话，小头目们就都听许楠的，各自还刀归鞘，殿中才肃静下来。许楠和许梓往许松背后左右一站："听我大哥说！"

这是表明了态度。许氏四兄弟中，许松例不管事。许楠、许梓限于才干，在岛上的实际地位不及王直、萧显，但毕竟是许栋的亲兄弟，在岛上各有统属。三个人一起表态，还是能勉强控制住局面的。

许松却又犹豫了片刻，似乎在思考该说些什么。他本来不愿意这样行事，但毕竟商海沉浮多年，对利弊看得很清楚，知道情势已容不得自己退避，必须在这里把场子镇住。他咳嗽一声，说道："这个……老三说得对！天妃娘娘在上，咱们都是跑海路寻饭吃的人，心里不能对娘娘不敬。当着娘娘法相，大吵大闹的，不成体统。双屿多少年波平浪静，今天突然遭了这么大挫折，难保就是年深日久懈怠了敬神，娘娘见怪。来，老四，侍候香火。咱们大家先拜一拜娘娘，请她老人家消消气。"

这是匪夷所思的一段话。既然许松开了口，许梓等人只有照做，但脸上都有不赞同的神色。只有叶宗满不禁暗暗佩服，姜还是老的辣。只见许松接过香火，当先面向天妃娘娘跪下，朗声道："天妃娘娘在上。弟子徽州商人许松、许楠、许梓，虔诚拈香敬拜娘娘尊前。双屿于今虽遭祸乱，但弟子等辈虔心如一，绝不肯同室操戈，尊前遗祸。如有不实，愿葬身于海波之中。只此奉告，望求庇护。"祝罢，当先拜了。许楠、许梓也跟着磕头。依次就是王直、萧显、叶宗满、徐惟学等人，以及殿中诸头目，连辛五郎也拜了一拜。

果然一个头磕下去，神前立誓，气氛都缓和了许多。殿上人中尽是些心狠手辣杀人越货的大盗，寻常赌誓，随发随忘。但天妃娘娘又称妈祖，在这东南二海之上是第一灵验的海神，向来极受人信仰。海上万里浮波，极凶极险，谁也不敢拿妈祖神前的誓言开玩笑。

许松站起身来，向着众人，这才说道："老二折了。双屿还有几十条船，上千口子人，不能一天没有个主事的。我年纪大了，老三老四都不够材料。

王直和萧显才干都好，本来谁做这个主事也没分别。不过我想着老二还有回来的一天，咱们这个主事，第一是要集合大家的力量，怎生想办法把老二救出来；第二个，当着天妃娘娘，也要借个吉利。征战杀伐，自然是萧显；要借个吉利么，那还得数王直了。这不是我们做伯伯的偏祖侄女婿。五峰——"

"在！"

"你二伯回来之前，这双屿岛的主事，就交给你了！"

"是。"王直答道。

大殿中顿时嗡嗡地私议起来。王直秉性宽厚，不像萧显一样喜怒无常，在岛上的人望一向很好。大家又都知道他和许家关系密切，许松又抬出一个"图吉利"的幌子来，不但众人无话可说，竟然也堵住了萧显的嘴。所以许松宣布这个任命之后，除了萧显一系，大都表示欢迎。

然而还是有人提意见了。这就是倭人的首领，在大殿中占据一席之地的辛五郎。辛五郎高挽发髻，身形粗矮，两只小眼睛炯炯有神。他慢吞吞地从铺在地上的竹席上爬起来，整了整那把比他矮不了多少的倭刀，一边穿着木屐，一边说道："萧君和王君，都是我们日本人的好朋友，本来不应当有什么分别。我很好奇，为什么说王君格外吉利？他有什么好运气？"

"他是孤星降世！"一个小头目说，"这事，岛上无人不知。"

"哦……"辛五郎若有所思。

第2章　弧星降世

中国人对于星辰的信仰和膜拜是西方人所难以理解的。在古老的东方文明之中，夜空中的每颗星辰都有其主掌的神灵。他们从高天穹庐之上悲悯地俯视众生，并且将吉凶祸福降临于世间。人们虔诚地相信这一点，并且将之贯彻于日常之中并世代传承。新居选址之前，人们会请专门负责处理此类事务的阴阳先生或风水师来，看看是否冲犯"太岁"。而农闲时节他们也会聚到村口宽敞的草场上，叼着烟袋听说书的盲人讲宋太祖赵匡胤、水浒一百单八将的故事。在神话传说里，这些民间的英雄无一不有着上界星辰降世的传奇身份。

而双屿岛上，人人都知道，王直是弧星降世。

这个消息是叶宗满悄悄放出去的，最初不过是抬一抬王直的身份，以便他能顺利迎娶许大小姐。但是消息一经传扬开去，被说得越来越绘声绘色，惟妙惟肖，以至于连叶宗满自己有时也不免将信将疑。后世徽州府歙县人自己编的地方史书《歙志》里完整地记录了这个传说：相传在王直降生之前，他的母亲梦到一颗大星坠落在她怀中，已而生王直，又梦见一个峨冠古貌的老者说："此子，弧星也。当耀于胡而没于胡。"这个传说当然是经过修饰的，王直的母亲汪老夫人虽然极其珍爱自己的儿子，本身却并不识字，更没读过书。对弧星的真正意义，她当然不知其解。

而且严格说起来《歙志》的记载也不准确。"弧星"和"胡星"在史册中偶尔混用，近乎通假，但其实指向是截然不同的。倘若汪老夫人梦中老者"耀于胡而没于胡"的预言准确，那么正确的写法就是"胡星"。胡星在中国古代星相学中并无专指，但总的来说，比较多的是指二十八星宿中的昴宿。因为它的形状看上去像胡人骑兵经常携带的白旄，所以又叫旄头。这颗星的明暗预示着胡人势力的强盛与衰弱。而"弧星"则是对应天狼星组成弧形的四颗星。传说颛顼时代的贤者上观星象，由弧星的形状而触发灵感，创出弓箭。颛顼于是赐他姓张。这位贤者就是张姓的祖先。所以弧星主杀伐克制，而与胡人无关。

无论"弧星"还是"胡星"，在中国古代的星相学中，都算不得非常有名的星辰。比起金木水火土这五行星座，或者以北极紫微星为主星的八天八部星辰，弧星本身都略逊一筹。传说中弧星降世的人里最出名的，是助刘邦创立汉朝的留侯张良张子房。《歙志》的作者所以将弧星归于王直，也是偏袒之意。王直的真正星辰应当是"胡星"，尽管那时无论他或叶宗满乃至王老夫人，谁也没有悟出这句"当耀于胡而没于胡"的真正含义。若干年后王直在杭州城里服罪问斩，当囚车推着他直出牢房的时候天还没有完全亮，天边星光灿烂，王直刹那间醍醐灌顶，豁然彻悟。那时的他才相信这句话竟是真的，而绝非王老夫人乃至叶宗满的杜撰。它如此精确地预示并贯穿了王直的一生，有如一句谶言。

辛五郎虽然是日本人，但他对中国文化也有所了解，他知道星辰降世对这些凡夫俗子意味着什么，不禁也对王直刮目相看，不再质问。

这时候大殿中已经没了异议。王直沉稳地说："既然大伯和诸位叔伯、弟兄将这副千斤重担交给了我，我虽自知无才无德，也只能担起来。趁着大家都在，我说三件事。"

"第一，双屿不能再呆了，"王直环视众人，"朱纨的水师虽然退了，朝廷实力尚在，他们可以四下调兵，立即反扑。我们却拼不起，不能再在这里任人宰割，我们得退一步。"

"退到哪里？"有人问。

"不能太远，也不能太近，总要相互呼应才好。"王直胸有成竹，"从此向北一百余里，海中有一座烈表山，沿着山势自然形成了一个港口，叫做烈港。我们先撤到那里，看官兵行止，再做打算。"

"是，遵命。"众人陆续附和。

"第二件事。"王直道，"大朝奉失手被擒，咱们得想方设法救他老人家出来。在海上斗朱纨的水师，咱们是不怕的。一旦上岸，官军数量是咱们百倍，所以硬来肯定不行，咱们只能智取。不计金银，给大朝奉砸出一条活路。为了这个，得花不少银两。管账何在？"

"在！"双屿岛的管账站了出来。这个人其貌不扬，然而资历很深。他是明朝第一个海上巨贾金九老的旁系子弟。金九老树大招风，覆灭得早，他就上了双屿岛，仗着能写会算，精明干练，一直做到管账的位置。前夜如此大乱，他的账簿仍然稳稳地夹在腋下，这时越众而出，向王直行礼。

"恐怕要动公账，你预备着。"王直说道，"看账的，大伯、三叔、四叔、萧显和我。"

"是！"管账响亮地答应一声，退了回去。

"第三样……"王直道，"大朝奉失手被擒，吉凶难卜。这段时间，咱们要花大笔金银打通官场，地方有来往的世家大族，也要他们说话。咱们不能再得罪人。若有未得命令，擅自驾船靠岸，乃至出手掳掠者，初犯，割其双耳为记；再犯则枭首正法！"

这一条也是王直思虑最深的一条，他特意把它摆在最后。果然他一说出口，萧显的脸色就变了。

"这里的命令，是你王五峰的命令？"

"是又怎么样？"徐惟学踏前一步，"五峰现在是船主，你听不听船主号令？"

萧显冷冷一笑，双手缩进袖子里，拖长腔调："听，当然听。你说什么便是什么。"

徐惟学哼了一声。王直只当没听见，向许松道："大伯还有什么示下？"

"没有，这样就很好。"许松代表许氏三兄弟说道。

于是事情就如此决定。王直的船队共有大小船只二十六艘，分了六艘给萧显，并双屿港中未被击沉的船舶，收拾起来，也还有十余艘。当天下午，众人就一起登舟离岛。弃岛之前，王直为首，又再三向天妃娘娘法相叩拜，这才亲手点燃了火把。众人眼见天妃宫火势渐盛，在山上熊熊燃烧，像一支巨大无比的火炬。

由于风向有利，傍晚时分，船队便到了烈港。这个港口之前就被王直作为双屿港的辅助，虽然远比不上双屿，却也略有规模。大难之后，能有这样一个栖身之所，众人也大多满意。

这天晚上，许多人便离开船队，上岸歇息，也照例放了岗哨。而王直等三人却点起灯烛，铺开海图，继续讨论今后的对策。

"老叶，你看，朱大人还会不会来？"照例，还是王直先发问。他知道叶宗满总能给出一个周全的答复。而他也就在叶宗满的答复之中验证并思考自己的看法。

叶宗满果然不负所望。"不必问朱大人会不会来只问他能不能来，来了，能有什么作为。"他指点着海图，"双屿并不好打。朱大人若强攻，伤人一千，自损八百。论船只、论器械、论勇猛，我们都胜于他。他唯一所仰仗的，就是可以四处调兵。但陆路好调，水路难行，他未必还能凑出足够的水师找咱们打架。再者，烈港距双屿一百二十里，距宁海五十五里，周围多山，多岛。就算朱大人来，咱们船快，可以拖着他在诸山诸岛之间转悠。耗他三五个月，咱们耗得起，朱大人则非落个督战不利的罪名不可。到时候，只怕这官都当不成了。"

"透彻！"王直赞叹。徐惟学也连连点头，显然听得明白。

"那么，碧川，"王直唤着叶宗满的号，"你就该走了！"

叶宗满一怔，随即会意："是。和富户、官府打点交接，非我不可。我今晚就出发。"

"也不必急，等到明早吧。"王直叹道，"不知怎么，做了这个船主，倒觉得快活的日子，一天少过一天了。"

于是三人都沉静下来。隔船隐隐飘来乐声，众人都侧耳细听，渐渐入神，却又不禁想起各种酸楚。

"是辛五郎。"

"他倒弹得好琵琶。"

"这人可以一用，"叶宗满道，"倭人笃信神明，无物不神。大哥白天露了星辰转世的身份，他看你的眼色就有些异样。这人未必就死跟着萧显，倘若能拉过来，倒是我们一大助力。"

"我去！"徐惟学自告奋勇。王直莞尔一笑，徐惟学也会意："奶奶的，可惜徐海那小兔崽子不在。他倭国言语说得最好，又机灵得很。他在一定谈得成。"

这话众人倒是都认同。双屿岛上不缺猛将，唯独少这种机智灵活能任大事的人。王直有一个叶宗满，就能死死压住萧显。叶宗满再三叮嘱徐惟学："我回中原，留你在这里，千万保护好大哥！"

"放心。我在，大哥在。我不在，大哥也在！"徐惟学拍拍胸膛。

"我要你们俩都在！"叶宗满拍着他的肩。

这天夜里，王直辗转反侧，不能入眠。他躺在床上，听着海浪轻轻拍打船舱的声音，心弦不由得被拨动，他想起多年以前的事。那时他还是南直隶徽州府歙县的一个浪荡少年，长到将近二十岁都没有走出徽州一步。他被禁锢在小小的天地里，不能施展手脚，因而放荡异常。他因为偶然的机会与一个暂时主政歙县的年轻官员相遇，人生从此改变。而他一旦走出歙县，走出徽州，便会将之前在歙县时的遗憾完全弥补。他将架舟穿越茫茫大海，遍及常人在梦想中都难以到达的异国他乡。

而那个具有历史意义的会面，是在大明嘉靖四年的仲秋。

在王直的记忆中，大明嘉靖四年的秋天格外炎热，暑气在群山环绕的峡谷之中蒸腾不去。茶坊门口的老狗终日吐着舌头。肉案后无论屠户还是伙计都打着赤膊，皮肤在暑热里晒出油来。没事的时候，人们都躲在屋里，谁也不愿在路上闲走。而在那样的天气里，南直隶徽州府歙县的县衙侧门口，一顶青竹小轿缓缓落地。挑帘走出一个三十来岁的青年人，身着七品知县服色。他下了轿，整了整袍服，咳嗽一声。几个主簿差办早已从里边小跑出来，见了这人，都满脸堆笑，说道："朱大人，您回来了。"

这正是日后的浙江巡抚，提督闽浙诸省军务的朱纨。当时他还不过是个暂时主政歙县的年轻官员。他年富力强，锐意进取，在歙县主政短短数年，政绩颇为可观。但日后最被引为传奇的，却是他临走之前这几天的变故。关于这段故事，王直自己虽然是主角，却也是在和歙县三班六房的衙役们把酒言欢的时候，听他们七嘴八舌补全的。

朱纨点点头，说道："回来了。如何？县境里可还太平？"

主簿道："太平！自然太平！咱们歙县谁不知道朱大人是得上宪青目的人，转眼就要高升！谁敢在这时候给大人添堵。只是一样，大人荣升了，小民们都有点舍不得。咱们徽州百姓，历来是民风淳朴，最重恩义的。大人在歙县三年，垂拱而治，治得歙县路不拾遗，夜不闭户。老百姓们都说，大人走了，还到哪里找这等好官去？"

朱纨听了，只是微微一笑，说道："我知道自己性格太过刚硬。书是读了不少，可不敢称能员。就算有些心得，也是牢记太祖皇帝的训导，'养老、祀神、贡士、读法、表善良、恤穷乏、稽保甲、严缉捕、听狱讼'。这几条都做到了，官也就差不了。"

主簿们都一起称善："大人说的，再对也没有了！"

于是众人正要一起入衙，忽听得街上一阵扰攘。众人回头看时，只见一个十五六岁的女孩儿，穿着破旧，背着一个小包裹正迎面跑来。后面几个衙役追得气喘吁吁，一人道："前边的！截住那个丫头！"那女孩儿十分机灵，明明看见前边一群人，却不躲闪，反倒加速冲来。她身体轻盈，身手又灵便，衙门的公差措手不及，三晃两晃就被她晃了过去。

朱纨面色不快，说道："老陈，这是怎么回事？我刚上南京几天，这就改了规矩么？"

那几个追赶女孩儿的衙役恰于此时跑到。一个人禀道："不……不是。大人！这小丫头片子她是……她是私盐贩子！"

朱纨便面色一冷，说道："哦，在我治下，还有人敢触犯王法，盗贩私盐？你几个把她拿住，回来见我！"衙役们答应一声，继续狂追。朱纨这才甩袖子进了衙门。

这时追赶女孩儿的衙役越来越多。那女孩身手虽然灵便，毕竟身是女流，气力有限，久跑之下，速度渐慢。眼看就要被追上，她也真是机灵，仗着身形轻盈，专往人多的地方跑，情急之下，向旁边一闪，就跑进一间茶坊。

这茶坊并不很大，里边此刻却坐了不少人。原来正有一位说书先生说的抑扬顿挫。内容乃是成祖皇帝之时郑和下西洋，金碧峰除妖降魔的故事。那说书先生正说道："你道我朝永乐爷爷，为何要遣三宝老爷兴造如此大船，下西洋而去？只因昔日卞和怀璧，琢出一块玉来，献与始皇，雕成玉玺，便是古今天子之玺。一直传到元朝，被我太祖皇帝所灭，都追亡逐北去了。蒙古人却以白象驮着这玉玺，一直逃到北海，永乐爷爷率兵直追到北海。眼见得天降虹桥，白象踏着虹桥去了。所以这一块宝玺，本来不在国朝。有一位应世圣人，点拨永乐爷爷，才祈请三宝老爷做个掌蠹，金碧峰罗汉做个国师，起大船下西洋，追讨这块玉玺。却不知海外有海，山外有山。这一去，只追了六六三十六国，多少英雄好汉，神仙魔怪，且听我这《三宝下西洋传》！"

他话音一落，茶坊里一齐叫好。

只听得一人朗声道："赵先生，您说我国朝海外，尚有三十六国，神仙魔怪。海外可真有如此雄奇世界？"

那女孩儿向那人望时，只见是一张宽桌后气宇轩昂的一个青年。他身边一人又道："赵先生，咱们听说，可是另有隐情。三宝老爷下西洋，这事情是千真万确，但可不是找玉玺，是找一个配使玉玺的人。"那说书地苦笑道："叶小哥真是渊博。不过有些话是不能乱说的。"

那女孩一怔之下，突然听到街上衙役们一起叫嚷。却原来自己方才听先生说书听入了神，忘了逃走。这时已经走投无路，一时慌神，便向茶坊后边奔去。却又听后边也有吆喝之声。

那青年也笑吟吟地望着女孩儿，料她没有退路了，叫道："喂，你过来。"那女孩儿道："怎么？"那青年道："躲在我这桌下，没人敢抓你！"那女孩儿皱眉道："我才不信！"那青年道："你再不躲过来，他们就到了。"那女孩儿微一犹豫，奔过来钻到那青年的桌子底下。桌子上有围布，垂下来，挡得严严实实。她刚躲好，衙役们已经赶了过来。他们把住茶坊门口，不一会，后门也有几个人过来。彼此见面，都是一脸狐疑，说道："这可奇怪了。保准没跑掉，就在这茶坊里，咱们搜！"

忽听得那青年咳嗽一声，说道："各位公差大哥，别来无恙啊。"

他一语既出，茶坊里顿时寂静了片刻，才有一人赔笑道："小人们眼拙！原来是王大哥！叶二哥和徐三哥也在这里。恕罪，恕罪。"

那青年笑道："你既知俺王直在这里听书，为什么拍桌子打凳子的，害我听不消停？"

那公差道："小人怎敢。只因奉知县大人之命，追一个私盐贩子追到这里，她不见了，才想搜一搜，没想到王大哥在这里。"

王直道："哦，私盐贩子？他长什么模样？"

那公差道："是个女孩儿，细细小小的，手脚溜滑得很。"

王直哂然道："你又来了，一个女孩儿，又细细小小，纵然卖点私盐，能背几十斤？也不是什么大不了的官司。看我的面子，罢手了吧。"

那公差为难道："王大哥的面子，弟兄们当然不能不给。可这人是知县大人亲自吩咐下来的。拿不着人，咱们没法向大人交代。大人虽然是读书人，那严刑峻法，大哥你也清楚。弟兄们实在是担待不起。"

王直笑道："怎么？朱纨朱大人回来了？我却还不知道。这人是个读书不明理的糊涂人，我一向看他不过眼，也罢，便趁这个机会见他一见也好。"说着忽然一拍桌子。女孩儿在桌子下面也吓一跳。

只听王直冷冷道："不瞒各位讲，这私盐贩子，此刻就在我王某桌子下面。不过各位不给我面子，我也就不打算给各位面子了。带这个人，容易。只要你们能把咱们弟兄放翻，人，你们尽管带走！"

听得另一人道："大哥，跟他们废什么话，要打就打！"

这两句话一出，茶坊里又是一片寂静。这些衙役们平时欺压良善，那是得心应手。但眼前三个，虽然年轻，却绝不好惹。不但各自有一身好功夫，而且在歙县市井当中颇有声名。为首的年轻人王直武功既高，又能服众；他左边的叶宗满号称"小智多星"，是这些人的谋主；右边那个说"要打便打"的叫做徐惟学，名字倒是文质彬彬，性格却甚是莽撞，当真说打便打。所以叶宗满跟他开玩笑地取了个字叫"不能"，连起来就是"惟学不能"。这三个是歙县市井少年中的魁首。衙役们虽是公门势力，但王直等人一来武艺出众，二来在歙县少年中一呼百应，也得罪不起。衙役们犹豫半晌，一人道："王大哥，你这是故意为难兄弟们了。"

王直也是存心想打这一架。为那女孩儿出头固然是一个原因，另一个原因，也有不便言说之处。见衙役们进退两难，他心中好笑，伸手一拍身边的徐惟学，徐惟学已经大喝一声，扑了出来，说道："就是为难你们！"

衙役们虽然忌惮王直等人，但真动上了手，也就没了退路，纷纷呼喊，乒乒乓乓也动起手来。只是这些人的勇猛比之徐惟学就差之远矣。徐惟学一个人在衙役堆里横冲直撞，一群人竟制不住他一个。叶宗满这时也已起身。他勇猛不及徐惟学，灵巧却远过之。这时他抓起桌上茶壶茶碗嗖嗖飞出，又狠又准，每掷一下，都有一个衙役头破血流。

王直却俯身下来，掀起帷幕，向那女孩儿说道："小妹子，还不赶紧趁机会走？"

那女孩儿忽闪忽闪眼睛，说道："我走了，你们怎么办？"

王直笑道："就凭那个县官儿，能奈我何。再说男子汉大丈夫，海天之大，哪里不能容身？不必管我们，你自己先走！"

那女孩儿犹豫一阵，终于点头道："好。你是王直大哥对吧！姓许的欠你一个人情，他日倘若用得着，到福建漳州来找我。"说完钻出桌底，从后门匆匆离去。

王直出手救她，起初不过一时侠义冲动。见她不过十四五岁小姑娘，人小鬼大，竟然也懂得说些江湖口吻，不禁好笑。但其后听得她说道漳州姓许的，却又不禁心中一动。等他再回首时，那女孩儿已无影无踪。

歙县知县朱纨带人来弹压时，茶坊里早已是一片狼藉，十几个衙役躺了一地，嘴里还连声叫苦。说书的赵先生早不知哪去了，围着看热闹的百姓倒是有一堆。朱纨分开人群，只见三个青年还大大咧咧地坐在茶坊里，不由得心中有气。

朱纨是正德十六年进士，寒窗苦读科举考试考出来的功名。从小束发从圣人之学，金榜题名，为官歙县，向来对这些顽劣青年看不惯。只是徽州府有个尽人皆知的习俗，乡人彼此亲睦。往好了说是讲究乡人之义，俗话说就是爱"抱团"。他几次三番想收拾这几个小子以正乡风，以儆效尤。只是衙门里的主簿书办等人都是地方土人，从中几番斡旋，始终没有成事。这回听说王直竟然犯到他的头上来，打了衙役，公然放跑了私盐贩子，自然是几重怨气并作一重，当下冷哼一声，说道："我为歙县父母，你们几个，见父母因何倨傲不跪？"

王直朗然笑道："小民等几个，都是生来膝盖就不会打弯的，自来不懂得什么叫下跪。大人是导民向善的人，不如教一教小人们，如何才算下跪？"

朱纨登时气结，喝令衙役们："打他们跪着！"衙役们却都被王直打怕了，各自拿着水火棍嘘声恫吓，谁也不敢上前。朱纨更怒，但见围观百姓众多，自觉也不好太过暴虐，这才运了运气，沉声道："也罢。本县且免你们的跪，但你等因何私放私盐贩子，不知道这是犯王法的么？"

王直道："启奏大人，小民们都是安分守法的良民，自然不敢触犯王法。大人说小人们私放私盐贩子，这个小人实不敢当。不知是谁哪只眼睛看到小人等私放私盐贩子？"

一个衙役捂着腮帮子道："王大哥，你这就不好汉了！刚才谁没看到，那小丫头从你桌子底下钻出来跑了。"

王直道："哦，是她啊。启奏大人，那不是什么私盐贩子，那是我一个本家妹妹。她年纪还小，最是调皮，哪里懂什么触犯王法贩卖私盐？"

那衙役道："你……你还赖！我们直追了七八里地，她不是背了个小包裹？那里边就是私盐！我们亲眼看到的！"

王直道："盐倒是盐，不过不是私盐。我这小妹子素来口重，多买几斤，也是有的。难道买盐也犯法么？"

那衙役道："你，你……我们明明看到她拿出来卖的。"

王直道："我这小妹素来心好，她买得了盐，看谁家孤贫，散出两碗，也不可知。贩私盐是大罪，那可不敢当。"

这时围观众人已经笑不可抑。朱纨沉着脸，一言不发，心知那衙役斗嘴是斗不过王直的，但那女孩儿贩私盐则可保是真。国家法度，贩私盐者轻则杖责罚金，重则下狱斩首，那是王法如山，丝毫不能纵容。

平心而论，朱纨在歙县为官，政声尚好，也还清廉，几桩案子也是判得有模有样，连年考评都是卓异。所以南京吏部已经发出票拟，不日便要擢升他为景州知州，升官他去。但唯有一点不足，就是他问政一向严苛，不肯丝毫通融。徽州府诸处临山，人多地少，耕作不易，自唐宋时起便多有人出外经商，也有人投资盐业。贫苦百姓，多少弄几斤私盐，贴补家用，前任县官们也都司空见惯，没谁会真正来过问。只有朱纨主政之后明颁命令，歙县境内一两私盐也不姑容。有时百姓冒险贩盐被他捉到，也是大棍捧个半死。所以歙县百姓都说："朱大人好，朱大人好，朱大人好到受不了。"大家均盼他早日升官离开。但尽管各自颇有腹诽，当着朱纨的面，却是谁也不敢直言。朱纨见王直屡屡出言顶撞，不禁开口道："如此说来，那女孩儿贩卖私盐，你就是他的后台了？"

这一句话把王直置于不辩之地。却只听王直朗然道："岂敢，小民绝不敢做贩卖私盐的后台。但舍妹不过贫苦小儿，勉强求活。这是天理公道，小民也不敢推托。"

朱纨心中更是不悦，冷然道："贫民求活，便可触犯王法么？"

王直尚未答言，忽听一人道："小民请问大人，王法自何而来？"

朱纨愕然，说道："王法自然是君父钦定。"

那人道："然则小民求活，当不触及君父？"

朱纨道："这是自然！"

那人道："那么请教大人，孟夫子言道、民为贵，社稷次之，君为轻，又当做何解？"

这句《孟子》中的话极是浅白，塾童都能朗朗上口，但乍然在这时候说出来，却也令进士朱纨为之一惊。他脱口道："你是什么人？"

那人道："在下是嘉靖元年县学秀才，姓叶，双名宗满。学校规矩，秀才拜座师不拜尊官，大人得罪了！"

"又是一个刺儿头。"朱纨心中暗想。有明一代，秀才虽属学官专管，但地方主官所谓父母官，权责也重。童生取中秀才，通常要拜两位老师。一位是学官，一位就是本县县尊。歙县人口有限，在籍不过十余万人。数年来几个秀才，朱纨大多识得，唯独这叶宗满，他仰头想了好久都了无印象。但见这人言辞犀利，并非易与。这三人里恐怕要推他是个智囊，其才足以济恶，也就尤其可恨。首当其冲，要将此人驳倒。于是他微笑一笑，说道："哦，十七八岁取中青衿，也算不错了，为何不继续向学？"

"回大人，我怕，"叶宗满笑嘻嘻地道，"考上举人，进士，不免要做官。做个好官儿呢，我怕穷；做个坏官儿吧，我又怕被人骂。"

四下众人一阵哄笑，朱纨却不禁默然。有明一代官员俸禄极低，七品官每年俸禄不过白银四十五两，比之衙役书办也强不了多少。而每年应酬交接迎来送往，都是官场中不可避免的。他秉性清廉，又以圣贤门徒自况，在歙县当真是两袖清风纤芥不取，但因此终日也就只能粗茶淡饭。想起寒窗苦读十余年，考得两榜进士，一县父母，却窘迫如此，长夜中有时自己也会苦笑，但这些苦衷却不能在大庭广众之中公然吐露。他再开口时，言语里已经带出一份训诫之意。

"束发读书，在朝为官。是叫你把所学的圣贤之道贯彻到实务里。这是为人臣子的本分，扯不到什么名利的话上。好比为人子孙，即便再穷，你能不赡养自己的父母？为人臣子即便再艰难，你能不忠于自己的主君？比干、龙逢起初都坐拥富贵；郭令公、岳鄂王各挽雄兵；文丞相也是诗酒风流的人。一旦君父有难，身家可以舍，性命可以丢。有谁计较过蝇头小利？读书不可太拘泥，但也不可太世俗。斤斤计较，存心不正，最后走上邪路，吃亏的总是自己！"

叶宗满不停地眨着眼睛。

朱纨所说的是正理。千百年来儒家经典，就是如此谆谆教导。因为是正理，所以难驳。其实叶宗满和王直背地里经常计议，忠也分若干种，倘遇无道昏君而一味愚忠，使无道之世苟延残喘，那不但称不上忠，而且是有大罪于庶民百姓。王直和叶宗满都不赞成。所以叶宗满不再走科举这条路，他并不相信朝廷皇帝值得效忠。之前正德皇帝是个玩心很重的人，民间留下他不少风流笑话，终于年纪轻轻，暴亡于豹房。现在嘉靖皇帝初临帝位，好坏还看不出来。但他和朝臣在"大礼议"上争得纷纷攘攘，君臣对立之势已成。以王、叶二人的聪明，都觉得此时投身官场，只怕多凶少吉。

但这种话不能说出口。大明疆土之内，公然说朝廷无道，那岂不是找死？所以叶宗满也只有闭口不言，再将皮球踢给王直。

"大人说邪路，小民倒不这么想。"王直语声沉稳，"士农工商，谓之四民。这是齐国贤相管仲的话。商人逐利，但商人也是四民之一，只要不触犯国法，照样是皇上的好子民。商人挣得银钱，上可以使国库丰盈，下也可以造福乡里，也是有功于国，不见得非以科举为唯一晋身之阶。大人主政歙县已非一日。我们徽州人风俗如何，大人也该清楚。"

"我并不是说经商不好。"朱纨道，"我只是说，做人心中须有正念。心正，人就自然正，走的路就自然正；心不正，未免走上邪路。听你们的口风，似乎对经商颇感兴趣。你们现在也正是青春年少，无事不可为的年纪，歙县方寸之地，与其终日幽居在此，为什么不走出去，见见世面，闯一闯外面天地？"

王直与叶宗满迅速交换一眼眼色，又看看徐惟学。徐惟学愣头愣脑，还不知有何变化。王直已经欣喜的朗声道："谢大人！"

这一来，倒把朱纨弄了个懵怔。朱纨劝他们走出歙县，一者是顺着前边话风而下，二者也有一个清理乡野的意思。他和王直等人虽然初次见面，但这几个年轻人对着他这个知县侃侃而谈不卑不亢，才识、胆略都有可取的地方，窝在歙县施展不开，早晚会出乱子。自己即将离任，下任县令倘若是个颟顸之人，就镇不住他们，所以拿几句话激他们一激，却不料想王直等人反倒甚是喜悦。

"多谢大人！这样一来，我们就可以离开歙县了。"王直笑吟吟地道，"忝为歙县子弟，长到二十来岁，谈不上有益于乡里，我们心中也有愧。这次蒙大人恩准，出了歙县，闯荡天下，他日倘若有成，我们永远记得大人的恩情。"

朱纨一时不得其解，只说道："记恩情是不必的。希望你们能记得我今天的话，把心摆正，把路走正。则外边九州四海海阔天空，可任尔等驰骋翱翔！"

"大人箴言，小民等谨记。"王直道，"小民不读书，不学无术，只记得几句成语，也送与大人。'坐而论道，谓之三公。坐而述之，谓之士大夫。'大人是个好官，希望一辈子是个好官！"

朱纨惕然。他望着王直的脸，那是一张气宇轩昂，雄壮之中却又带着三分潇洒不羁的脸。这张脸的主人正年轻，而朱纨本人此时也不过是升斗小官。这是朱纨毕生第一次郑重其事的记下王直这个名字。

朱纨回到县衙，沏了壶茶休息片刻，便唤衙门里主簿前来问话。这主簿姓尤，是歙县土著老人，早从衙役们嘴里听说太尊老爷见了王直。还没进门，已经猜到朱纨想问什么了。

"尤老夫子，"朱纨道，"您是歙县本乡本土知根知底的前辈。我虽是知县，毕竟年轻，许多事还要向老夫子请教。"于是把王直一段大略说了一遍，又道："这几个年轻人聪明练达，非池中物，为什么在歙县到了这等年纪，也不事耕种，没个正经营生。我叫他们出去闯荡，他们又喜形于色？"

尤老夫子果然知情："回老爷的话，是这么回事，本来咱们歙县多山林，少耕地，土力也贫瘠。所以自古以来种田的少，经商做买卖的多。不但歙县，寻常徽州六县的子弟，长到扁担那么高，能扛动包裹，就出去寻亲靠友学做买卖了。所谓'前世不修，生在徽州。十三四岁，往外一丢'嘛。不过说到王直，情形就又不同。他是家里的独子，父亲已经亡故，所以他母亲格外珍重他，怕他在外有什么风险，所以把他管束到这等年纪，也不许他外出。那叶宗满和徐惟学一文一武，都是王直从小玩到大的朋友，听惯了王直的话。王直走不了，他们也就走不了，所以终日在县里搅闹，虽然不为非作歹，也总做些调皮捣蛋的事。不外乎希望被哪位尊长看见，一时生气，把他们赶出歙县。老爷今天发付了他们，其实也是好事。"

"原来如此。"朱纨点点头，"怪不得我看他们被我发落，反倒面有喜色——王直是独子，他若出了歙县，老母怎么办？"

"这倒不需挂碍。"尤老夫子道，"王老太太今年其实不到五十，身体还壮健。王直虽走了，他族里还有人，也有田产，平时足以自立。"

"倘若遇到荒年，官府自然也有恩救赏赐的。"朱纨端起茶杯，浅浅抿了一口，"这事便如此罢了。"

这一句话，就此改变了王直毕生的命运。也给多年以后的朱纨增添了一个最棘手的劲敌。数十年后当王直和朱纨各自率领船队在海上相遇，旌麾帆影连绵一片时，回首前事，两个人都有一种惘然若失的感觉。

这是当时的朱纨和王直都预料不到的。而王直在当天就离开了歙县。

劝他快走的是叶宗满。

王直虽舍不得老母，但还是决心离开歙县。

王直家在镇子南边，沿着山麓，缓坡上小小三间草屋。东一块西一块依山势开了总共两亩薄田。从镇里到他家，步行不过一刻，但王直反复徘徊，却足足走了一个时辰。直到月上中天清寒料峭的时候，他才挨到了家门口。家中灯火却还没息。

王直推门进去，轻轻叫了一声"娘"。只见他母亲背着身子，就着灯火还在缝一件旧衣，灯影之下身形格外瘦弱。他心里就不由得一酸。

王直的母亲听见儿子声音有异，转过脸来，惊道："儿啊，你怎么这等模样？"王直便借着酒，跪下道："娘，孩儿不孝！今天在县里，触怒了县尊朱大人。县衙里的朋友报信，说朱大人恐怕要寻孩儿的麻烦。"

于是便将白天的事情扼要叙述一遍。

自古破家的县令、灭门的令尹，那是极厉害的。王直的母亲虽然没读过书，也知道事情的严重，登时就吓白了脸："那……那可怎么办？"

"躲一躲。"王直说道，"孩儿又不是犯得杀官劫舍的大罪，两京十三省一体拿问。现在只是姓朱的要对付我。他权柄也不过歙县一县。大不了躲出徽州，让他一让，躲过这个眼前亏。朱大人听说马上升了，也不会久在歙县。等他升官走了，儿子就回来。"

"唉……"王直的母亲一声长叹，"孽障，就只会给我惹是生非！"说着，眼泪就流了下来。王直是极孝敬母亲的，直戳戳跪着，也不敢起来。老太太却一翻身下了地，掂着小脚吃力地从床下拎出一个包裹。王直登时就愣了。老太太却苦笑道："早准备下了。我料到有今天，替你担了三年的心！好在你也是替人抱不平，不算丢你爹的人。也罢。走吧，走吧。你也二十来岁了，困在这小小县城，终究不是办法。娘知道，你也不死心。这是我这些年给你攒下的。也没什么，几两散碎银子，两三套衣服。拿了去南京找你舅舅，谋份衣食。好好地在外边，也攒些家业。得便的时候就说一房妻房。娘是没什么用了……"

她缓缓而苦涩地说着。王直已经匍匐在地眼泪滂沱了。

这一夜母子二人都没合眼。

"你不用管我！"王直的母亲说，"我身子还行。咱们还有地，房前屋后，开出荒来，也尽可以种些瓜菜。咱们本乡本土，邻里都很敦厚。县尊老爷开明，租子也还交得起，用不着替我担心。好好走你的，在外头混出个模样。三年两载，再回来看我。"

王直只有唯唯称是。这时，只听得房门上有人轻叩。王直前去开门，徐惟学和叶宗满已经一前一后溜了进来。

那时太阳已渐升起，被山峰挡着，天光也明亮起来。三个人背了包裹，一步步走下山去……

不知不觉，王直睡了过去，眼里还噙着点点泪花。

也不知什么时候，他又被震耳欲聋的锣声敲醒。王直猛然睁开眼，舱里漆黑一片，天还没有亮、灯烛却已经自然熄灭了。但脚步重浊，徐惟学抢进舱来。

"大哥！"他呼吸粗重，"出事了！"

王直心中一震。

但他越遇大事，越是稳得住，脸色语声，却不带出任何痕迹。他不动声色地问："朱大人打过来了？"

"没有。"

"岛上起了变乱？"

"没有。"

"那么是许大伯出了事？"

"也没有。"

"那你慌什么？"

"萧显！"徐惟学沉声道，"萧显跑了！"

第3章　叶宗满的秘策

萧显在夜深人静的时候悄悄拔船起航。他带走了六艘船，却出人意料地没有知会辛五郎的倭人队。等到有人发现这个情况时，他已不知所终。王直在接到禀告的一刹那就预感到一连串厄运将会连锁发生。烈港附近海域地形复杂，王直没办法找到萧显，就像王直相信朱纨也没办法找到他一样。

王直立即传唤叶宗满。"二弟！"他郑重其事地说，"你必须马上出发！"

"我明白！"叶宗满不需王直多说。

他立即挑选了几个亲信的人，挑了整整一担金银珠宝，划小船连夜赶往中原。因为虽然至今谁也不知道萧显为何突然离去，但他是猛虎，出笼必伤人。而海商和朝廷之间脆弱的关系再也经受不起任何一丝伤害了。

叶宗满要找的，是浙江杭州城外一所庄园的主人。主人姓周，家世豪奢，祖上曾经做过锦衣卫的武官，在杭州土居大族里，算一个重要人物。叶宗满赶到他府上的时候，天还没过午时。他塞了门房二三两银子，遥报消息，说广东的贾先生来拜访。过不多久，主人亲自迎出来，见了叶宗满，脸上有异色，但仍很热情，牵着叶宗满的手，一起步入内堂。

进了内堂，他把门关上，瞧四下无人，低声道："叶先生，你好大的胆子。这种时候也敢来这。"

"哦，怎么不敢呢？"

"你八成还不知道！你没去杭州，再走几步，走到城边，你就看到了！大朝奉已经被朱大人砍了头！首级血淋淋的就挂在城头上！"

即使是叶宗满这样深沉的人，乍然听到这等噩耗，眼前也不禁一黑，险些一头栽倒。

"怎……怎么！"

"叶先生，我知道你的来意。"主人说，"其实就算你不来，我能不想办法探听点消息么？咱们在'贾'字上交情甚好，我不是没有人心的人！可是你的来意，我既知道，朱大人更加知道。他知道即使把大朝奉生擒活拿回来，只要不死，日后还有无数隐忧。用不着你们动手，我们这些人在这里，也会想办法保大朝奉一条性命。所以朱大人这回是真发狠了！大朝奉以下九十六个人，回城就推了出去，一个不留！既不商函刑部报准，也不等春秋两决。"

"大朝奉真的死了？"

"千真万确！"

"那好……"叶宗满深深吸了一口气。在这一个呼吸之间，他的思维闪电一般跳跃着，"事已至此，大朝奉是救不得了。我现在要朱纨！"

"一省督抚，起居八座。你怎动得了他？"

"哼哼。"叶宗满冷笑，"不带天子剑，擅杀无辜海商，一杀就是九十六个。这罪名，也足够他坐不成这位子了。"

"有道理，叶兄说的是。"主人也振奋起来，"杭州自巡抚驻跸以来，没听说杀人杀得这么凶，'擅杀'二字上，的确可做文章。"

"还有，他既然敢一杀九十六人，恐怕周翁等地方硕德，也已饱受侵扰了吧。"叶宗满一边说着，一边轻轻拔出一把锋刃霜雪的匕首，"要不是咱们老交情，只怕周翁此刻，也早绑了我送与朱大人了，是么？"

"哪里哪里。"主人讪笑。

"不是最好。"叶宗满不动声色，将匕首对准自己心口，突然猛地一刺。主人骇然惊呼，但那匕首竟没刺进去，叶宗满安然无事："这样，咱们还可以做朋友。实不相瞒，大朝奉既然折了，我们新的主事船主就是王直。"

"啊，啊！"主人会意。王直和叶宗满的关系又自不同。自己和朱纨的形势也不相同。如果叶宗满在自己家里出了事，即使自己逃得掉，别的不论，这庄园祖屋一定会被王直一把火烧成白地，还不知要死多少人。何况叶宗满的勇名虽不及王直、徐惟学，却也不好惹。眼见得匕首刺不入，他身上必是穿了能避刀剑的宝甲，他本来的确有意擒拿叶宗满献与朱纨，这时候估摸着利小弊大，而且也未必擒得住，才完全打消了这个念头。

叶宗满素以智计闻名。他敢单身进府，焉知没有预备后手。主人想着，竟不禁后怕，连忙将话题岔开。

"叶先生这么一点，我们就更明白了。要治朱纨，这样的确是最好。请放心，我这就修几封书信。南北二京之中，还有我家不少亲朋故旧，现在做着言官，都可以风闻奏事。这些人的手笔，一笔一笔都刻进肉里，必然能参倒朱纨。只有一事，京官平日里穷惯了，现在一旦要他们出力，都是要钱的。"

他随即又表态："不过这些戋戋微仪，自然都包在我身上。"

"钱，不必挂怀。"叶宗满微笑，"要多少有多少。只是请周翁等诸位老封翁不要灰心，同心协力，把这个事情做好。扳倒朱纨，也并非只有我等得利，他一天在这个位上，君等就不堪重负。"

"此言得之，此言得之！"主人深深点头，"表明如何处置，倒也罢了。兵来将挡，水来土掩。怕就怕他悬在那里，钝刀子割人那才要命。此人不倒，的确是我们心腹大患。请放心，我们一定尽力而为。"

"奏章不必多，但是一定要深中要害，话要撂在分寸上。'擅杀'是根本大罪，然而不必论其罪致死不致死，只论朱某擅杀之心。一者，专权枉法，朝廷若不约束，便成尾大不掉之势；二者，方当夏令，万物蓬生，而一鼓擅杀九十六人。上干天和，必触神怒，恐与圣主慈悲修道之心相悖。这一节，点一点就好。"

"妙，妙。贵乎诛心！高明！"主人诚心诚意的佩服。

本朝皇帝年号为嘉靖，极喜欢祈禳仙道之学，据说在内廷禁宫之中，时常亲自身穿道袍。人们背地里都拿他比北宋徽宗道君皇帝。嘉靖继位之初，锐意政务，颇有中兴之像，此后却渐渐沉迷丹道，极少上朝理政了。虽然如此，举凡大明大小事务有专折呈上者，他多半还是看的。倘若这个弹劾朱纨的折子被他看到，单凭"上干天和，有违仙道"这八个字，就足够让朱纨吃不了兜着走。

叶宗满站起身来，说道："还有事，先行告退。"

主人亲自送他到门口，叶宗满再三辞谢，便将身上的长袍解下相赠。主人一拎到手里，便掂出分量与众不同，回屋拆开细看，原来两层布当中一片片塞满了金叶子，难怪匕首刺之不入。算一算，这件貌不惊人的长袍，足足拆出一百多两金子。

叶宗满从周府中告别时，浙江巡抚行辕之中，一个七十余岁的老者也收拾包袱，准备辞行。朱纨得迅赶来挽留时，老者已经将一个小小包裹背在背上，去意坚决。

"陆夫子，何苦中道弃朱某而去？"

"我老了，经不起折腾喽！"那老者答道，"给人做了一辈子师爷，老了老了，鬼迷心窍，跟了你这个拗书生。眼看你就要倒霉，我又没有办法。不趁一块老招牌还没砸掉赶紧走路，还等什么？"

"怎见得我就一定倒霉？"朱纨这一年已经五十多岁了，但姜桂之性，老而弥坚。明知道自己一系列所作所为，这位陆师爷都不甚赞同，仍然我行我素。

"四个字就足以蔽之——众怒难犯！"陆师爷冷冷说道，"朱大人，你已经活成一个独人了。闽浙两省官僚士绅，除了一个卢镗卢将军是被你亲手提拔起来之外，还有谁跟你交情莫逆？还有谁能跟你倾心露胆？至刚则折。别的不论，单就你一道令箭砍了九十六颗脑袋，就足够让你下台。你也不想想，你凭什么杀人？你有王命旗牌还是天子剑？闽浙两省你得罪了多少人？他们岂能善罢甘休？"

"我……"即便朱纨倔强，一时间竟无话可答。

"我，我这是事急从权。"

"哦，事急从权，那你急到什么地步了？《礼记》诸侯见天子有四急可从权：日食、太庙火、后之丧，雨霑服失容。你急在了哪样？"

"……"

"《春秋》景公夜过晏子府，晏子惊起而问曰：'诸侯得无有变乎？国家得无有事乎？大臣得无有叛乎？'你试问能占哪一条？"

"……"

朱纨只能摇头。

"擒捉匪首，庶几大局已定，而上不示以功，中不示以德，下不动以财帛赏赐。这样的官如果还能做下去，我不知道怎么才能倒台。这些话，老朽当初一五一十，无不说与大人，您倒是听过一句没有呢？"陆师爷越说越气，"事已至此，恕老朽再无回天之力。请容告辞！"

"先生……"朱纨颤声道,"朱某这个性格,自己也知道不好。但我忝为朝廷臣子,为君父分忧,虽死不敢辞其责。当初三请先生出山助我之时,已讲在当面。"

陆师爷也沉默了。过了良久,他才转过身来,一张皱纹堆垒的脸上老泪纵横。他向着朱纨深深地拜下身去:"老朽恨大人不听人谏,恨大人轻抛有用之身,但却不能不敬服大人是位忠臣!您适才以大义责我。那么,就容老朽坦白说一句,老朽此刻中道弃大人而去,正是为了保全大人清正忠义之名!"

"啊……"朱纨低呼一声。原来陆师爷是师法战国时候赢成信陵君之名的故事。那么陆师爷辞行之前,其实心里已经早萌一死以殉朱纨的死志。"这,如何敢受。万万不可。朱某何德何能……"他不知说什么才好。

"这件事,真的已无法挽回?"

"绝无返手之策。"陆师爷摇头。

"那么,我倒了。朝廷大概会派谁来接任?"

陆师爷仰着脸,寻思片刻:"大概是王忬。"

"王民应久历勤劳,公、忠、能皆可观!有此人继任,我死而无憾矣!"

"别高兴得太早。也有可能是赵文华!"

朱纨沉下脸去。

"赵文华是什么东西?阿附严家父子换得官做,也配来接我的印!不成,赵文华不成!陆先生,王、赵两个人之间,能否定论?"

陆师爷又琢磨半晌,摇摇头:"不能。王忬得其时,赵文华得其势,断难定论。"

"哎呀,那事情就麻烦了。"朱纨为难的说,"我个人生死事小,这几年来,浙省好不容易经营出了点模样。落于小人之手,我不甘心。陆先生,无论如何。请最后助我一臂之力!"

陆师爷为之动容,点了点头:"不敢推辞。但请问大人心中究竟如何盘算?"

"要我自己选,这个后继者才智自然当在我朱某之上!"朱纨一边思索,一边说,"年纪要比我轻,处事要比我干练,最重要的是要有机变之能。这样才能将浙省这副烂摊子放心交给他。此外,还要懂一点军事,不然没法剿灭倭寇。最好还能和倭寇里的头面人物有些关系。许栋、王直都是徽州歙县人。后继我的人，也应该在徽州府里出。"

"这样方方面面都能兼顾到的人才，一百个也挑不出一个。"陆师爷道，"大人既有这般定论，莫非早已胸有成竹？"

"是。"

"何人？"

"便是嘉靖十七年的三榜进士，现任余姚知县，姓胡名宗宪，字汝贞的。"

"也不过是个七品官儿，大人向来难舍青目，对此人却如此推崇，莫非之前有旧？"

"是。我们是世交！"朱纨坦承，"我第一次见他的时候，他还是个半大孩子。"

于是他便将当年故事一一说与陆师爷听。

那是当年朱纨料理了王直，令其择日离开徽州之后的事了。

当日，朱纨端起茶杯，浅浅抿了一口，向尤老夫子吩咐："劳烦夫子，出去叫账房给我准备些财礼。不须贵重，贵重了我也承受不起，本地土产就好。再从我俸禄里支十六两银子。外边给我备两头驴。"

"是要拜望亲友？"

"嗯，去一趟绩溪。"

尤老夫子便不再问，匆匆而出。不一会，又转了回来，禀道："老爷，礼物和叫驴都是现成的。您存着的俸禄，除却官署开支用度，上南直隶，又捐了些给百姓，剩余已经不足十六两了。"

"那就八两吧。"朱纨叹道，"绩溪不会看重这等俗礼的，只是我一点心意。"

尤老夫子应下，便又出去了。

朱纨独自坐在厅中。这官厅不知何时所建，虽然清洁，已颇陈旧。厅中除几张桌椅，中堂、对联之外再无他物铺陈。一阵清风，倒很是凉爽，梁上燕子呢喃，衬得厅中更加安静。朱纨听了一会，出了神，想起适才茶馆里叶宗满说"做坏官怕骂，做好官怕穷"，不由又是哂然一笑。

待诸事已备，次日朱纨便上绩溪。

绩溪在歙县以北，相去不过数十余里。再加以黟县、婺源、祁门、休宁，便凑成徽州一府六县的格局。此地之前被称为歙州，到宋徽宗宣和二年之时，改歙为徽，此后一直沿袭。但六县之中，唯独绩溪声名最为响亮，却是因为绩溪县里有一家誉满天下的名门，唤做龙川胡氏。胡氏宗族在晋朝时迁入徽州，从此定居，世代诗礼传家，家学渊源深厚。到了明朝正德年间，龙川胡氏宗族之中出了一位胡富字永年的，官至户部尚书，清慎忠诚，官声甚好。朱纨少年读书的时候很受他的照顾，但朱纨书生意气，胡富身居高位时，他反倒故意不很领情，等胡富致仕回老家颐养天年之后，才每年前去执礼问安恭敬不绝。嘉靖元年，胡富寿终正寝。官场的规矩，人走茶凉，何况是已致仕的老臣。但朱纨和绩溪胡家反倒走动得更勤了起来。想到自己不日便将远离徽州，更要专程前去一趟，一者拜会；二者便是辞行。

他对此地极熟，不必像寻常俗客一般瞻前顾后，便径直登了胡府。胡富虽已去世，其子胡韶尚在南京光禄寺供职。现今绩溪胡府之中支持家业的乃是胡富的长孙胡应祺。他听说朱纨到访，已从里边迎了出来。

"子纯。"胡应祺笑呵呵地唤着朱纨的字，"多时不见，是哪阵风把你这个一县之尊吹来的啊？"

"岂敢，岂敢。"朱纨道，"特来向尊兄叨扰顿饭吃。"

"到了我这里，自然逃不了你的。"胡应祺哈哈大笑，于是二人携手入内。他俩都是三十来岁，年纪相近，又极稔熟，平日里有如兄弟之好。只是朱纨毕竟身在官府，就略拘谨些。胡应祺则是偶傥大方，颇有豪杰之风，与其祖正德朝户部尚书胡富那般敦厚谨慎的性格截然不同。

当下请入内厅，各分宾主落座。胡应祺便点手唤过一个家人来，吩咐道："朱老爷来，叫后边整治晚饭。前门上去一个人，请大老爷一起过来。"那家人答应一声去了。

朱纨便先梳洗一番，然后由胡应祺领着，到后堂给胡富的神主恭恭敬敬上了三炷香，又去后宅拜问了胡老夫人，彼此寒暄问候，这才再回到内厅。

这时胡应祺问道："听说吏部的票拟已经出来了？"

朱纨道："是。准擢为景州知州。"

"南直隶转到北直隶，"胡应祺道，"这一去就远了。我们兄弟闲居山野，也不知此生是否还有再见之日。今晚弛情尽兴，一醉方休吧。"

朱纨道："正有此意。只可惜不及面辞尊君了。"

"那倒不必。"胡应祺摇头，"我家老爷子在南京，看见吏部票拟比你还早。他写信来，我回他说，子纯是世交兄弟，何不把他留下，早晚也有个看顾，被老爷子痛骂一顿，说敝祖龙峰公当年在南京做大理寺评事，困苦贫穷之中唯独拔擢了你，是以你为国家社稷之才，不忍见明珠暗投。哪有为我一家一姓之私利就把你留在小小徽州的道理。现今吏部票拟你做景州知州。景州是北直隶属地，天子脚下，是放手做事业的地方。一旦有成，上面看得见！"

他伸手向上指指，又笑着说："所以这个缺在平庸之辈是下下之缺，容易尸位素餐。在有才有能者，则是上上之缺，机会难得。子纯，这是机会！我们兄弟不是这个材料，你好好做，庶免辜负龙峰公对你的期望。"

朱纨这才明白其中原来尚有这么多缘故，不由得又是感激又是愧疚。

"论才能，我都谈不上，"朱纨恳切地说，"如果说龙峰公还认可我略有可取之处，那也就是取我这一点刚直。朱某未必做得了我大明的能臣，但我一定会做大明的忠臣！"

"这也就是你高的地方！"胡应祺挑指而赞。其实胡家三兄弟幼秉家学，也均有才能。但其祖龙峰公胡富默察形势，感觉天威难测，朝纲多变，仅有才学而无立身之德，继续周旋于官场之中，徒自招灾惹祸。所以三兄弟均未循科举，登仕途，而隐遁山野，淡泊名利。这也是世家大族惜身养福的难得之处了。

于是彼此闲谈，过不多时，天色已晚，日影西斜。胡家的僮仆将桌椅搬出院中，习习凉风，四野幽静，远山隐隐传来樵子放歌之声。僮仆便先将菜蔬果品摆上桌，又端上一坛酒来。

"对着这般田间山色，真是多少功名富贵都一念俱消。"朱纨不禁感叹。

就在这时，从外面走进一个人，袍服样式与胡应祺相仿，年龄大些，约莫五十余岁，相貌淳朴。胡应祺道："大哥到了。"朱纨一见此人，也连忙站起身来，拱手道："松山兄，久违了！"

胡尚贤连忙还礼，说道："不敢，不敢。子纯快请坐。听说你来，高兴都来不及！本来早该过来，家里有事，耽搁了一会。子纯不要见怪。"

胡应祺便笑道："又是宗宪？"

胡尚贤道："是。这孩子也不知从哪里得来一些闲书，弄得性子野了。

不耐烦只学四书五经,这些天闹着跟山上的老方丈学武,每天刀枪棍棒,抱着苦练,不到天黑不回家。我刚把他抓了回来,在家洗漱,叫他一会儿过来拜见子纯。"

朱纨连忙谦辞不敢,又向胡应祺道:"宗宪这孩子,我以前怎么未闻其名?"

胡应祺道:"这孩子自小际遇不好。他父亲便是我这大哥的胞弟乐山公,表字尚仁,十三年前亡故了。那时你还没来徽州,所以不知。宗宪从小依着他母亲过活,常在舅家,最近大哥才接他回来——子纯,这可是我家的千里驹!"

说完,胡应祺又向胡尚贤道:"大哥,宗宪天资聪颖。书本圣人之学,怕是拘不住他。不过将来要走正途出身,经典治学的工夫也不能太过荒废。"

胡尚贤点头道:"我晓得。三架的宗明不是中了进士,现在已经做到南京户部主事。咱们一架里边,将来出头露脸,少不得便是宗宪。这孩子从小胆子大,不怕天不怕地,不拿圣人压着,只怕不行。现在准他单日习文,双日练武。宁可严着点,总不能叫他堕了祖宗的志气。"

这时天色已暗,庭院中点起灯火。胡应祺又吩咐取艾草来熏蚊虫。众人话题就自然而然拐到各房少年英才上去,又论起本州汪、方、吕各大豪族。朱纨因而触动心事,便将昨天遇到王直三个人的事说了出来。他是客人,胡家兄弟出于礼节,自然也听得十分认真。正说之间,便听家人说:"少爷来了。"

朱纨便举目望去,但他少年时用功读书过甚,目力不佳,未见其人,却先听到一个清朗的声音道:"这件事情,恐怕世叔处置不当。"

话语声中,一个少年缓步走到院中。朱纨借灯光看去,只见他身材不高,瘦削结实,颈细头大,双目有神,形貌颇为不凡,就知道这便是胡氏一架中人寄予重托的胡宗宪了。

胡尚贤却斥道:"小孽障,又来乱说。若非朱大人跟我们胡氏通好,岂不见怪?整日里教你多读些圣贤经典之学,从来不听。一味自己聪明,还跑去务枪弄棒,嫌不够出息?"

胡宗宪平日里最怕他这位伯父,缩了缩脖子,吐吐舌头,将手中棍棒倚在墙上,重新向三个人见过礼。朱纨却道:"贤侄,听你刚才的话,好像只说了一半。朱某怎么处置不当，还请明白指教？"

胡尚贤道："他小孩儿家懂得什么，还不是胡诌乱道。"胡应祺只是微笑，却并不来劝。那胡宗宪看看形势，见朱纨似是真心询问，胡应祺显然也没阻拦的意思，胆气便壮了起来。

"世叔，"胡宗宪说道，"小侄这点微末见识，上不得场面。既然世叔垂问，也不敢藏拙。小侄是想，据世叔方才所说，那王直三个人，其才颇足以济恶，并非寻常市井无赖，是不是？"

朱纨道："是。我后来一一打听过，三个人里，徐惟学是个一勇之夫，叶宗满则是秀才，颇有才名。论文论武，王直并不是三人里最强的，但另两个一向服他。"

"这就对了。"胡宗宪道，"如果他们只是寻常愚夫愚妇，不怕再怎么反复，一顿板子，也就了了。可按现在的情势，这些人有才有智，只是不知被什么拘住，不能轻易出徽州，才智都无处施展，所以只有为祸乡里。一旦世叔发了话，让这些人离开徽州，这些人失了束缚，翻然翱翔，再也不可控制。海阔凭鱼跃，天高任鸟飞。如若他们心中尚存王法忠义还好，如若继续为恶，作奸犯科，而所在官吏未必都像世叔一样德才兼备，最后闹出事端，追本溯源，那世叔岂不是始作俑者？"

朱纨的眉头挑了一挑，最后一句话重了。

但仔细想来，也确是这么个理。徽州一府六县，本来就是鱼龙混杂之地。人才固然极多，作恶的也不在少数。现今便有一个活生生的例子：嘉靖二年，朝廷下了禁海令。但闽浙沿海仍有私商船队往来不绝。这些船队有兵器，有武艺，手眼又通天。什么倭人、佛郎机人乃至海上诸国诸岛，无不往来。虽是做生意牟利的私商，等闲并不犯案，但朝廷也拿他们当海盗看，数次敕令沿海加强警戒，寻机剿平。那其中最大的两股势力，一股首领叫做许栋，就是徽州人。朱纨熟知歙县政务，他前任的前任的辜太尊就是因为这个落马的。辜太尊那时本已做到监察御史，许栋事情出来，朝廷下令严查，查到许栋就是他任上离开歙县的，给了个纵民为盗的罪名。官职自然是丢了，若非同僚营救，几乎锒铛入狱。这是徽州无人不知的掌故。朱纨这样想下去，不禁胆寒。

"春秋责备贤者。子纯不必在意。"胡应祺笑吟吟地道。这时胡宗宪已经落了末座，酒菜也一道一道呈了上来。山居乡野，并没有如何奢侈珍奇的菜肴。但求一个新鲜，鸡、鱼都是现捉来整治的，獐、狍、鹿、兔也是本村猎人今日刚打的。主人殷勤劝客，朱纨夹了一筷子鹿肉炒鲜蘑，还没入嘴，沉吟着转头又问胡宗宪："贤侄。那按你的意思，我该怎么处置王直？"

"羁縻！"

胡宗宪虽然与朱纨初次见面，但他气度从容，毫不拘谨，撕着一块狍子肉吃得满嘴流油："国朝定鼎一百余年，而今疆域之大，人物之广，远过汉唐。人数一多，就容易有些草野奸雄，混杂其中。平时还好，一旦发作起来，就不容易了结。所以良吏如名医、治郡如治病，从容消解于未发作前，才是上上人才；对症下药，只是中游；头痛医头脚痛医脚，就是敷衍塞责了。王直这件事，依小侄看，最上自然是世叔将这三人收为属下。"

"我？"

"是。以世叔的道德才学，这三个置于您的眼皮底下，无论如何也生不出事，久被世叔感化，慢慢也会归于正途。尧有子丹朱不肖，但丹朱做不成乱，就因为是尧舜之世，有贤君在上。如果世叔不愿，可将王直三人继续留在歙县。他们的意思，没有世叔命令，就出不得歙县。再待十几年下来，娶妻生子，什么雄心壮志都消磨尽了，自然也就无以为患。把他们这样随便放出去，又无任何羁縻监管之法，恕小侄冒昧，这是下之又下！"

朱纨悚然而惊。胡氏兄弟也连忙喝止。朱纨摇手道："不不。宗宪所说有理，这件事情是我想得不周全，二位仁兄千万不要斥责他。"

但因为终究担上了这个心，朱纨这一席便吃得很是郁闷。胡氏兄弟彼此相顾，知道他是存了心事，只有从旁开解。

"子纯，你和宗宪所担心的，无非是这个王直将来走上邪路，为我徽州人惹事。但自古英雄奸雄，忠奸虽然不同，都占着一个雄字。我看王直不过是咱们徽州的一个市井无赖，未必就有你们说得那样厉害。"

"他们有文有武……"朱纨沉吟。

"徽州人学武，也是常事，"胡应祺宽慰，"经商做买卖的多，出门在外，谁不学两手拳脚护身？子纯看没看过《水浒传》？小霸王周通下山拦路，都打不过那客商。六县之中现今还有好几位武学名家。市井少年，好勇斗狠，这个不必担心。"

"也不能小看他们，"胡宗宪接话，"伯父、世叔、七叔，小侄为什么学武？两年前，我在南京认识一些军户子弟，祖上都是跟着太祖、成祖东征西讨的沙场勇将。交了交手，竟连我都不如。将来国家万一有了兵事，指望这些家伙，我看是不成了。将来我若有了权限，就自己练一支精兵出来！要练兵，自己先得懂。所以我得学武！"

这番雄心壮志可就不得了了。朱纨见灯火之下的胡宗宪还是一个少年，竟已有如此志向，和胡尚贤都不禁慨然无语。倒是胡应祺倜傥跳脱，还稳得住。

待到席散夜来各自歇息的时候，朱纨才找个空隙，向胡应祺说："君家的千里驹，果然名不虚传！"

第二天清晨朱纨起来，便向胡应祺拜别。胡应祺挽留他多住几天，朱纨只是推辞衙门里还有事，也就只好别过。

从辰时直走到末牌时分，日已渐落，朱纨才赶回歙县。他不顾疲累，立即唤来书办班头。书办班头诸人出来踏访一圈，回去禀报：王直三人果然就在这一天之间离开了歙县，不知所终。

这一番渊源，朱纨之前从未吐露，以至连陆师爷都听得目眩神飞。"哦，哦，原来还有这番缘故。听大人所说，这孩子从小便有奇气，竟是不同流俗的人！"不过陆师爷转而又叹道，"倘若大人当初不管那层闲事，令王直终身不能出歙县，那便好了。"

"这是我平生所恨！"朱纨坦然道，"不过到后来，也想开了。没有王直，多半也有张直、李直。泛海走私，有利可图，就会有人不怕杀头敢去做。王直的老母终有寿数，始终不能困他一世。人生在世，无非处处机缘。"

"这说得极是！"陆师爷深深赞同，"原本朝廷与东洋、西洋三处通商，准其限期纳贡，就是明海商不可废之理。所以三大市舶司从嘉靖二年便厉行禁止，直到如今也没真正禁了，就是这个道理。朝廷也有暴利，每年单是三大市舶司贸易所得，就占天下赋税钱粮的五分之一。可惜所入银两尽入内库，百姓们不得其惠，所以才有铤而走险的事。"

朱纨却不愿往深里论朝廷的是非。他把话岔开："从那以后，我就始终注意汝贞。他是天赋异禀，聪明过人，精力旺盛，不像寻常儒生，专精一义。所以嘉靖十七年虽然中了进士，却也不过三榜之列。比起他堂房的几个兄弟，未见得殊胜，但也不过是进身之阶。榜下，先署他了一任知县，母亲病逝，丁忧还乡，期限还没满，他养父胡尚贤又亡故了。前后总共庐墓五年，所以如今三十多岁，还只在我辖下做个余姚知县。但他政声很好，也有理政之能。"

"老朽知道。老朽知道。"陆师爷连连点头，"大人既然属意于他，依老朽之见，这事就只能宜急不宜缓！敢问，大人与胡汝贞之间，可有妥当人互相往来？"

朱纨摇头："我一向不擅此俗务，老夫子是知道的。不过每年都有书信往还。我的心思，汝贞应当明白。"

"哦哦。不要紧，我来找一个！"

陆师爷就是本省人，浙江绍兴自明初盛产师爷。上至封疆大吏，下至七品小县，幕中无不设法延请几位绍兴师爷。他本门之中，又分刑名、钱谷两系。而陆师爷两系皆能，年尊辈长，在绍兴师爷里属于德高望重的人物。弟子徒孙遍及官场，很快就找到了一个妥当的中间人。

这个中间人姓罗，名龙文，也是徽州府歙县人，聪明机智。能举一反三，问一答十。他祖代本是徽州府里的制墨世家，一直传到他这代，已经是杭州城里有名的商贾，本业却尚未丢，仍是天下有名的制墨高手。所以虽是朱纨这等书生，耳朵里也听过罗龙文的名字。于是当即将他延请过来，委以重任。

罗龙文果然不负使命，自此便负起在朱纨和胡宗宪之间奔走的职责。过不几天，陆师爷也终于辞去，却并未还乡，而是兜了个圈子，辗转投在当时不过一个县令的胡宗宪门下。又过不久，罗龙文也被朱纨辞退。这时朱纨自己封门，只以读书为娱，坐等噩耗降临。

不久，噩耗果然传来了。

首先发难的却不是由叶宗满策划、周老爷领头的浙江世家大族。而是隔省的闽人。

因为萧显去了闽东。

第4章　忠臣之死

明朝海上的私商，大体分两支。一支浙系，一支闽系，而粤人次之。浙人善于经营、买卖诚实，数年间又有许氏兄弟、王直率领，将生意做得风生水起，一时声名甚嚣尘上。其实闽系的势力也相当雄厚，最初和许栋一起开创双屿港的李光头就是福建人。李光头走得莫名其妙，浙系和闽系之间也就各有戒心。萧显是广东人，按地域来说近于闽系。之前许栋主政，乐得留他和王直做个对手，双屿利润丰厚，所以他不忍离开。此刻，他自知争不过王直，当然毫无顾忌，趁黑夜无人注意，扬帆而去，一直到了闽东，投到闽东海商中威名最盛的陈思盼座下。

萧显起初是许栋手下的干将，一手"不动之刀"的刀法在江湖上也赫赫有名，陈思盼收他在帐下，大为得意。不过数旬，就将他提拔到伙中第三号人物。闽东海商不比浙商，无固定海港可以立足，地利上先就差着一筹。而四方转战，贸易也难以稳定，所以往往兼行劫掠。他们器械既强，人又勇猛，无论陆地海上，小股官军都不是他们敌手。大队官军前来追剿时，他们又闻讯而逃。所以本地官府竟无法可治。

这种状态正合了萧显胃口。他也努力回报陈思盼，抵达闽东之后，就连日上岸，劫掠了数日，不但掳掠了大量财物，还杀伤了不少官兵百姓。萧显还亲自动手，格毙一个百户，这使他更加受陈思盼的青睐。福建官绅访查之下，知道这股勇悍绝伦的海匪是从浙江被朱纨打散后流窜过去的，一怒之下，纷纷递折子痛骂朱纨移祸于邻。

浙江的责难这才开始发动。先是几本奏折探路，措辞委婉，都说朱大人有功于本地，其心可嘉，虽然行事种种不足，揆诸本心，总不忍上达天听。而后见庙堂之上并无驳斥之意，这才大了胆子，你一份我一份，一齐向上呈奏。状告朱纨巡抚浙江任内好大喜功、刚愎自用、擅启战端而不利、虚耗钱粮，折损军将，乃至擅杀无辜平民九十六人冒功。将朱纨一片忠诚报国赤心，尽皆抹为乌有。

嘉靖皇帝朱厚熜这一年四十二岁。他静坐在深宫里，揣摩神仙之学。除却极少数出巡，他几乎不接见外臣。能见到他的除了嫔妃和太监，就只有少数几名帝国的内阁成员。许多人都对他的状态表示担忧。中国历史上并非没有喜好修仙之术渴求长生之道的皇帝，但他们无一能够实现自己的梦想，而且多半昏庸。即使强如秦皇汉武，他们晚年对长生和方术的沉迷也大大损害了他们在史册中的形象。北宋徽宗道君皇帝诚然是不折不扣的昏君，然而他艺术修养很高，翎毛山水均得其妙，一手瘦金体笔法更是传诸后世。相比之下，嘉靖皇帝在任何方面都没有特别之处，这使得他对长生的追求更加为世人所难理解。

于是便有层出不穷的言官上折子批评。明朝的言官尤其御史是中国历史上最具时代特色的产物之一。他们的参议范围扩及王朝的方方面面。上到对皇帝名义上的父亲和生父资格的认定，以及皇帝的日常起居，几日没有临朝，乃至对某个嫔妃临幸过多。下到街谈巷议、风闻奏事，鸡毛蒜皮。大明帝国的疆域达到历史上的一个顶峰。然而一千多万平方公里的土地在明朝的言官笔下几乎毫无秘密可言。皇帝没有有效制约他们的手段。有些皇帝被御史指鼻子痛骂，骂得狠了，暴怒之下，可能用"廷杖"将该御史打死。然而尸首还没抬走，后续者就已前仆后继。这个群体里相当一部分人爱护自己的名誉和职责远远胜过生命。对他们而言没有什么比为了维护王朝的礼教和秩序而被昏君杖责致死光荣。如果某个御史挨了廷杖，居然侥幸不死，就会立即成为名臣。他们孤傲地立在朝堂之上，对一切事务发表自己的意见，连内阁的阁老们都不敢随意干涉。

只有极少数既聪明绝顶又洞悉世事的人才会明白，何以嘉靖皇帝从小就虔信道家神仙之术。要明白这一点，就必须首先清楚一个事实：在嘉靖皇帝长达四十五年的统治中，他有几乎二十年的时间辍朝不接见外臣，但却从来没有放弃最根本的权力。记载着王朝上下重大事件的奏折每天都送到宫中，嘉靖皇帝一一批阅，而后核准或者给出其他意见。这些意见极其简约，以至于收到批奏的大臣们有时竟瞠目不知所云。但皇帝从不会明确地表达他的用意，倘若臣子们呈入的修改意见再度不合其意，他就再把它批复下来，如此不厌其烦。在王朝之内，公认对猜度皇帝心思最具天赋的人，是内阁成员之一严嵩的儿子严世蕃。严世蕃相貌极丑却聪明绝顶，所以父子合力，在权力上扩展得很快，唯在内阁首辅夏言一人之下而已。

但当严嵩接到严世蕃递来的一本奏折，翻来覆去地看了若干遍之后，他喃喃地说："蕃儿，夏言终于要完了。"

"为什么？"严世蕃不解。

"要么，你再看看？"

"我早看过了。"严世蕃不屑地说道，"那种东西，我一遍就能通背。不过是浙省递上来弹劾朱纨假借整治海防，越权擅杀的折子，有什么了不起。朱纨这个老古板，我早想动他了，他又不是夏言的人。"

"哦，哦。"严嵩说道，"怪不得，那件公案闹起来的时候，你还小，不知道。"

"这倒要请父亲训教。"

"让我想一想……"严嵩寻思着，"这件公案，我也是花了好多心思才买通当时宫里的首领太监打听出来的。那是嘉靖二年的事情，皇帝刚刚即位，血气方刚。当时的首辅是杨廷和。转眼间，二十五年已经过去了。"

大明嘉靖二年，公元1523年。这一年的春天来得格外晚。转过年来，北京城里就涓滴不雨。旧年残雪渐渐消融以后，天气依然沉闷，毫无转晴的迹象。郊外土地上，一场旱情已经近在眼前。进入五月，京城里的人们有事没事就会不自觉地望一望天。这里是大明的皇都，两京之一，也是成祖朱棣"天子守边陲"之后历代帝王驻跸所在。虽然是天子脚下尊贵无极的地方，于地理却毗近漠北辽东。夏秋之际，往往刮起风沙，偌大一座皇城也就变得灰蒙蒙的，完全不如南京城那般山明水秀。所以当一片乌云终于压到京城上空雷声滚滚的时候，北京城里的人们都有些兴奋了。

云层翻滚，雷声越来越密集。谁都看得出一场骤雨将临。街道上的百姓匆忙奔跑，或者干脆找个临街的店面躲避。更有些人索性在雷云之下泰然自若，横竖不过一场雨罢了。对这场雨，京城中的人们期望已久。

但令他们谁也意想不到的是，在毫无前兆的情况下，一道粗大的电光极天际地的直劈下来，紧接着一个惊天动地的霹雳，整座北京城仿佛都被震动了。猝不及防的人被吓得脸色苍白。一刹那，这场骤雨终于连天扯地的倾泻下来。只不过望着这场雨的人们不再欢欣鼓舞，而都或多或少的生出一丝不祥的疑窦。

半个时辰后，城中之城的紫禁城中。

一个小太监冒着大雨奔跑在宫殿之间。

他的狼狈恰与暴雨中沉静庞大的宫殿群形成了一种鲜明的对比。

他气喘吁吁地撞入一座偏殿，这才猛然意识到自己的失态。还没等他回过神，迎面一个巴掌已经抽了过来，小太监顺势跪伏在地不敢稍动。雨水从他的鬓发和衣服流到光可鉴人的地砖上。殿中一时寂静无声。半晌，那个抽了小太监一巴掌的总管太监才战战兢兢地说道："启……启禀圣上。小奴无状，恐惊了圣驾。"

大明王朝第十一代皇帝嘉靖皇帝朱厚熜从窗边回过头来。

这是一位刚满十六岁的少年皇帝。在这偏殿之中，他并未着冕旒，只是一身常服，颇为朴拙，似乎与这宫殿的精奇华美并不相称。嘉靖皇帝的前一任正德皇帝，是花天酒地的能手。相比之下他这位堂弟仿佛是从外藩远来的"土豹子"。但总管太监却知道眼前这个人绝不像看上去那样平凡无奇。虽然直到登基之前，他甚至还没有引起天下人的注意。但当正德皇帝暴亡，太后和首辅大臣杨廷和共议拥十五岁的外藩郡王为帝的时候，这个不显山不露水的少年却结结实实给了满朝一个下马威。愣是在天下人面前逼得杨廷和进退无据。杨廷和并非无能之辈，而是有明一代杰出辅相，连正德朝大宦官刘瑾都栽在他手上。但他至少在少年嘉靖身上犯了个大错。他太低估了这个异常早熟的少年。从那时起，紫禁城里的人们服侍嘉靖的时候都捏着十二分的小心。

"罢了。"嘉靖皇帝淡淡地说，"奏。"

他的语气很轻，也很缓慢，但透着那种不容置疑的帝王威仪。总管太监赶紧再朝报事小太监的后脑给了一巴掌："没听见圣旨吗？奏！"

"是……是！"小太监结结巴巴，"启……启奏皇上，钦天监司正入宫来报讯，方才的大雷雨，雷电劈了钦天监观象台！"

嘉靖的身躯微微一震，他点了点头，说道："知道了，下去吧。"

"是！"小太监恭恭敬敬地退了出去。总管太监赶忙招呼人手来清理地上的水渍。却听嘉靖淡然道："你也下去！朕要静一静。"

总管太监怔了一怔，只好垂手退出。偏殿里只剩下年轻的皇帝一个人。只在这时他才仿佛恢复了少年的神色——他的脸上彷徨无助。

大明首辅大臣杨廷和步履匆忙地奔走在禁宫里，陪在他身边替他撑着伞的则是他的儿子，已经考中状元的杨慎。杨慎日后以《三国演义》开篇词的作者而知名，是有明一代屈指可数的才子之一。他高中状元时正值杨廷和就任首辅，但在清议最盛的明代，却竟然没有人以此为由攻讦杨廷和。因为以杨慎的才名，状元实在是实至名归。在眼下的朝廷里，杨慎以青年新锐官员的形象而立足。首辅大臣杨廷和历侍二君，处变不惊，既有经略又有权变，功忠能皆备，是明代诸多首辅之中鲜有的一位能够服人的首辅。正德皇帝暴卒之后，嘉靖未登位前，有整整三十七天的时间，大明最高权力就掌握在杨廷和的手里。以至于对于新皇帝嘉靖的压力，满朝文武都自然而然的唯杨廷和马首是瞻。

这时骤雨尚未停歇，杨廷和走得很快，他的袍服下端都被雨水微微濡湿。杨慎看在眼里，不禁低声提醒到："父亲，皇上并没有令您急速觐见，咱们这样急匆匆地赶路，似乎也有失人臣的风度。"

杨廷和瞟了一眼年轻气盛的儿子，脚下依旧不慢，只淡然道："所谓大臣，当识大体，在大政大礼上匡扶圣君，导之以善，不要琐碎。你考中状元，我并不喜欢，你可知道么？"

"是……"

"状元是所向无前的人，你年纪轻轻，就得了这个虚名，未必是福。"杨廷和忧心忡忡，"不要自作聪明，不要强出头！你太年轻了。要知道，皇上未必就中意我这个首辅大学士。"

"皇上是大，"杨慎道，"富有万国，总括四海。可是再怎么大，他也大不过孔孟。"

杨廷和的急行倏然中止，他转过头望着自信满满的儿子，问道："孔孟是什么人？"

杨慎："是儒门宗祖，万世帝师。圣人！"

杨廷和缓缓摇了摇头，他直视着杨慎的眼睛："不过是死人！"

杨慎被父亲惊得半晌说不出话来，而杨廷和也不再说话，一路沉默。

他们就这样走到嘉靖所在的偏殿之外。在殿外侍候的总管太监和诸多小太监们见杨廷和走过来，先自齐刷刷地跪了。一起恭恭敬敬道："参见首辅。"明代宦官和朝臣的关系仿佛敌对两军，不进则退，此消彼长。宦官威风的时候，大太监们见到辅臣，拱手则可。但杨廷和是诛灭了一代巨宦刘瑾的人，太监们见了他自然像老鼠见猫。杨廷和点头道："起来。圣上可在里边？"

总管太监连忙回道："在。圣上有旨，若杨阁老来，不报名观见。"

杨慎听嘉靖已经料到杨廷和会赶来，这才似乎明白了父亲如此急促的缘故。

虽然是谕旨，不需报名直接观见，但杨廷和还是在偏殿的门外整了整衣冠，而后肃容朗声道："臣左柱国、华盖殿大学士杨廷和叩见陛下！"

殿中寂静异常。良久之后，一个年轻犹带稚气的声音说："杨卿请进！"

杨廷和小心谨慎走进偏殿的时候，嘉靖刚刚从窗边转过身来。殿中灯火不旺，窗外透进来的微光令嘉靖并不高挑的身躯显得格外厚重。杨廷和定了定神，再俯身下去。嘉靖等他行完了跪拜大礼，这才道："杨卿起来吧。礼节太多，就什么事都议不了了。"

"礼不可缺。"杨廷和坚持道。

君臣随即都会心一笑。两年前嘉靖皇帝从湖北上京之时，就与杨廷和在"礼"方面起过冲突。杨廷和为首的廷臣力主嘉靖以堂兄正德皇帝的父亲明孝宗弘治皇帝为父，而将自己的亲生父母降档为皇叔父、皇叔母，嘉靖坚持不允。从那时起围绕着"皇考"的归属，百官群臣以礼法制度为战场展开了一场轰轰烈烈的大讨论，其余势至今不绝。杨廷和与嘉靖也就从那时起种下君臣不睦的根苗。

当然，在这偏殿之中，君臣都尽力扮演好自己的角色，自不会令喜怒形之于色。嘉靖皇帝此时虽然年轻，但这是被数百年后的人们评为明朝最聪明有心计的皇帝。他看了一眼杨廷和，说道："朕知道杨卿会到的。"

杨廷和恭恭敬敬地答道："是，臣得知天雷殛坏司天监观象台，就赶紧入宫见驾。启奏圣上，天雷下降，当主辅臣理政不清。这是臣等的罪过。臣等辅政学士稍后皆当有谢罪折子呈于御览。"

"你这是为朕分谤了，"嘉靖道，"说来说去，还是朕的德行不足以主掌天下。朕之皇兄正德皇帝在位的时候，大福大贵。俟朕正位之后，就天下不宁了。"他掰着手指头，一件一件地数着："去年就是一场六省大旱，今年眼看又是一场。都是天下富饶所在。湖广熟，天下足。朕这个年号用了两年，湖广就给朕旱了两年。去年七月江南几场雹子，又大雨大水。南京大风差点卷了金銮殿。今年一开年，南京、凤阳、山东、河南、陕西皆有地震！南京是京城，凤阳是太祖龙兴之地！外边还大旱。好不容易一场雨，雷又打了司天监！杨卿，当初是你随太后将朕迎上这个宝座的，你给朕找了大麻烦啊！"

杨廷和知道嘉靖对这些符箓灾异颇为相信，听他件件如数家珍，也只能恭聆圣训。他也明白嘉靖在数落这几场灾异的时候，特意省去了嘉靖元年京城宫中三小殿的火灾。那时候嘉靖和杨廷和正因为"大礼议"吵得不可开交。火灾报上来，杨廷和批复这是废弃礼法的上天垂像！又一年多下来，杨廷和深知自己当初是莽撞了。他无奈地一笑，斟酌语句，道：

"万岁是太祖圣胤，真龙之体。继位入掌大统，皆因太后垂慈，万岁福德。老臣万万不敢贪天之功。万岁以真命天子君临天下，五洲同庆，四海激荡。纵有些小灾异，也不过是圣人所云迅雷风烈变化。当今朝政清明，仓储富足，纵有过错，错在臣躬。万岁不必过于焦虑。老臣所以急忙进宫面圣，一者是为雷变请罪，二者是有一件重大政务想请万岁圣裁。"

"哦？"嘉靖神色一动，"何等重大政务比天变还重要？杨卿你且奏来。"

"是。"杨廷和道，"是海务，且连通外藩。事情虽然不大，阁臣们不敢擅专。所以来请圣断。"接着，他就备细的将那件事从头到尾叙述一遍。他知道嘉靖皇帝之前不过是据守荆楚的藩王，明朝祖制，藩王不奉召不得擅离守境。所以嘉靖尽管聪明，于海事则是一窍不通。所以叙述唯恐不细。嘉靖专注地听着，起初并不搭话，神色却越渐严肃，时而插一些"慢""再详细点""杨先生素知朕不谙海事"等等话语。每当这时候，杨廷和就将语速格外放慢，或者干脆停止。候嘉靖思索片刻，挥挥手，他才继续。

杨廷和所叙说之事，日后在史册上被称为"争贡之役"。这件事情确切的发生时间是嘉靖二年五月一日。明州市舶司的奏章飞报中枢，杨廷和特别压了几天，一方面想等一个合适的时机，另一方面，也想好好地思索一下大明海务为什么弄到这等地步。关于海禁和开海的争论，从太祖皇帝起始，贯穿了整个明朝。事情虽然不大，但是牵涉本朝近二百年的内政外交决策，也牵扯大明沿海诸州郡县乃至远隔茫茫大海的异域。

事情的由来，要一直上溯到大明立国。明太祖朱元璋应天受命，平灭群雄，一统天下，将蒙古人追亡逐北，但水路上却并不那么从容如意。曾经与他竞争的群雄之中，浙江方国珍、江苏张士诚都有可观的水军势力。就是陈友谅也曾经在鄱阳湖中威胁过朱元璋。这些势力虽然其后逐一被朱元璋消灭，但他们的残余始终临海而据，借助船舶，得便就来骚扰，搞得朱元璋不胜其烦。这些势力极其灵活，朱元璋出水师大举征讨，他们就望风而逃，滔滔万里海域，难以抓到。一旦放松警惕，他们又会袭扰沿海，掳掠州郡。后来这些势力里又加入了倭寇。

倭国即日本，一度与中国是一衣带水的邻邦。明朝初年，日本国内一些武士沦落成浪人之后，便经常冒着风浪之险，渡海前来劫掠，只是规模甚小，不足为患。但他们与张士诚、方国珍、陈友谅诸余党相勾连，却也不能不令朱元璋加紧提防。所以朱元璋便在洪武年间，首次颁发了"禁海令"，意图阻绝内外勾连。

这是祖制，但到成祖永乐皇帝朱棣时，又重新开海。此时距大明建国已数十年，张士诚等人当年的余党已凋零殆尽。更重要的是，朱棣亲手组建起了一支在中华海军史上都堪称空前绝后的船队，并且以此开展起一系列影响深远的航海运动。这就是七百年后至今仍然妇孺皆知的"郑和下西洋"。这支无论单舰长度还是船队规模都足以威震当世的船队，出海下洋的目的倒不仅是为了打通诸国朝贡之路，更是为了立威！以这样一支庞大船队，其时东海之上绝无任何力量堪与之匹敌。倭寇倘若继续为患，朝廷堵是堵不住的。但惹动船队直捣巢穴，却并不难。所以永乐年间虽然并无大规模海战，海事却仍甚是平静。领导下西洋的首功之臣三宝太监郑和也因此而成为太监中有名有德的异数。直到永乐帝晏驾，洪熙帝再度禁海。此后围绕着禁海和开海，历代帝王均看法不一。嘉靖初年，朝廷对海事的基本政策还是宽容的。此时朝中共有三大市舶司，主持对外贸易，远来交通。这便是浙江宁波市舶司、福建泉州市舶司和广东广州市舶司。负责对日贸易和接待工作的，是浙江宁波市舶司。出事的也就是这个衙门。

日本和中华素有贸易往来。明初太祖禁海，到了永乐年间，才确立了中日勘合贸易制度。所谓勘合，即近于今之通商凭证。当时以十年为一贸易期。允许日本派船两艘，从者二百人，每人需一道勘合为凭。"日"字一百道，"本"字一百道，礼部各有备份。至期凭勘合才准入境。其后每朝勘合均有更换，而日人之朝贡船也越来越多。到明朝嘉靖年间，日本国内朝贡之权已经落到两个有名的大名大内家和细川家手里。这两家互为劲敌，各掌海权，本就面和心不和。嘉靖二年，两家大名各派朝贡船队持勘合赶赴浙江宁波市舶司。大内家的船队正使臣叫做宗设谦道，于四月二十七日首先抵达宁波。但随之而来的细川家船队使臣鸳冈瑞佐和副使宋素卿与宁波市舶司总管太监赖恩旧有交情。且宋素卿是汉人，在明朝关系深厚，所以船队虽后至，却仍被准许提前入港。待到五月一日接待酒宴时，细川家又被邀坐首席。细川和大内互相敌对，所持勘合各不相同。这时嘉靖勘合尚未颁发，大内家所持是上代正德勘合，而细川家所持则是再上一代弘治勘合。以新旧而论，应以大内家为正统。但细川家却倚仗赖恩的势力，处处胜过一筹。那宗设谦道是个好勇斗狠的武士，手下所统率的也都是国内悍勇之士，几番下来，终于借酒发作，在酒席宴会之后率众乱刀砍死了鸳冈瑞佐，宋素卿跑得快，侥幸逃得一命。宗设谦道一不做，二不休，便在浙江掳掠起来。他这支队伍虽然人手不多，但士伍勇悍，器械锋利，着实打了浙江本地一个措手不及。明军仓促一战，损失了一个指挥使和两个百户。海上再一交手，又折了一个指挥使和一个千户，竟是屡屡受挫。宗设谦道等人从容逃走。好在上天公道，一阵风将其中一艘船吹到朝鲜，朝鲜驻军擒杀宗设贼党三十，生擒二十，解来北京。这才稍稍保全了大明王朝的颜面。

杨廷和夹叙夹议，待将这件事情前因后果一一陈明，已过了大半个时辰。嘉靖认真听了，而后沉默不语。杨廷和暗自揣测，嘉靖这个年纪和阅历，倏然接触如此陌生政务，只怕未必能有所见解。却听得嘉靖沉吟着说道："杨师傅，朕觉得这事情并不是小事。闹不好，我大明的万世续统就要着落在它之上。大明与日本贸易勘合，成祖皇帝时便有圣训，也有成法。但依师傅所说，这成法从一开始就没真正遵行过。倭国的朝贡使臣三番两次地来，我朝的人又变着法想出去，没有别的，之中无非一个'利'字！"

杨廷和悚然而惊，对这个年轻的皇帝又多了几分敬畏，杨廷和一边思索，一边从容道："万岁英明睿智，所见鞭辟入里，根结确实就在这个'利'字。倭人远来是客，我大明富有万方，他们那点朝贡的东西并不稀罕，向来都是优容以答，又有专门犒赏。他们每一船东西过来，总有至少三四倍的利，所以尽管海上风浪，也阻他不住。"

"这是小人之利。"嘉靖温和地说，语气却不容置疑，"小人皆有逐利之心，因其是小人，君子也就不责其咎。当我朝成祖皇帝之时，威扬海上，名播异域。倭国癣疥之疾，弹指即可诛灭。但我朝不仅不诛，还准他逾越规矩，每年数次朝觐。这一是为了表彰远人昭明我朝圣德，二是为了不轻启战事以干天和，三也是为了以倭制倭，以小人制小人。所费钱粮不多，却能保全沿海诸省平静，何乐不为？这才是君子之利，也是我大明气度！"

"万岁圣明！"杨廷和由衷赞叹，"确如万岁所说。国朝历代均有倭患。但为患最轻就在成祖一朝。一者我朝兵威极盛，倭国不敢冒天下之大不韪；二者就是开了这朝贡勘合贸易制度，使他国内大名惑于小利，助我国朝一起剿平倭寇。倭寇进不足以抗拒天兵，退又无安身立命之所，逐渐消沉，也就在情理之中了。"

"但成祖皇帝的成例，到了本朝，就又是一个样子。"嘉靖在偏殿里缓缓踱步，"如杨师傅所奏，他大内氏的使臣宗设受了委屈，原本可悯，但他公然作恶，危害国朝江南之境，劫掠庶民抗拒天兵杀害官员，这就是不折不扣的枭獍之心！这样的乱臣贼子，倘若在太祖之时，不剥皮实草也要被扔进大锅里活活煮死！"他倏一转身，"可他却是大内家的人，拿着正德勘合，正经的使臣，不是浪人草寇！杨师傅，这，你怎么看？"

"倭人之性有如狼虎。以利诱之，犹如以肉饲虎。肉有尽，而欲壑无穷。"杨廷从容答道，"而今狼虎之势已成，凶焰已张。窃以为不能再以成祖的前例论之！"

嘉靖点点头："杨师傅这是诛心之论。只是，本朝的军威实在已大不如前。二祖之时，军将皆是百战精锐，又有水师大船，就是举手犁平倭人巢穴，也不是难事。而今承平日久，将不习兵。宗设之乱，三百个倭人长驱直入，本朝前后出动数千兵马，交手几次，折了两个指挥使，一个千户，两个百户。还是被人家从容脱去。这些人忠是忠的，能，只怕就未必了。"他望着杨廷和，"一个是人家所图越大，一个是我们外强中干。人家既有所图，又不怕我们。

犯上作乱也就不足为奇了。"

杨廷和不由得又是一阵钦佩，庄容道："臣等也曾议过，均觉成祖之法已不足应之于今。但具体如何筹措谋划，却又所持不一。概而论之，有上中下三策：修德抚远，不战而屈人之兵。这是上策；即日封停浙江诸市舶司，停止倭国朝觐，遣使责之。这是中策；重新禁海，关闭所有市舶司，片板不得入海。勒兵往来巡查，遇寇即剿。这是下策。如何取舍，请万岁圣裁。"

"上策其实是下策！"嘉靖冷冷地道，"什么修德抚远，都是骗人把戏。论起德行，谁胜得过孔老夫子么？春秋不还是无义战？这等迂论，都是书生见识。还谈什么上策！"

这话不能说没有道理，但杨廷和听着还是有些刺耳。嘉靖皇帝虽然年轻，但爱好符箓，笃信道教，这些杨廷和都是知道的。他本人是少年科举成名，朝中大臣绝大多数也都是儒门子弟。虽然自己也认为所谓"修德抚远"实在虚过于实，但恪于儒家经义，还是不能不恭恭敬敬地将之列为上策。而被嘉靖一下否定，自然不太高兴。总算今天君臣相处和睦，杨廷和也不愿意就此破坏了气氛，只有继续恭肃聆听。

嘉靖继续说道："这下策倒未必不能成为上策。只是国家沿海数千里，勒兵防护，这是个极大的工程。倭寇三五成群，灵活机动，行踪诡秘，难以捉摸。打起来甚是吃力，总不能沿着海岸再修一座长城，朕也不想做秦始皇。还是暂时海禁，先绝了内外勾连之患，然后慢慢清剿。"他一边说，一边掐指计算："要练兵，要募兵，要钱粮器械，要保甲，要统御，不能各自为政。国朝定鼎至今，人口众多，地方东西万里。正德朝时数次倭乱，每次也不过军民死伤千余。对国朝而言，不算什么大事，财物损失也不多。但咱们若是治不了他，天下物议汹汹，所失就不只军民财物这么简单了。何况禁了海，就绝了小人之利，那些小人也不会乖乖罢手，必然又会生事……"他蹙着眉，缓缓寻思着，"所以这一条好，但也不能卒行。"说到这里，他忽然想起一事，向杨廷和道："去年有个人上奏，说要平海患，就要先关了三大市舶司。那人是谁？"

杨廷和仰头想了一想，说道："是吏部的一个给事中，叫夏言。"

"此人有先见之明！"嘉靖道，"杨师傅回头把他奏章找出来给朕，朕要再看一遍。这个夏言吩咐吏部记档，有得便处，提拔他。"

"臣，遵旨！"

"所以杨师傅适才所陈三策，朕看还是中策最佳。不急不缓，一张一弛，文武之道嘛。"嘉靖徐徐道，"浙江宁波市舶司就先撤了，调赖恩回来。吩咐礼部选两名有胆识、善辩的官员，去日本颁诏。福建、广东两司暂且不动，以观后效。兵部要选一些年轻有为的将领，充到地方上去。要和他们说清楚，不要以为剿倭是无关紧要的小事，做好了，就是千秋功业，功名富贵都在里头！"

"老臣遵旨！"

嘉靖一气说完，停下话头。年轻的皇帝对自己这般筹措颇为满意。本来是自己并不谙熟的政务，一日之内，以自己的聪明才智，兼以君臣交心，论到这等地步很是难得了。他也稍稍有些兴奋，但见杨廷和仍然久立不退，又有些愕然，稍一寻思，就已明白。他笑道："雷火下降，虽是上天垂像，也有应与不应。当年武王伐纣，吊民伐罪，以有道攻无道。卦象上照样是个大凶。朕于这方面只是爱好，并不深信。杨师傅前日奏朕在祈禳上用心太过，朕不是准了你的奏章，还优礼答报，传阅六部么。这不是什么大不了的事情，杨师傅有替朕分谤之心，好生写个谢罪折子来，也不必太过自责。朕自有恩德于你。"

话说到这里，已是十分宽容了。但杨廷和只是一拱手，说道："是。不敢欺君。谢罪折子，老臣其实已经写好了！"说着，他从怀里慢慢掏出一份奏章，呈给嘉靖。

嘉靖双眉一挑，他接过折子，三两下看完，笑容可掬的脸上就已冰冷彻骨了。他的声音并不响亮，却很尖刻："杨廷和，这就是你的谢罪折子？"

杨廷和："是。"

嘉靖便不说话，将折子合了，在手里轻轻拍打。隔了好久，他才冷冷道："朕想听你一句实话！"

杨廷和不急不忙："臣的折子上，句句都是实话。上天垂像，乃因首辅德行不称，不足辅弼圣君。老臣今年已过花甲。精力衰竭，多有愚行。所以请求万岁放老臣致仕。"

嘉靖狠狠瞪着他："你——"他仿佛极是愤怒，突然大声喝道："殿外人等，都给朕退后二百步伺候！"

门外顿时响起一阵答应声和脚步错乱声。等人们都已远远退出，嘉靖皇帝才压低了声音恶狠狠地向杨廷和说："杨廷和！亏朕方才还以为你回心转意，尊你一声杨师傅！你枉称我大明股肱之臣，宁可辅佐正德皇兄，也不辅佐朕！你说你德行不称辅弼，你还不如干脆说朕的德行不够坐这个天子之位！"

这是一国之君的暴怒。换作他人，即便是个大学士，也必然会被这顿夹枪带棒的话吓得无所适从，魂飞魄散！但杨廷和毕竟是当过十余年首辅的人，和"立皇上"刘瑾那等凶顽之人都能从容周旋。他听了这些话，脸上竟无丝毫变色，只是从容跪倒，坦然道："万岁方才所言，老臣一句也听不到，也不敢听。老臣昏聩荒悖，不克圣用，加以上天垂象，所以祈求致仕，别无他念。万岁责备，臣罪该万死！"

"你知道罪该万死就好！"嘉靖冷冷道，"朕心里也清楚，为了昔年朕皇考正位之事，你到今天还在和朕闹别扭。朕也真是不懂，你们这些读书人为什么成天要把精力花在这些荒谬无伦的事情上——对，不是荒谬无伦，是圣人之礼。圣人之礼，就是强按着人的脖子，非要管自己的父亲叫叔叔！这就是你们的圣人之礼！朕不尊这个礼，就是昏君！你杨先生就要辞官致仕。可你致得了么？你是首辅，但朕是皇帝！朕有法外之恩，也有法外之威！你当真触怒了朕，休说致仕，抄你的家，灭你的族。也不过是朕一句话的事情！你，知道么？"

"臣知道。"杨廷和淡然道，"但臣不怕！"

"谁给你的胆子？！"

"万岁！是万岁您给微臣的胆子！"杨廷和从容道，"因为万岁是一代圣君！"

嘉靖愣了一愣。他暴怒的气势忽然消逝了。年轻的皇帝扶住桌子坐了下来，瘦削身影在灯火中显得颇为萧瑟。他喃喃道："是啊，是啊。朕是一代圣君！没有人辅佐的一代圣君。杨先生，你起来吧。"

"老臣……多谢万岁！"

正德十六年开始的嘉靖与杨廷和君臣争势事件就在这一夜结束了。杨廷和此后虽然仍在朝堂之上，名义上仍是首辅大臣，却已再不参与朝政。次年，也即嘉靖三年元月，嘉靖终于同意杨廷和致仕。大明名相杨廷和就此挂冠而去，永远告别了政治舞台。

嘉靖三年二月的一天，大雪纷纷扬扬。

杨廷和选择在这一天离开北京城，返回四川老家。他无愧为辅弼两朝的一代名臣，居相位十余年，最后却宦囊萧瑟。两匹驴子就是他的全部家当。尽管冒着大雪，北京城里的文武百官仍然络绎不绝地赶来给他送行。但杨廷和只将最亲信的儿子状元杨慎带在身边。在漫天皆白的雪路之上，杨廷和对杨慎说出了最后的话：

"以国朝人口之多，幅员之辽阔。倭寇就算再三作乱，也不过是癣疥之疾，无非引些物议。终究闹不出大风浪来。但惟其有物议而闹不出大风浪，才是万岁所期望的。本朝至今已近二百年，万事均有定法。一事不妥，百官便以死力争，已成惯例。只有海事一项，或开或禁，或战或和，二百年来殊无定论。所以我把这件事陈明万岁，就是想留此事与万岁作一篇大文章。慎儿，之后的三十年，是海务的三十年。朝廷文武将相，必将多出于海务。你聪明尽够，但沉稳不足。为父今天将这些不可说的话尽数说给你知，希望他日你能代替为父立身庙堂，对这件绝大的政务有所贡献。"

但杨慎虽然唯唯答应，却最终辜负了老父的期望。他在其后展开的嘉靖朝"大礼议"中勇猛冲杀在前，终于触怒龙颜，此后一蹶不振。

然而杨廷和所遗留的绝大政务，终究付与实施了。此后不久，朝廷便下诏令关闭了浙江杭州市舶司，此后又相继关闭了福建泉州市舶司与广东广州市舶司。至此明朝三大市舶司全部关闭，虽然这种关闭只是形式上的。实际上三处至少有两处始终在运行。而最初上奏建言献策的夏言，由此进入年轻的皇帝的视线，此后十余年间从小小的给事中一直升到内阁首辅。

严嵩这一番讲述，足足讲了一个时辰。讲得口干舌燥，不住地喝水。严世蕃却是初次听闻，颇感意外："原来夏言这老儿居然是这么起来的。父亲，按您所说，这浙闽倭寇之乱，就并不是可以等闲视之的小患，而是可以上达天听的大政务？"

"然也。"严嵩缓缓点头，"藩儿，你说，皇上终日笃信道术，究竟是为什么？"

严世蕃犹豫片刻。

"此间只你我父子，出你口，入我耳。"严嵩鼓励他，"藩儿，你不妨直说。"

"那请父亲恕我唐突，"严世蕃道，"其实皇上未见得信。皇上所以用这天下最玄虚的术数掩饰自己，根本只有一个字：怕！"

"对！"严嵩由衷的赞叹。

严世蕃得了父亲鼓励，更加放胆："皇上绝顶聪明，然而由外藩十五岁而摄大位，其政事实出于杨廷和。杨廷和一旦辞去，皇上就再没有一个可以依靠的人，所以他怕。因为怕，所以格外依赖。杨廷和辞去，'大礼议'之中只有张璁一个人支持皇上，张璁就当了首辅；皇上以靖海平倭为本朝绝大的政务，率先建议的夏言，也就成了首辅。然而夏言前后主政十年，海防被他搞成了什么样子？皇上会怎么想，会怎么看？他还会不会觉得夏言这个人值得依靠？所以说……"

"夏言要完了！"严嵩总结道。

果然不出严氏父子的所料。浙闽两省弹劾朱纨的折子递进去之后，嘉靖皇帝龙颜震怒。不久之后，嘉靖二十七年，担任首辅十年之久的夏言致仕。严嵩顺理成章地从次辅升为首辅，从此开始了嘉靖朝的"严家时代"。这个时代将一直持续到嘉靖年号的终结。

然而暴风的中央是宁静的。

朱纨安坐在浙江行辕之内等候钦差的到来。在朝政大局变化莫测之时，他已经做完了所有能做的事。他利用手中最后的资源，策动朝堂上的同年、同乡完成了一道人事上的任命。升浙江余姚县令胡宗宪为巡按御史，不日并将提调到宣府、大同。该地外临蒙古，是大明最重要的战略防线之一。这道任命本身并不起眼，然而却轻轻地将胡宗宪调离了可能受到波及的危险区域。随着胡宗宪千里上任的，还有年届七旬的陆师爷。

胡宗宪临走之前，并没有去拜辞朱纨。

而后朝廷的钦差终于来了。奉圣旨剥夺了朱纨浙江巡抚的职权，将他投入大狱。朱纨下狱在浙江官场之中引起了一场轰动。无数人联名上书替他辩诬洗罪。然而朱纨自己在牢里却并不激愤。他平静地坐在牢房中看着木栅的影子随着日影推移，心中不禁计算这时候胡宗宪已经走到了哪里。最后当他确认他的衣钵传人的确安然无事之后，他向狱卒要了一支秃笔，一点残墨，在黄纸上写下自己最后的话。这些话的语气平静，然而看过的人都说无限悲愤蕴于其中，见者无不落泪。浙江的清流名士拼命向上斡旋，他们认为朱纨倘若这样死在浙江，将会是浙江人永生永世不可洗刷的耻辱。如许反复辩驳问难，前后将近一年的时间。朝廷的意见终于有了松动。

然而这时候，朱纨死在了牢里。

他自己结束了自己的生命，终年57岁。

他死后遗容极其平和，不像遭受过任何痛苦。这个曾经起居八座，执掌数省军政的大人物生于牢中，也死于牢中。从生至死，没留下任何家产。每当后人怀念明朝嘉靖年间那些抗倭英雄们的时候，第一总是想到朱纨，他也的确实至名归。

他最后留给自己的墓志铭是这样写的："一不负天子，二不负君子，命如之何？丹心青史。"

第 5 章　崛起日本

朱纨的死讯在杭州城里引得半城悲戚。传到烈港，烈港却一片欢呼，大家都认为是王直和叶宗满的功劳，治死了朱纨，替大朝奉许栋报了血海深仇。而王直和叶宗满背地里计议，却只能苦笑。

"烈港待不下去了。"王直道。

"对。"叶宗满赞同。

双屿港的毁灭从某种意义上说远不止一个港口的毁灭，而是朝廷对海商这个群体的根本态度的改变。之前，双屿鼎盛的时候，每年慕名而来的红毛国人不下数千。但现在他们都被水师的围剿吓破了胆，陆续撤离。要安抚这些人，使他们回来，同时陆续恢复双屿鼎盛时的条条航路几乎不可能。而且随着许栋这个最能服人的海商首领意外死去，大海之上一时群龙无首。王直的资历还不足以建立足够的威望。至少已经拥有萧显的陈思盼就没把王直放在眼里。他们占据横港，远来烈港的船只经常在半途被他们所劫，所以贸易始终难以兴旺。而且，随着朱纨的死去，朝廷水师与海商之间的冲突，只会越来越激烈。

"我们是来做买卖的，不是来打架的。"王直对他的部下们说，"只犯法，不造反。"

所以他们最终决定放弃烈港。

这期间有一个好消息，就是之前派去歙县迎接王直夫人许大小姐的徐海终于回来了。他带了两个女子同来。一个当然就是许大小姐。另一个却不是之前约好的叶宗满夫人，而是容色明艳照人、举止落落大方的年轻女子。这是徐海当年在杭州城里的旧好，红粉丛中的魁首王翠翘。

许大小姐是巾帼英雄，对叶宗满嗤之以鼻："你那点心思，少在我面前

抖落。我和妹子都来，谁留家里看顾两家老人？徐海也不是好汉子，年纪
轻轻，扭扭捏捏。还非要拉翠翘一起同来……还有你们，当年一个个也枉
称英雄，一个区区萧显就把你们难成这个样子！萧显在哪里？叫过来，等
我问他！"

众人只有偷笑。徐海能这么做，自然要算他细心，也表示对王直格外
尊重。而王翠翘功成身退，并没有和徐海一起上船。

就在他们归来后的第三天，王直的船队离开了烈港。临行之前他们仿
照双屿的例子，焚毁了烈港的房舍。船队驶入茫茫大海，放眼远眺，海天
一线，浩浩渺渺无边无际。而在这无边无际之中，他们将冲破万里波涛，
远去一个没有王法约束的异域重建自己的基业。

"那个异域在哪里？"许大小姐问王直。

"倭国！"

对大明朝的许多臣民来说，倭国是一个很奇怪的国度。这个国度在国
书之中的正式称谓，叫做"日本"。然而人们还是习惯半带贬义地称之为
倭国。他们并不知道在大约一千三百年前，这个国家在中国的史书上的的
确确就被称为"倭"，那是汉末三国，魏国文帝曹丕统治时期。倭国的邪
马台女王卑弥呼的使臣曾经远涉重洋，万里来朝，并且获得了曹丕的嘉谕
和赏赐。比起这些深埋在布满灰尘的史册中的旧事，大明的百姓们还是喜
欢听乡间野老们抽着旱烟讲述的野史。他们说秦始皇一扫六合，统一了天
下。他成为了陆地上最强大的人。他用定阳针钉住太阳，太阳终日不落，
太子扶苏和将军蒙恬统率着天下的精壮劳力一刻不休的修筑着长城。他又
率领文武群臣登临泰山，驱驰到东海的边缘。他用巨大的弓弩射死海中的
大鱼，神秘的方士们在他耳边窃窃私语。于是，他派出徐福领五百童男童
女出海替他寻找不死药。然而徐福是一个绝顶聪明的人，他甚至骗过了始
皇帝本人。他领着童男童女们一路向东，来到海外的异域，披荆斩棘，在
丛林中生活下来，令童男童女们自行婚配，繁衍后代。岛上的人渐渐越来
越多，据说这就是倭国的起源。

人们又传说，倭国从建立之后，始终对中华上国有着一种近乎遗传本
能的倾慕和崇拜。由唐至宋，倭国派出的使臣们不绝如缕。他们聪明伶俐，
才华过人。其中的佼佼者比如阿倍仲麻吕还与盛唐第一流的大诗人李白相

结交。而另一个杰出的遣唐使——空海和尚，则将流传在大唐的密宗佛教带回了倭国。他传承了密宗的衣钵，成为自大日如来以下的密宗八祖。他在倭国京都附近的高野山建筑起自己的寺庙，此处代代成为倭国佛教的胜地。倭国国王的宫廷里满是诵读白居易诗歌的声音。这些倭人在学习中华上国文明的时候有着近乎天生的敏感和兴趣。

然而这种历来沿袭的倾慕与崇拜在元朝初年完全消失了。那时候蒙古的铁骑挞伐江南，南宋最后的忠臣和勇士们簇拥着他们襁褓中的皇帝且战且退，最后在一个叫做崖山的地方全军覆没，宋朝灭亡。而蒙古的君王忽必烈并不满足，他的马鞭指向万里海疆外的那一边。蒙古人和投降蒙古的汉人开始组建一支规模空前的船队。他们的船队像黑云一样压向东瀛倭国。倭国的君臣们惶惶不可终日，几乎已经坐等灭亡。然而一场完全无法解释的大风暴摧毁了整支船队，侥幸登陆的残兵败将们发现倭国的武士已经重新振奋起精神，他们疾风般冲杀过来。锋利的倭刀和长弓很快将一场鏖战变成了单方面的杀戮。蒙古的远征军全军覆没，而倭国的武士在这一战中找到了他们永久的勇气来源。他们将那场拯救了倭国的风暴唤为"神风"。一直到距此四百年后，这个词汇仍然被应用于他们的军队之中。

到了大明初年，一些倭人已经不再满足于对中华的臣服。"倭寇"这个词开始出现在中华的史书之上。大明的皇帝和官吏们也不得不将目光移向漫长的海岸线。然而当时依凭海事与明朝相抗衡的主体仍然是中国人。他们是群雄争霸时被太祖洪武皇帝击败的张士诚、陈友谅和方国珍的部属。这些人之前便以江浙沿海为主要活动范围，熟知水性。在后世一部流传广泛的鬼狐著作之中，陈友谅的后裔们分成陈、柯两姓，有着近乎神异的能力。他们可以吃龙肉，而普通百姓吃龙肉就会被天打雷劈。

从某种程度上说，这些草莽群雄的人生履历和后世的王直极为相似。

大明嘉靖三十年秋八月，日本，平户岛。一座小小寺庙之中，须眉皓齿的主持提笔写下佑德劝善的经文。

经文是汉文。长达数百年的学习效仿毕竟根深蒂固的铭刻在日本人的骨子里，即使读音已经完全不同，日本也另有本国的文字。然而日本第一流的人物比如皇室成员、高官或学者，正式公文或书写中，仍然习用汉文。

主持所书写的是《心经》。

王直安静地在一旁看着。

王直来到日本已经整整两年了。自从双屿覆灭，浙江沿海难以立足，他便率领众人东渡大海，登陆平户岛。平户在日本的极西方，隔着茫茫大海与中原相对，附近岛屿众多，大小总计不下数百。平户是其中比较大的一座，兼之地理条件优越，于是王直将基地建在这里。

当时的日本国内，正值天下扰攘，群雄混战。

日本的国体与明朝迥然不同。虽然也有天皇，名义上也是本国最高元首，然而实权都握在"将军"手里。将军由此世袭重权，称为"幕府"。当时实际统治日本的将军幕府叫做室町幕府，姓氏为足利氏，传承已十余代。初代幕府将军足利尊氏即位之时，比大明开国还整整早三十年。那时日本国内，也正值南北之乱。天皇不甘傀儡，宗室隐忍多年，取得实力，起兵勤王。为首的是一位怀良亲王，那是天皇宗室中的佼佼者。足利家的室町幕府与他交战，讨不到便宜，因此被怀良亲王拥立君主，建立起南朝，与室町幕府拥戴的傀儡北朝分庭抗礼。朱元璋一统天下之时，日本正是北衰南盛，怀良亲王便遣使臣去敬贺太祖登基。

朱元璋看不起日本人，他寝宫之中挂有一张条幅，上边写道："国王无道民为贼，扰害生灵神鬼怨，观天坐井亦何知，断发斑衣以为便。君臣跣足语蛙鸣，肆志跳梁于天宪。"便是讥刺日本君臣的。因为陈友谅、方国珍等人的余部泛海独立，仍不肯臣服，其倚仗的无非就是海外倭国。日本国内正值战乱，百姓流离失所，也有些武士因此铤而走险，跨海而来掳掠。两恶相济，为害更烈，所以朱元璋对倭人印象极糟。偏偏这时日本南朝的使臣答里麻是个颇通汉学的人物，也有诗回报朱元璋，写道："国比中原国，人同上古人。衣冠唐制度，礼乐汉君臣。银瓮储清酒，金刀脍素鳞。年年二三月，桃李自成春。"太祖更不高兴，于是不准日本前来朝贡，又派使臣去日本宣召，令其谨守臣节，否则便起大兵征讨。使臣到日本，怀良亲王乃是一时之雄，桀骜不驯，不但不受诏，而且砍了使臣杨载手下五个人，杨载本人侥幸不死，带着回书返回大明。

这封回书也是奇文：

"臣闻三王立极，五帝禅宗；唯中华而有主，岂夷狄而无君？乾坤浩荡，非一主之独权；宇宙宽洪，做诸邦以分守。盖天下者，非一人之天下。

臣居远弱之倭，偏小之国，城池不满六十，封疆不足三千，尚存知足之心，故知足长足也。今陛下作中华之王，为万乘之君，城池数千余座，封疆百万余里，犹有不足之心，常起灭绝之意。

夫天发杀机，移星换宿；地发杀机，龙蛇走陆；人发杀机，天地反复。尧舜有德，四海来宾；汤武施仁，八方奉贡。臣闻陛下有兴战之策，小邦有御敌之图，论文有孔孟道德之文章，论武有孙吴韬略之兵法。又闻陛下选股肱之将，起竭力之兵，来侵臣境。水泽之地，山海之州，是以水来土掩，将至兵迎，岂肯跪涂而奉之乎！顺之未必其生，逆之未必其死。相逢贺兰山前，聊以博戏，有何惧哉！若君胜臣负，君亦不武；若臣胜君负，反贻小邦之羞……"

短短数百字，写得不卑不亢。朱元璋自然大怒。但国朝初立，诸雄未靖，蒙古在漠北尚有实力，所以也分不出手来渡海攻打倭国。

日本南朝与大明由此交恶。但此后南朝不敌北朝，二十余年之后，南北统一。这时大明皇帝正是明成祖朱棣，室町幕府的将军则已到第三代足利义满。他修德尚好，与明朝重新恢复关系。此后将军之位世代相传，大明嘉靖年间，传到第十三代幕府将军足利义晴手里。义晴平庸无能，群雄静极思动，日本又陷入混乱，幕府弹压不住。一时九州、四国诸侯并起，各占一方，互相征伐。

所以王直渡海来到日本，并没有受到日本朝廷的问难。平户岛周围海域，当时是日本众多诸侯之一的松浦氏的领地。松浦氏在日本诸侯中势力弱小，久受近邻大内氏、龙造寺氏的欺压。之所以能够苦苦自保，全靠属地中有平户岛的缘故。这是日本极西之地，跨越万里海疆第一站。无论大明还是红毛国，或者其他盛产海商的国度，东来日本，都在平户安营扎寨。松浦氏的家老们（日本诸侯的重臣）无法想象西方轰轰烈烈的大航海时代正在决定着未来数百年世界的走向，但他们也敏感地意识到了平户对他们的意义。于是他们干脆把平户岛经营成了一个延揽四方远来海商的贸易港，而与日本国内著名的贸易城市"堺"相齐名。松浦家因此也拥有了不下大诸侯的雄厚财力，因此，松浦家对一切远来的海商都殷勤招待。俗称"红毛国"的葡萄牙传教士甚至在平户建立起教堂，屋顶尖尖的教堂与红墙黄瓦晚钟禅唱的寺庙比邻而居，也成为整个日本特有的奇景。因此，王直在平户岛虽是羁旅，却也住得习惯，宾主相得益彰。

而在这个岛上，生活也十分平静。

王直已经渐渐习惯了隔三差五来寺院走一走。寺庙唤作宏福寺，主持和尚虽是日本本国人，却能习汉语，写得一手空灵飘逸的书法，气度也从容不凡。据说主持有不凡的来历。日本南北朝争霸时，许多王侯公卿流离失所，方丈即是其一。王直深信这是真的，因为日本贵族都以精通汉学为荣。他会见过松浦家的家督松浦兴信父子，那两位的汉学造诣比主持大师差多了。

主持缓缓书毕，搁笔，喝茶。待纸上墨迹渐干。

"多谢大师惠赐墨宝！"王直虔诚致礼。他是这座寺的大施主。

"王桑。"主持温和地望着王直。"桑"是日本敬称，即如大明的"某君"。

"虽然是离家万里的明国人，希望王桑可以在敝国收获内心的平和！"

"大师看得出我有心事？"

"是的。"

王直的确是有心事。而且这个心事，已经耽搁了很久。

从众人抵达平户岛之后，王直便将所有船只分成若干队，分别派人统领，仍旧西回大明，南下南洋诸国，东联本地松浦家，运输紧俏物资贸易生利，这是他们的主要经济来源。无论是中国的丝绸瓷器还是日本的刀剑、清酒、漆器、木材，经葡萄牙人之手贩去欧洲，都是数倍乃至数十倍的暴利。

货物最主要的来源，当然还是大明。王直的船队分批起航，从平户穿越大海抵达大明沿岸。装载完货物之后即返航，赶下一个月平户的大集。货物在集上基本就可以出手售完。葡萄牙人、英国人和荷兰人在购买中华货物时总是不惜重金。这之中，王直的信誉和平户岛的地利都起到极其重要的作用。据王直所知，即使仍然盘踞在大明沿海的那些海商，生意规模也远远不及远在日本的自己。

然而上个月派出的一队船队，直到今天也没有返航，而且没有返回任何消息。

大集已经过了三天。

"看起来，是凶多吉少了。"王直想。

"王桑，王桑？"

住持大师的轻声呼唤让王直回过神来，定了定心神。

"王桑请放心。"主持异常认真地说，"王桑的命数，是很贵重的命数。目前即使有忧虑，也会迎刃而解。"

"多谢大师吉言！"

王直闭上眼，口腔中回味着茶的清香。

然而坏消息终于还是在这一天的夜里抵达了。

那时王直和夫人许大小姐已经就寝，但还是有人连夜登门。平户岛上的明朝子民，有资格出入王直这栋房舍的只有六个人。而两个不在岛上。连夜登门的就是在岛四人中最得王直信任的叶宗满。

"大哥！"他离老远就叫着，"汝贤回来了。"

王直夫妇立即披衣起身。因为叶宗满并不是急躁莽撞的人，他深夜登门，必是有大事发生。叶宗满嘴里的"汝贤"就是年前从歙县老家出来，王直的堂侄王汝贤。王汝贤虽然年轻，然而打得一手好算盘，也识文断字，沉稳能经大事。人才难得，加之是王直至亲，不长的时间，就升为船队的管库。出了事逾期未归的，也正是他这支船队。

这支船队是少年帮。船队的三个主事，除了王汝贤之外，另两个也是小字辈。一个是王直和许大小姐的义子王璈，又名毛海峰。他本来是宁波人，刚烈勇猛，很得许大小姐赏识。王直和许大小姐之前多年无子，便收他做了义子。另一个则是徐惟学的侄子徐海，也是精明干练的少年。这二王一徐号称王直船队小字辈里的三杰，王直也索性派他们共掌一支船队。三个人虽然年轻，但各有所长，彼此配合，向来没有出过事。然而人有失手，马有失蹄，平时固然没事，一出事就是大事。王汝贤在平户也是六个可以直出直入王直住所的人之一。然而此刻进来报信的却是叶宗满。王直和许大小姐心都不禁一沉。

果然听得叶宗满低声道："汝贤带了伤！"

"怎么？要紧么？"王直急问。

"伤势不轻，不过不要紧。还好没伤到要害。此地葡萄牙人治外伤比中医更见效，已经派人去请，大哥大嫂不必着急。"

"不行，我得去看看他。"王直作势起身。

"不必。现在只怕他在治伤，稍后也要静养。"叶宗满道，"事情他都已经禀报我了。大哥少安毋躁，等我说给你听。"

"那你就说！"

原来二王一徐的这支船队，的确出了事。他们直抵江浙沿岸，上岸联络本地豪族富户，那都是久打交接的，很快便凑齐了货物。然而返航的时候，途中却遇到敌船拦阻。

船队中有一个元老，叫做谢和，是福建人，之前在双屿港的时候比王直还长一辈。他跑了数十年的船，目光锐利，人头很熟，当时便认出敌船队上是陈思盼和萧显！当初王直船队屯扎烈港的时候，陈、萧就经常中途拦截王直的商船。此刻茫茫大海之上仇人相见，更是分外眼红。

本来陈、萧依凭地利，统领的舰船远比商队船多，而且不少是战船。王汝贤和徐海都知道不是对手，力谏王璵，好汉不吃眼前亏。货物尽随他抢，保住人船即好。

然而最后还是打了起来。一场架下来，王璵、王汝贤双双受伤，只有徐海还稳得住，指挥船队渐次撤退，有张有序，陈思盼和萧显也不敢逼人太甚，只抢走了几艘船。

叶宗满说到这里，顿了一顿，向王直道："大哥，你可否猜到陈思盼抢咱们的船用来做什么？"

王直思索良久，摇头道："绝不是逐利。明山、汝贤都是精明人，王璵虽然火爆脾气，也大体沉得住气。能激得他们动手，想来是很厉害的手段！"

"是！"叶宗满答道，"他们抢了咱们的船，是用来运兵！"

"运兵？"

"这几年来陈思盼在闽浙纵横无敌，招揽了许多日本浪人武士，自己部下很多也穿了倭人的袍服，手使倭国的长刀。他们有生意就做生意，没生意就上岸掳掠，无恶不作。朝廷都唤他们'倭寇'！上至皇帝，下至百姓，无不切齿痛骂！"叶宗满道，"所以他要抢我们的船，就是要冒我们的名！"

"岂有此理！"王直怒气满胸，砰的一声拍在桌子上，"咱们双屿的千只桅杆，生财逐利当仁不让，朝廷赋税收不到咱们，背个罪名也就罢了。什么时候祸害过百姓？陈思盼、萧显这等路数，生意还怎么做？！"

"就是这话！"叶宗满道，"所以孩子们才忍不住出手。可惜势单力孤，还是中了贼人的奸计！"

"小人，真是小人！"王直恨恨道。

"那么，王璇和徐海现在怎么样？"许大小姐关心则乱。

"禀报大嫂，没事的。王璇脾气大，输了一场狠的，索性扔下货物，追着陈思盼一路南下了。好在明山能制得住他，绝不会出大事。"

"这也不是长久之计！"许大小姐失色，"当家的，放着咱们这么多人，可不能不管。赶紧派船队去帮一帮孩子们。依我看，这个事情，得赶紧跟三叔商量商量。"

她口中的三叔，就是结义三兄弟的老三徐惟学。

王直立即摇了摇头："使不得！这事倘若能告诉老三，老叶何苦半夜三更单独来找我们。你也不想想，老三是什么脾气！当年就对陈思盼、萧显一肚子火。不是我们拦着，早打起来了。现在这事让他知道，咱们就只能和陈思盼撕破脸皮，正面交锋了！"

"打就打！"许大小姐是巾帼英雄脾气。

"咱们做的是生意，"王直手指重重敲敲桌面，"不是跟人好勇斗狠！"

许大小姐毫不退让："可是不打服陈思盼，咱们也没法做生意。人家已经欺上门来了。你退一步，人家进一步。再退你能退到哪里？江浙沿海的生意咱们不要了？"

"那不成！"

"是嘛。"

王直双眉紧蹙。

"这件事，得去见见松浦。"

第二天一早，王直便换了衣服，带齐随从，备好礼品去朝见松浦家的家督松浦兴信。松浦兴信五十多岁，虽然是家督，一应事务却大多已经交给儿子松浦隆信打理。松浦隆信这一年不过二十余岁，年轻有为。这父子二人和王直是莫逆之交。王直一经投柬，立即会面。

王直交代了事情的来龙去脉后说道："这次可能被迫要动武。有不情之请，要难为二位。"

"说哪里的话。王桑的事情，就是我们松浦家的事情。只恐我们地小力薄。如果有可以效命的地方，请尽管吩咐！"松浦兴信客气地答道。

王直是平户港的财神，每次大集所获利润，松浦父子都会从中抽三成。

所以对王直分外客气。

"不敢当。在下此来，有两件事。"

王直所说的第一件事是求购六百把火枪（日本人称之为"铁炮"），因为葡萄牙人的火器存货此时正好脱销。日本之前本来没有火枪，还是王直和松浦兴信初次见面时，送了他十把做礼物。一经试射，威力奇大，中弹的山石崩碎纷飞。日本人原本擅长的长弓相比之下黯然失色。松浦家有了火枪，才得以自保。日本人天性认真，最善模仿，后来火枪流传到日本另一大名种子岛家，其家主便请领地内的匠人昼夜观摩研究，乃至拆开细看，最后竟能复制。而复制成的火枪，威力比之葡萄牙原产似乎还要更强。

"这没有问题。"松浦兴信道，"约定好时间，尽管来取。"

第二件事却比较麻烦。

"希望藩主以松浦家的名义，下一道命令交给我，"王直道，"使我对贵国浪人有管束之权。实不相瞒，这次我的对手麾下，只怕也有贵国的人。"

"哦，哦。"松浦兴信一边听，一边点头，脸上却显出苦色，"命令倒是不难下，不过实不相瞒，恐怕没什么用。松浦是弱小大名，敝国浪人很多，各地的都有，而且秉性不羁，不守命令。就是幕府的命令只怕也指挥不动他们。王桑，这不是我故意推托。"

但他儿子松浦隆信却提出异议："像这样的命令，幕府倘若知道，也一定会准许的吧？当年第三代将军足利义满大人，不也是受明朝皇帝的命令，把本国渡海作乱的人捉住，活活煮死吗？"他进一步点拨父亲："王桑到时候自然用不着咱们动手。他的力量足以击垮对手，所缺少的无非是对咱们本国浪人动手的理由，并非指望他们望风归附。那么是父亲的命令，将军的命令还是天皇陛下的命令，其实不是一样的吗？"

"隆信大人所说，实在透彻！"王直衷心赞叹。同时也感觉到一股隐隐的压力。松浦不过一个小藩，就已经有这样的人才，推之整个日本，在这个时代像彗星划过夜空一样展现出自己才智的人物不知还有多少。这个国家正在以几乎肉眼可见的速度迅猛发展起来。而相形之下，大明实力虽仍无比雄厚，后劲却已渐渐不足。

松浦兴信也豁然省悟。"哦，好，好。那么，就依王桑的意思。这个授权立刻给王桑。"

他将命令改成授权，是表示不敢将王直居为下属的意思。

王直自然欣然领命。松浦家能配合到这种程度，实在已经不能要求更多了。

于是松浦兴信大排筵宴，款待王直，觥筹交错，主人频频敬酒。海上长日漫漫，无从消遣，所以海员无人不擅饮酒，王直自然也不能外。他放下心事，酒到杯干，不觉也就渐渐过了量。日本的酒称作清酒，入口清冽柔和而后劲颇大。王直酒量虽宏，喝到后来，却也不知何时失去了知觉。

恍惚之中，感觉有人用力摇晃。王直醒过来，却见自己躺在床上，夫人许大小姐坐在床头，叶宗满坐在一旁，脸色都很难看。

"怎么了，这个样子？"王直宿酒还没醒透，有些不高兴，"事情不是很顺利吗？该借的都借到了。就算打起来，我们也是堂堂正正！"

"不完全是这样，大哥！"叶宗满向前移了移凳子，"事情顺利过头了。松浦家为了结好大哥，当天晚上就把火枪送了过来。大哥大醉，我又不巧不在。结果接收这批火枪的是老三！"

王直顿时一激灵，宿酒全醒。

"老三知道了？"

"比那更糟，"叶宗满说，"老三已经亲自带队出海了！"

王直默然无语，心中懊恼无比。

反倒是叶宗满开始安慰他："事已至此，大哥也不必为难。本来要数咱们船队里的猛将，老三就是当仁不让的第一。如果大哥不亲自出马，派人增援多半也还是派老三。无非早几天晚几天的事。何况老三脾气虽然霹雳火爆，这几年渐渐老了，终究和缓许多。他也不是一味莽撞。六百支火枪，他带走了四百支，再加上我们自己的枪炮，陈思盼那点家底儿，打起来不是老三的对手！何况还有王璈和徐海可以策应。放心，出不了事。"

这话倒也有理，但王直总是不能放心。

"我心里总有些不安！"

"这样，"叶宗满道，"我带十条船，亲自走一趟，也不插进去，就在远海来回游弋，必要的时候，可以打一个接应。"

"我亲自去！"

"大哥是船队之主，不能轻动！"叶宗满万分真诚，"船队少了谁都可以，唯独不能少了大哥！"

"那……好吧。你小心行事！"

"放心，都在小弟身上。"

叶宗满匆匆而出。王直略微有些宽怀，但许大小姐还是从他眼神中读出了深深的隐忧。

徐惟学的船队越过大海抵达浙江烈岛，是在八月十八。王璇、徐海等人就在这里等他。前年他们东渡之前虽然烧毁了岛上建筑，但毕竟是盘踞过的地方，王璇又是浙江人，人情地理皆熟。陈思盼势大难敌，他们的船队只能学当年王直躲避官军的老办法。烈岛周围岛屿众多，千岩万礁，躲避其中，外人就再难找到。虽然如此，当他们看到徐惟学船队的宏大规模时，仍吃了一大惊。

大明水师在永乐之世称为极盛，郑和下西洋所使用的船称为"宝船"。船长数十丈，船上可以骑马。木结构的船只何以能做到如此壮观，直到数百年后，后人仍然难以解答。郑和七下西洋，旌麾远到今之苏门答腊。当时在海上威势煊赫无比。纵然是朝鲜的水师和日本航海世家大内氏也望尘莫及。但此后永乐皇帝晏驾，新皇便逐渐缩减水师规模。到嘉靖年间，水师所使用的船叫做"福船"，规模上已经不及"宝船"。此消彼长，也就不再如往日般威势慑人。然而在海上毕竟还是一等一的大船，寻常海商海寇，断然不是对手。王直初到平户时，为防松浦氏谍诈，有几个月的工夫，船队主力都在船上起居。并将各船以三国时候庞统的"连环计"为样版，组成如同海上堡垒一样的超级巨舰。但这样的超级巨舰只能泊在岸边，没办法真正航海。所以单以船只而论，大明水师的福船仍然纵横无敌。但此刻徐惟学带来的数十条战船之中，规模不下于水师福船的就有七八艘之多。

徐惟学也坦诚，一见徐海，毫不遮掩："明山，对不住，我把你押出去了！"

"这是怎么说？"徐海奇怪。

"我这次回来，就是要收拾陈思盼和萧显。咱们在海外几年，放纵得他们张狂了。这一仗是咱们的脸面，能赢要赢，不能赢也要赢！你二叔那

个人，一向犹犹豫豫。所以我去找松浦家，把他们船队里最好的船都借了
过来，打它一场大的！他们朝我要凭证，我哪有什么凭证？想了又想，你
是我侄子，算是我的人，只好把你押在那里。"

徐海又好气又好笑。这样的事情，也只有自己这个族叔才干得出。日
本人最善于算计，所谓"凭证"云云，自己并不在平户岛上，本来毫无意
义。松浦家非要做这种毫无意义的事情，不问可知是为了应付王直的。这
才是问题的关键所在："二叔，您老人家来前，没知会老宗主和叶二叔？"

"老宗主"便是王直。海商船队迁居平户之间，原本辈分最高的许家
老大许松分了几条船下南洋自己做生意去了，所以平户岛上便以王直为尊，
渐渐叫起"老宗主"来。其实王直年纪不过五十，筋骨强健，还算不得怎么老。
叶二叔自然是叶宗满。管徐惟学叫二叔则是他们徐家族内的排行。

"老宗主算是知道。"徐惟学道，"到松浦家借兵借枪，是他亲自去的。
我不过是个前部正印先锋官！"

这句话仍是含糊其辞。徐海是极精明谨慎的人，正欲追问，王璇已经
插话了。

王璇这一年不过三十，相貌威武，浓眉、豹眼、短而刚硬的须髯，是
个内细巧而外粗豪的人物。他接过话来："好，三叔来了就好。咱们打点打
点，趁热打铁，明天就出师去拿陈思盼！"

徐惟学大为高兴："这才是英雄好汉的说话！"

王璇便吩咐："来啊，预备酒席，好好款待三叔！"

王璇和徐海是一正一副的格局。王璇先说了话，徐海自然不好反对了。
于是，趁准备酒宴的空隙，徐海一拉王璇，走到没人的地方，这才发问。

"海峰！"徐海唤着王璇的别名，"我叔叔的话里，明明有蹊跷。你为
什么截住我？"

"我又何尝不知道三叔话里有蹊跷，"王璇道，"不过士气宜鼓不宜泄！"

"哦……"徐海一点就透。

之前，王璇、徐海这支船队败在陈思盼手下，连船都被抢走数艘。此
后虽然激起王璇徐海怒气，与之缠斗不休，但终究还是强弱悬殊。大家都
憋着一口报仇雪恨的怒气。好容易徐惟学的船队大举增援而至，正是同仇
敌忾复仇之时。如果这时候爆出徐惟学这支船队居然是私自前来的消息，

不但仗没法再打，众人也会一下子泄了气。

"而且三叔虽然莽撞，却不是作伪的人。他既然说义父亲自去松浦家借兵，那就是真有其事。父亲想打这一场，"王璇握着拳头，"咱们不能给他丢人！"

"嗯，你说的对！"徐海也不禁暗暗认同，但又不免有些担心，"但是这一场仗万一赢不了，怎么办？"

"天下没有必胜的仗！"王璇毫不迟疑，"我盘算过了。陈思盼那点家底，咱们心里有数。三叔的船队和装备在他们之上。咱们又是哀兵，陈思盼不是对手。倒是萧显扎手一点，他的刀法，咱们都敌不过！"

"这你不用烦心，"徐海笑了起来，"把他交给我。"

徐海的办法，是借刀杀人。他和徐惟学是叔侄之亲，徐惟学手下若干大将和他都很熟，他想起其中有一路客卿，正好可以请来对付萧显。说起来，这人和萧显当初交情还很深。

那就是日本浪人之首辛五郎。

辛五郎和萧显在双屿本来交情不错。但萧显出逃烈港的时候，并没有招呼辛五郎。这个用意既深且毒，辛五郎孤身在烈港，人地两生，身份敏感，倘若稍起摩擦，登时就会演变成弹压不住的内乱。而且辛五郎这般浪人生性勇猛，器械锐利，一旦闹起来，会给王直造成极大的杀伤。然而王直心地坦荡，并没有为难辛五郎，反而携他一起到了日本。

辛五郎是日本人。但当时国内诸侯混战，各大名之间视若仇雠，这种大名之间的芥蒂甚至一直延续到数百年后的第二次世界大战。所以辛五郎在松浦家也并不是万事顺心。这两年来，反倒是王直这个外国人在庇护辛五郎这个本国人，所以双方之间的关系已经从冷漠而转变为友好。徐海在临敌决断上不及王璇，但对这些微妙细节的分析与捕捉，以及进言献策，王璇则远不如徐海。徐海的日语与倭人交谈毫无滞涩，几可乱真，葡萄牙教士所用的拉丁语讲得也有模有样，乃至英语、荷兰语都会几句，是王直手下年轻一代一等一的外交人才。

所以这天晚上的酒宴里，徐海轻轻几句话，就令辛五郎心中怒火中烧。

"五郎先生，请满饮此杯。"徐海向辛五郎敬酒，"明天，我们就将启程去打一场大仗，希望可以在战争中洗刷五郎先生和我们共同的耻辱！"

"哦？"

"萧显！"徐海道，"五郎先生或者也隐约听说过，这两年，他在沿海专门败坏我们的名声。他假冒我们和五郎先生的人，上岸杀人放火，奸淫掳掠。明朝的百姓把这笔账都算在了我们和五郎先生名下，武士的精神完全被萧显侮辱了！"

"萧显这个小人，"辛五郎义愤填膺，"当初就背信弃义！而今又来败坏我们的名声。日本国的武士，向来忠诚勇猛，决不会做欺凌弱小的事。萧显这么做，不能忍受！"

其实不少日本浪人跑到中国沿海来，依附海商甚至单独作奸犯科，是常有的事。已不足一驳。就是辛五郎本人，两年前手上也没少沾无辜百姓的鲜血，还是近两年被王直谆谆教导，这才不复旧恶。

王直当时的话简单明了："五郎先生，你们冒着奇险出海，无非也就是求财。但单靠劫掠是劫不来财富的。百姓手里很穷，高门大族又防卫森严，与其冒着生命危险背负着骂名去劫掠，不如堂堂正正地加入海商做生意。只有生意才能让我们大家都富起来。如果可以舒舒服服听着和歌喝着清酒赚钱，五郎先生还想每天打打杀杀么？"

所以两年以来，辛五郎和他的浪人们实际上已经成了王直商船队的职业保镖。只有在自卫或与同行较量时才用得上他们。而平时贸易所得利润，也历来有他们一份。这些人油水捞得很足，斗志也就很高。回想起当初在萧显手下时，也就越觉得不值。这时候又被徐海吹捧一捧，拿武士精神一激，越加愤怒。

"请放心。"辛五郎砰砰地拍着胸膛，"凭借我的刀，一定当场砍下萧显的头颅！"

"那就再好不过了。我期待五郎先生凯旋的那一天。"徐海再捧一捧，借机敲定转角，"不过，萧显那厮的刀法很厉害，五郎先生也要小心！"

"我们绝不会失败！"辛五郎瞪着牛一样的眼睛，"如果杀不了萧显，我就向着东方天皇的方向剖腹！"

第6章 强敌陈思盼

第二天凌晨，浩大的船队便从烈港起航。船队先向外海航行一段，绕过风头，这才斜行向陈思盼的根据地福建漳州月港驶去。陈思盼在浙江横港亦有基地，然而听得王直船队大举增援，知道在浙江海上难以与之对抗，就先期起航回奔闽海月港而去。

这个航线还有一个好处，就是可以躲开沿海渔民。按大明禁海令，百姓寸板不能入海。但这个禁令在沿海百姓看来便是绝了活路，所以小船仍然下海，当地官府也管不过来，只能睁只眼闭只眼。压制得狠了，有些人就敢驾船出海去投奔王直。所以王直的海商船队一旦回来，沿海百姓之中就有极多拥护者。

当时的士大夫们在自己的笔记中这样记载道：

"下之闾阎贫富，彼无不知；上之府库虚实，彼无不悉：贼诚善侦，而为之耳目者谁也？千人四布，无一人知，鸣号而起，须臾毕集。击左左应，击右右应，声东而击西，东西无不应。贼诚善匿善诈，而为之窝藏指示者谁也？则皆我奸民为之也！进有贼之实，退无贼之形。贼未至皆良民，贼已至皆奸民。兵入其地，询贼情形，问找道路，悉为所误。当此时，以为奸民戮之，然有良民也；以为良民舍之，然有奸民也！"

又说："杭城歇客之家，明知海贼，贪其厚利，任其堆货，且为之打点护送，如铜钱用以铸铳，铅以为弹，硝以为火药，铁以制刀枪，皮以制甲，及布帛、丝棉、油麻 等物，大船装送，关津略不盘讯，明送资贼，继以酒米""近地人民或馈时鲜，或馈酒米，或献子女，络绎不绝…… 向之互市，今则向导；向之交通，今则勾引；于是海滨人人皆贼，有诛之不可胜诛者。"

除掉这些记载中"贼""奸"等字样，代之以中性词汇，则这几段内容所反映出的现实意义颇深。

正因为此，闽浙沿海的百姓对于王直的船队大都很熟。这在做生意上是得天独厚的优势，但在打仗时却难免被动。因为百姓们一旦发现王直船队又抵达近海，难免会口耳相传。所以先向大洋里航行一段，以避开沿海百姓，是一举数利的方法。

即使这样到了福建海域，也不免先后被沿海渔船发觉。陈思盼本是福建人，虽然四处掳掠，但在本省总还有些香火之情。徐惟学的行踪到此是瞒不住的。

徐惟学丝毫不停，若遇渔船，就近的便派船抓来，押之同行，远远望见的就发枪炮攻打。明知是无辜，这时候却也不能有妇人之仁了。这般急如星火的强行行军到离月港一百余里时，便遇上了陈思盼派出来哨探的小船。

这种小船仿制明朝水师的飞鱼船而成，小而灵便，航行极速，既为哨探也可为游骑。徐惟学的大船拿它们也没办法，小船远远窥了虚实，飞也似地逃开了。

徐惟学忽然感觉到一种不安。

于是他派人找来王㼆和徐海："他姥姥的，咱想了一下，你两个小娃子不能跟咱在一条船上。分你们十二条船，给我去当右军！"

右军本已派了老成持重的谢和，左军则是徐惟学最得力的爱将叶麻统领。叶麻是个大麻子，姓叶，本名美臣，他嫌这个名字太无匪气，自己改名叫做叶麻，众人爱称其为叶老麻。他为人勇敢粗豪，仿佛徐惟学的翻版。相比之下，右军谢和是弱了些。调人去助阵本来也在情理之中，但徐惟学又补了一句："你两个过去，凡事听谢和调遣。"

"这是为什么？"王㼆第一个反对，"当初俺也不用听谢老实的号令。"

"现在我把这个权给他！"徐惟学自顾自地说，"咱们要胜了，尽管来助战。万一有个差错，你们赶紧跑！"

"三叔！"王㼆还想反驳，徐惟学摇了摇手。

这个一直跟从王直，冲锋每在最前的猛将脸上现出复杂的神情。

徐海在背后扯了扯王㼆，王㼆便不再做声了。

到了右军，又发现徐惟学特意把整个船队中最快的两条船拨给了他们，作旗舰使用。

而后整个船队又拔锚起航，飞快地向横港冲过去。徐惟学的中军冲在最前，叶麻左军紧随在侧，谢和右军在另一侧，布成雁翅之势。

又航行了五十里左右，桅杆上瞭望的水手大喊起来。而这时手捧千里镜的徐惟学也从镜头里望见了连片的帆影。徐惟学把千里镜放下，大声地喊喝着，绣着巍峨五座山峰的黑色大旗从中军一根根桅杆上升起来。随后是左军，右军……

那是王直的"五峰"旗。

王直在海上，主要以贸易为业，就其本心，是想做一个泛海逐利的海商。但在大明嘉靖年间，这个海商并不容易做。朝廷不许你做，同行看不得你做。所以王直虽不喜欢争斗，但早在三年以前，朱纨便知道他有善战之名！

最大的生意，向来是打出来的。

越是桀骜凶狠的对手，越要打服！不然连生意都没得做。这就是王直的信条。所以徐惟学虽然是私自领队出来，但王直之前去找松浦家借武器借敕令，也从没想过避战。

这一战势无可避！

时间是大明嘉靖三十年八月二十一日申时。夏日海上昼长夜短，天光还很明亮。两边船队渐渐相向而近，徐惟学在千里镜中已经能够清晰地望到陈思盼和萧显。和他一样，这两个人也身先士卒站在船头。陈思盼是土生土长的闽人，个矮，头大，总是一副满不在乎的神情，然而聪明过人。站在他身边的萧显一袭青衫，仍是书生装束。从外表上看，决然看不出这两个人就是横行闽浙海上，为祸百端的海寇首领。然而徐惟学深知这实在是他平生的劲敌！

他不禁有一丝紧张。

这种感觉已许久没有过。许多年以前，他和王直、叶宗满一起闯天下的时候，从来都是天不怕地不怕，是惹祸的首领。王直三人从歙县出来，第一步就到了南直隶南京城。歙县乃至徽州的同乡四处经商者极多，三个人很容易谋了差事。王直在当铺里学徒，叶宗满在小店里管账，徐惟学则因为身大力强，去做了矿工。结果矿主心黑，克扣工钱，官府又被买通，不问情由护着矿主，惹得徐惟学领矿工打上门去，王直兄弟出头帮他。朝廷调兵马来镇压，他们挡不住，这才扔了正经的差事，从此遁入江湖，贩私盐、跑运河，最后驾船出海，逐利异域，做出天大的事业来。连京城里的皇帝都为之侧目。这些年来冲锋陷阵他一向在前，然而没有一次有过这么异样的感觉。

尽管他相信大哥王直仍然像往常一样站在他身后，在最重要的时刻会毅然站出来，帮自己解决所有的后顾之忧。

"但这一仗总也要打出点样子来……"徐惟学默默对自己说。

巨舰迅速的劈开水面，白色浪花在茫茫蓝海之上画出条条痕迹。两支船队越冲越近。徐惟学站在船头，双目一眨不眨。然而就在即将进入火力范围的时候，对面的主舰轨迹一歪，开始做出规避动作。

陈思盼的财力无法和王直相比，论与外国人结交做生意的本事，更是远远逊之。所以他虽然凶狠，但无论船只还是火器，都没办法与王直硬抗。所以若非孤注一掷，自然非规避不可。但狭路相逢勇者胜，陈思盼已经输了气势。徐惟学冷冷一笑，缓缓举起手来。

主桅杆上一向有两个旗手，一正一副，专门盯着徐惟学的号令。徐惟学一扬手，主旗手就立即照他的指示向整个船队发出旗语。陈思盼船队绕圈子规避的同时，徐惟学主船队已经在原地纷纷转身。这个过程本来甚是危险，但陈思盼船队火力远不如徐惟学，所以很安全。一刻以后，船队中最轻便的一只舰船已经完成了侧身动作，安放在它侧舷的一门火炮射出了这场海战中的第一发炮弹。这发炮弹因为威力有限，实际上并没有对陈思盼船队造成任何伤害。它在中途就已经落入海水里。但紧接着，随着调转船身的舰船越来越多，无数条火蛇开始从徐惟学的船队侧翼喷发出来。

陈思盼和萧显在弹雨飞来的第一时间就跳下船头仓皇而走。他们就此消失，徐惟学在千里镜里再也捕捉不到他们的踪迹。然而就在他们逃走不久以后，一发炮弹居然打了陈思盼的船上。船头向上猛烈的一震，虽然并没有被震垮，但陈思盼和萧显如果还在上边，一定已经被气浪冲倒。而陈思盼船队中最侧翼的几艘小船在徐惟学猛烈的炮火之下几乎顷刻就被击沉了！

陈思盼船队的两端顿时骚乱起来。一些比较小的船只纷纷掉头，似乎打算逃离战场。而陈思盼的主力在徐惟学压制之下，虽然也勉强抵抗了几下，终于仍然不是对手。海战开始不过一时三刻，陈思盼的主舰船队里已经有三条大舰着了火！

无论海寇还是海商，船都是根本。一艘大船，造价昂贵，而且极其费时。一旦沉没，就是莫大的损失。到此地步，陈思盼终于招架不住，船身慢慢调转想要逃走。

徐惟学也不禁大大松了一口气。他一拳打在舵轮上："好。他们顶不住了！弟兄们给老子追！"

旗手随即挥动旗帜，船队变成追击的阵形。正赶上顺风，船帆被风鼓得浑圆，船队飞速追上前去。

这时，炮却没办法再打了。一是因为方位不正，二是因为太贵，打不起。徐惟学船上装的都是红毛国所贩运来的佛郎机炮。这种炮明朝嘉靖初年才传到中国，此时流传甚少，在大明或日本都是一等一的稀罕物，所以极为贵重，连炮弹都是不远万里进口而来。王直的财力在海商之中首屈一指，所以能够凭借佛郎机炮将素来悍勇的陈思盼打得抬不起头来，但倘若无休无止的打下去，王直也打不起。何况炮弹有限，也得省着点。

但无论如何，一战而胜，士气已经高涨。除了控帆驾船的水手，其他船员都拔刀在手。辛五郎为首的倭人悍将更是各个头缠白布，手握长刀，准备厮杀一场。乱世人命如草芥，海战打到最后，靠的就是白刃肉搏。只要徐惟学的船队能够追上陈思盼，两船相擦之际，这些久在船上生活的武士就会荡着绳索冲到对船，大开杀戒。陈思盼是闽海第一海寇，手下蓄积了不少勇士，加之萧显异常凶狠。真正白刃相接，徐惟学这边虽然人多，也未必就能占到便宜。但徐惟学只怕船追不上，一旦追上，他自忖可操必胜之机。

取胜的法宝就是他船队中的六七百支火绳枪！

这些火绳枪是此刻海上近战最犀利的武器。而且，除了占有地理之利的松浦家和刚开始掌握制造技巧的种子岛家，无论大明还是倭国，再没有任何一个势力的火绳枪比王直更多。因为王直和火绳枪的卖主葡萄牙人交情深厚。葡萄牙人也希望自己的武器可以帮助自己在这片海域上更从容的做生意。所以尽管中国沿海大小海商海寇不下数十，他们只相信王直，也只拥护王直。否则倘若陈思盼这种人也被火枪武装起来，下次挨枪的说不定就是葡萄牙人自己，他们不能玩火自焚。

被历史学家们所嗟叹的一个历史事实是：这种日后大兴于亚洲，乃至于改变了数个国家命运的犀利火器，最初却是被史册上大有污名的海商所引进的，而时间则大致相仿，都是明朝嘉靖中叶。三年前，王直出海在外，朱纨率闽浙水师突袭双屿成功，在战斗中缴获了几支火绳枪作为样本。这是这种武器初次进入明朝高级官员的视野。对于使用火药武器，明朝并不抵触，早在成祖永乐皇帝之时，已经建立起专门拱卫京师的精锐部队五军营、三千营和神机营，即后世所称的"京军三大营"。其中实力最强的神机营就是一支火器部队。只不过随着大明建立日久，暮气渐增，嘉靖年间的三大营已不复往日勇武。神机营虽仍沿用火器，但比之异国的新奇发明，终究已有力不从心之感。所以火绳枪经由双屿而进入明朝，实际是明朝火药兵器史上的一件大事。至于倭国日本，则因国内正值内乱，群雄争霸，这种火器应用范围极广，许多诸侯都不惜重金求购。小小的松浦家能在乱世中幸存下来——其间多少英雄豪杰都身死国灭——所倚仗的也就是海港贸易的财力优势和握有火枪的武器优势。后来日本战国英雄织田信长与德川家康联军，在长筱合战中凭借三千火绳枪手，打得当时日本最精锐的骑兵、纵横天下数十年而罕有对手的武田家赤备队死伤枕藉，因而奠定了霸业。

之前王直等人专心做生意逐利，在武器购置上并未太花心思。六百支火枪造价也极昂贵，等闲用不着如此大费周章。但陈思盼、萧显皆骁勇，王直既然下定决心一战，就不得不重视武器，不过最终目的仍是逐利。这时的王直纵横海上已近二十年。二十年中王直明白了一个道理，在海上生活，最重要的是人，是善于泛海行船的人。一个普通人从上船到成为一个合格的水手，至少需要几年时光。王直船队中更有跟随他们弟兄已十几年的老船员，这些人各具干才，也都相当忠诚，倘若和陈思盼作战而损折掉了，一时绝难填补。这对王直要比区区几百支火绳枪重要得多！所以他一旦决心和陈思盼开战，就立即购入大量军火。火绳枪虽然难精，然而易学，就是寻常妇孺老人，练个十天半月，也能以之击杀壮汉。而且王直之前多少也有二三百杆火枪。虽然做不到普及，但船员们大多都摸过枪，打过实弹，把枪发给他们就会用。所以对于即将展开的近战，徐惟学并不担忧。

他怕的是船队追不上。

结果果然追不上。

追不上的原因很复杂，但最主要的是，王直船队虽然壮观，大多却不是战船。商船和战船外表虽像，在内部构造上却有很大不同。商船讲究船舱深广，航行稳定，能御风浪，跑远途，闯外海，所以横帆多，纵帆少，不利于短途加速。而战船则截然相反。徐惟学船队中并非完全没有战船，之前他背着王直向松浦家偷偷借了几条船，那就是战船。松浦家囿于地理，虽然掌握火枪之利，陆上并无野心。因为他们人少，经不起长期久战损耗。但海上是他们历来的优势，所以打造战船不遗余力。这几艘船比之大明水师的大福船虽仍不如，但在当时日本国内，则已是不折不扣的一流战船了。

然而纵是这几条船快，无奈其他船慢，也就不敢孤军出击。而且这些精锐战船中的一半，都被徐惟学派到了右军谢和部下，供王璱和徐海乘坐。

相比之下，陈思盼的船队虽然大多都是中小型船舶，但顺风之下，跑得像水耗子一样快。就是徐惟学握有重舰利器，也追赶不上。这般一逃一追，天色便渐渐黑沉。徐惟学屈指计算，已经追出数十里水面，追是追不上，但陈思盼毕竟船小，逃也逃不远，总在徐惟学千里镜范围之内。

这一来就激起了徐惟学的怒气！他喝令船队尽数掌起灯火，连夜追击！这个命令也不是毫无缘由。因为陈思盼的月港已在附近，再追下去，他就没法从容回港了。而海上长途追击，徐惟学自信绝不会输。

号令一下，左军叶麻奋勇当先。右军的徐海和王璱却一起来找统军的"管哨"谢和。

"怎么不突上去？"王璱问。

"这是三将军的意思，"谢和答道。"三将军"是大伙对徐惟学的昵称，将王直兄弟三人比为刘关张三英。"三将军"即是张飞，为人豪勇而小处不失精细。徐惟学名唤惟学，但经常被叶宗满笑谑"惟学不能耳"，至今大字不识，写不出自己名姓，远不如书法为一时冠，文武双全勒石刻铭的大将张飞，这个诨号也成了他自惕的座右铭。单这一仗，徐惟学倒是始终粗中有细。尽管他号令全队举火夜追，却仍令谢和右军减缓速度。这样一来，一增一减，本来雁翅并行的三军就变成了左军前、中军居中、右军后的格局。王璱颇为急躁，徐海却比较冷静。但这两人之间向来无龃龉，什么事都是商量着办。

"如果是这样，那咱们就再慢一些！"徐海道。

"为什么？"

"叔叔一生莽撞，唯独这一战谨慎，总有他的原因。"徐海答道，"我想，他可能顾忌陈思盼有伏兵！"

"凭他那几艘破船？"王璈嗤之以鼻，"吓唬吓唬沿海百姓还差不多，跟咱们打，道行还浅。除非他们鼓动沿海海寇合起来跟咱们为难！不过料想也没这么大能耐！"

"你怎知他们不会联起来？"

"三叔、四叔在那里。"

王璈指的是许楠和许梓。许家兄弟都是福建人，原本起身于此。大爷许松更是闽省有名的大商贾，上至缙绅，下至江湖，人情无不透熟。他们虽然已与王直分开，但联系一直没断。王直对其也始终念着许栋的恩德，势力虽已超过许家，却从不仗势欺人，向来客客气气，恭敬有余。所以若说浙闽海寇们联成一伙与王直为难，首先许楠、许梓就不会不知情，其次知情也不会不及时通报。

"再者说，"王璈补充，"海寇的眼睛比海商还毒。咱们眼里见银子，他们见血！"

这句话是说，海商之间或因做生意所需，对自己的名声和信誉颇为看重，比方王直与人贸易，就向来公道。但海寇之间则毫无约束，一向强者为王，绝无道义可言。陈思盼或许的确会联络一些海寇联手对抗王直，但他们煽风点火敲边鼓是可以的，指望他们个个奋勇当先则是难上加难。现在陈思盼的主力被徐惟学撵的有家难归，王直船队长驱直入，在大海之中灯光辉耀如同火龙一般！即使之前联络好的海寇看见这等阵势，多半也会选择龟缩不出。为了陈思盼在海上得罪王直那就太不明智了。所以徐惟学这样大张旗鼓地追下来也在情理之中。

王璈也再无话可说，两个人老老实实地跟着谢和做了后军。

另一边，陈思盼也真够狠，眼见甩不掉徐惟学，索性不进横港，远远便绕港而走，看来是真决心和徐惟学在大海上打一场游击。徐惟学也一追到底。就这样一逃一追，居然整整追了一夜！

这时风向也好，两支船队都是顺风。陈思盼始终领先，却也总是领先不远。入夜之后，各船之间旗语已很难使用，于是便转为以哨声联络。这哨声的极传远，既尖锐又响亮，专门为了夜间各船联络所用，每艘船的哨声都不同。所以从双屿岛许栋当家时起，就将岛上各船队的统领称为“管哨”，又称“掌哨”。船上专有耳音灵便的人，夜里专门伏伺候命。他们久经训练，可以分辨出数里之内各船不同哨声的含义。因此许栋、王直这支船队，夜里比白天联络还方，始终不曾错乱阵脚。于是顺风扯旗，一夜之间就追出三百余里。海上天亮得早，寅时三刻即已微明，而桅杆上的瞭望水手也纷纷大喊起来。

“有船！”“有帆影！”“很多船！”

徐惟学一夜没合眼，精神始终亢奋。他立即下令：“各船减速，准备战斗！”

然而桅杆上立即又报下一个坏消息：“禀三爷，那些……不是陈思盼的船！”

“哦，那又如何？”

“似乎……是官府的水师！”

汗水立即从徐惟学额头上涔涔流下。

这一刻他知道自己将王璈和侄子徐海放在后军，终于是放对了！

他事先已经猜想到陈思盼会有援军，或者会有伏击。虽然他绝想不到以陈思盼这等为祸多端桀骜不驯的人物，竟然会勾结朝廷，合伙来计算自己！

放眼茫茫大海，就徐惟学船队所拥有的武力，在大明、倭国、朝鲜三国之间凌驾所有海商海寇，仅在一支武装之下。

那支武装就是大明水师！

嘉靖年间的大明水师规模已远非郑和下西洋时代可比。无论舰船尺寸，火力强度，兵员训练程度都已逊色不少。然而瘦死的骆驼比马大，倚仗明朝雄厚国力，至今仍然是三国之间最强劲的海上力量。王直虽然号称积年行商富可敌国，毕竟还不能真正的“敌国”。

徐惟学知道自己终于中了陈思盼和萧显的奸计！这时，随着天光渐渐明亮起来，他已经可以用肉眼看到海平面上连绵不断的帆影。陈思盼的船队也调转方向，杀了回来。知道中了埋伏，徐惟学却异常冷静。他总共向前军和后军发了两道命令，两道命令截然不同。前军叶麻接到的命令是不顾官军，全力向前，誓杀陈思盼。对后军谢和的命令，则是想方设法保全王璇和徐海。

这道命令要执行其实也有着相当的难度。因为既然是埋伏，后方自然也有敌军。而且后方敌军必然也是精锐，否则就不能起到封锁后路的作用。

然而这时候，被人们视为老实无用的谢和突然发挥出他的能量。因为谢和与李光头乃至陈思盼一样，都是福建人，福建沿海的地理，他十分熟悉。而后军因为格外持重，距离中军尚有数里远近，旗语都要靠千里镜才能望见，所以可回旋余地甚大。

"少宗主，明山！"他拉着焦急万状的王璇和徐海，"事已至此，硬拼无益。都死在这里，白白辜负三爷的一片苦心！明山，你是识大体的人！"

徐海已经泪流满面。

他知道叔叔这一次凶多吉少了。但他必须打点心神，帮着谢和劝王璇。因为王璇的怒火已经无法控制，几次要上船头亲自掌舵冲上去拼命。最后徐海和谢和终于把他拉了下来，强行关进内舱。后军也随即船头一调，向近海冲去。仗着谢和熟知地理，船队以礁石和岛屿掩护，还真从水师的包围圈中找出一条小路。虽然也遇到几只小船阻挡，但后军集中了全军最精锐的三四条战船，佛郎机炮，火绳枪一应俱全，小船根本挡不住。

而这时候，徐惟学的船队却已陷入重重包围之中。

从一开始，徐惟学就没想过逃走。一方面他要坚守阵地，为王璇和徐海掩护；另一方面，在官军水师和陈思盼船队联军的巨大优势下，他也很难逃走。就算勉强脱困而出，最后也只能剩下寥寥几艘船，所以他已经下定决心死在这里，同时，打出一个样子来给所有海寇海商看看。

于是嘉靖王朝立朝以来最惨烈的一场海战就这样打响了。之前，无论海寇如何张狂，对官军也总是顾忌三分，望风披靡。三年前王直和朱纨水师本来有一场大战的机会，但因彼此忌惮而没打起来。但此刻的双方，无论徐惟学还是大明水师抑或陈思盼，都已准备好了打一场血战！

所以这场战斗几乎一交手就进入了白热化！

大明水师的火器装备，单论质量其实要在佛郎机炮和火绳枪之下，然而他们有朝廷府库为后盾，火力和数量非王直所能比拟。两阵对垒，各自万炮齐发，炮火一时间竟压住了海上朝阳的光芒。酣战片刻，徐惟学船队就已大落下风，十几艘战船都受了损伤。虽然集中火力不管不顾，也击沉了对方的两艘小船，但水师的主力舰船大福船的规模还在徐惟学主舰之上，区区几门佛郎机炮根本不能对之造成根本上的伤害。

于是战斗开始进入最残酷的白刃战。

叶麻一船当先。他这条船的火力是全船队之冠。徐惟学整个船队六百多支火枪，叶麻一艘船上就有一百多支。他本人也是火枪射击的高手，枪法极准，据说他这一脸麻子便是练习火枪走火而来。此刻他领着一百多个火绳枪手一头直撞进敌阵中去，就搅乱了水师的阵形。这时三方船队已经搅在一起，明朝水师炮火虽猛，近战却难施展。官兵和陈思盼的海寇纷纷"跳帮"来攻叶麻。他将一百多支火枪分成十队，每队十支火枪轮换着打。官兵海寇被他排枪打死无数，一时竟攻不上来！

然而这时徐惟学的主舰却已经险象环生！因为他直接对上了陈思盼和萧显。

陈思盼和萧显的船队在远攻炮火上远逊徐惟学，更远逊明朝水师，但近战则是不折不扣的主力。而且更可怕的是，他们对火枪预先已有防范。事后人们知道陈思盼和萧显这个圈套原本的对象是王直。倘若能击杀王直，他们就会成为不折不扣的海上霸主！所以他们的唯恐计划不周。为了抵挡王直的火枪，经由萧显出头，请动了福建武夷山地堂门中的高手，教练出一支精兵。这支兵人数不多，不过二三百人，然而骁勇异常，人人皆通武术。每人右手一把钢刀，左手一面藤牌，跳过船来，藤牌挡枪，钢刀杀人！那时候的火绳枪虽然已是利器，威力终究不能与后世相比。地堂门中的藤牌皆以深山老藤编成，又拿桐油浸过，坚韧无比。火枪打之不透。附近船上水手来援，都被他们一排排砍杀。

如果不是另一支精兵的奋勇抵抗，徐惟学主舰顷刻之间就会全军覆没。

这支精兵就是一向被王直养而不用的辛五郎的浪人队。

浪人之前都是系属于日本各大诸侯家的武士。或者失了故主，或者失了属地，或者国土被敌吞并，因此在国内难以容身，漂流海上。所以每个人都有两下身手。而且倭刀锻打技术与中国唐刀一脉相传，这锻刀之技此时在中华早已失传，因此倭刀锐利天下罕见。藤牌手与之交战，钢刀与倭刀一触即断，倭刀随之推进，就伤了藤牌手的性命。即使以藤牌相遮护，倭刀也能一刀刺入，连牌带人穿透，只是直砍斜劈砍不开藤牌而已。因此这支队伍一加入战斗，立即就挡住了藤牌手的攻势。

但这时整个战场的注意力都向这里集中过来。叶麻在外围指挥前军拼命牵制明军水师主力，然而还是挡不住陈思盼和萧显双双登上徐惟学的主舰。这时徐惟学握一口长刀，已经酣战多时，身上溅满了敌人的鲜血。仇人见面，分外眼红！

徐惟学知道自己已到了最后关头，但他从没想过逃走。他大喝一声挺刀冲入敌阵，海寇杂兵在他刀下血肉纷飞。他想无论如何也要把陈思盼和萧显其中之一留在这里。长期以来他都以为陈思盼不过是一介草莽，不足挂齿。现在他知道他小看了这个人。如果说萧显残狠如狼，那么陈思盼狡黠如狐。这两个人同恶相济，一定会给大哥王直留下莫大的隐患。

不过即使徐惟学已经下定决心，他却拿不下陈思盼。陈思盼用的是一柄短枪，枪杆只有四尺，看上去就像一支大号的判官笔。然而一寸长一寸强，一寸短一寸险。像他这等刀丛里坐稳了首领位子的人，本身武艺自然不容小看。徐惟学固然勇猛，长刀却也占不到短枪一丝便宜。而这时候簇拥在徐惟学身边的水手们已经一个个倒了下去。徐惟学长叹一声，他知道自己完了。陈思盼的手下越来越多，已经团团围住自己。徐惟学长刀如飞，紧紧绞住陈思盼，使他不能抽身后跃，喽兵们就不敢轻易插手。但这时萧显出手了！萧显在广东黄梅寺学到"不动之刀"一向号称双屿第一。但徐惟学并没见过他出手，甚至也没见过他的刀。传说萧显的刀是一柄薄而锋利的短刀，藏在袖子里，每一出手就是决胜负生死之时。这一次徐惟学仍然没看到那把刀，包括正向此处冲杀过来的倭人首领辛五郎也没看到。辛五郎只看到萧显向前走了一步，越众而出走进战局里。他的步伐并不急促，有些闲庭信步的感觉，而一步走出，就贴上了徐惟学！长刀如飞的徐惟学动作立即迟缓了，他的身体仿佛瘫在萧显身上。萧显伸出手，轻轻地将长刀从徐惟学手里拿开。而后他缓步后撤，徐惟学像一只失去支撑的架子，慢慢倒了下去。

跟随王直二十年，历经劫难始终勇猛无匹忠心不二的徐惟学就这样死了，死得无声无息。他倒地之时眼睛都还是睁着的，手向前伸着，仿佛在抓什么。他不远万里要来杀死眼前的仇敌，而今他的仇敌就在数步之内，他却已经死了。辛五郎能够深切体会到徐惟学是多么不甘心，他将倭刀挥舞如飞，横身杀出一条血路。从目睹徐惟学之死的那一刹那辛五郎就打定主意逃走。他连续砍翻几个人，冲到船边，纵身跳进大海之中。

陈思盼和萧显都注意到了他，尤其萧显当年和辛五郎还算熟稔。但他们谁也没有发令拦截，反倒彼此交换了一下眼神，都摇了摇头。这时徐惟学的主舰上战斗几乎已经停止了，除却少数人逃走，绝大多数人都葬身于此。于是萧显缓缓走上前去，从喽兵的手里接过一把钢刀。他眯着眼打量着徐惟学主舰上粗大的桅杆，一刀斩去，冉冉飘扬着的五峰旗帜缓缓跌落下来。

这场海战总共持续了不到一个时辰就已尘埃落定。陈思盼和萧显借助大明水师之力大获全胜，而王直这边主将徐惟学战死。数十条战船被击沉、焚毁，只有前军叶麻等人仗凭火力凶猛拼命杀了出来，途中还捞起了一个辛五郎。陈思盼和萧显并没有乘胜追击，反倒是明军水师穷追不舍。水师火力雄厚，于是叶麻的船队渐走渐少。几乎每一只落在最后的船都承担了掩护的责任，而被打成筛子。逃出数十里后叶麻只剩下最后两只船了。他和辛五郎面面相觑，沮丧不已。这时，海平线上升起无数根利剑一样笔直的桅杆，每一根桅杆之上都飘扬着五峰的旗帜。

王直和叶宗满的船队到了！

跟随叶麻血战幸存的船员个个都是斩头沥血的好汉，但他们望见大宗主的旗帜之时仍然各个热泪盈眶。

这时在王直大队之前充前锋的，就是最先从包围圈里逃脱的徐惟学右军船队。这支船队因为徐惟学的有意保留，几乎没有折损实力。而首领已经从谢和换成了王㻏和徐海。他们冲上来将叶麻接应回来，而明军水师的队伍也停了下来。他们惊骇于王直区区一个"倭寇"竟然拥有那么多条船。那些船坚实而高大，崭新的炮口在阳光照耀之下杀气腾腾！

于是局势陷入了僵持。王直不退，水师也不能退。尽管水师中的不少人已经萌生退意。他们很后悔贪功追出这么远，以至此刻进退两难。本来击溃徐惟学的船队，已大功告成，现在似乎是画蛇添足了。

这时叶麻和辛五郎已经在王㻏、徐海的接应下登了主舰。他们见到王直，放声大哭。经由辛五郎禀告了徐惟学的死讯，徐海和王㻏也闻讯落泪。王直主舰之上哭声一片，连叶宗满都不禁眼眶湿润。

只有王直面无表情，他安静地听完叶麻和辛五郎的讲述，袍袖一振，当先走了出去。于是众人一起跟他到船头，王直拿起千里镜向对面看去，水师的战船上升起的是"墨"字的旗帜。

"这个人是谁？"

"想必是广东的水师守备墨孟阳。"有人答道。

王直缓缓点了点头。

叶宗满最能猜知他的心意，立即变了脸色："大哥，不行！朝廷水师咱们不能动！"

"为什么不能动？"王璇反唇相讥。

"一动，就真反了！大哥，咱们是海商，不是海寇！"

"老二！"王直低声说，"就这么掉头跑了，咱们对得起老三么？"

于是叶宗满哑然。他偷眼望着王直，王直脸色铁青，他真动怒了！叶宗满低下头去，手掌心里都是汗水。王直平生极少发怒。他有英雄气概，胸襟博大，小事上从来不计较，越是对下人，反而越是宽厚温和。但一旦发怒，则有雷霆万钧之势！连叶宗满也拦挡不住。

但他还不能不进言。在这艘船上，乃至在整个王直船队之中，这种气氛下有资格说话的就只有他一个人。

而他能选择的话也很少。他只说了一句："大哥，报仇要报对，陈思盼、萧显才是首恶！"

王直仍不答话。

于是叶宗满大着胆子道："老三要还在，也不想咱们把命这么拼了。"

王直点点头，然而他的身形依然不动。

他不动，众人就不动。船队也不动。

日影推移。

两支庞大的船队仍然保持着可怕的对峙。

终于对面首先承受不住这种铁壁铜墙般的沉默威压。水师旗舰上发出旗语。

"宗主，墨孟阳说，想和您谈一谈。"

水面对阵与陆上不同。陆上两军的战阵可以相隔百步之近，彼此喊话可闻。水面上艨艟巨舰往往一只就长达数丈十数丈，且要躲避对方炮火，所以战阵摆的极开，两阵之间可以相隔数里。纵然是再大的嗓门，站在彼此船上也休想对话。所以这里的"谈一谈"比较费事，双方首脑必须乘坐小舟，划到两阵之间。这时双方都处在对方炮火弩箭之内，彼此制衡，以免一方突然生变。

于是两边各自派出一艘小艇。水师方面，是守备墨孟阳和一员副将。王直方面则是王直带着徐海，叶宗满和王瑞坐镇中军。

两船相靠，广东水师守备墨孟阳当先说话，墨孟阳虽是水师将领，却是个胖子，说话很客气。

"五峰宗主，久仰大名，如雷贯耳。不慎得罪尊前，恕罪，恕罪。"

王直沉默地望着墨孟阳。

墨孟阳于是便将事情的来龙去脉讲述一遍。

王直的船队在沿海作恶，消息传开，是数月前的事。当时便有人不信，然而据说后来的确看到了挂着五峰旗的船只。于是萧显就通过地方的力量，面见墨孟阳。向墨孟阳说："大人，有一个绝世的功劳，不知你想不想立。"

"是什么功劳呢？"

"王直！"萧显说，"朝廷多年剿拿他不得，而今栖身倭国，势力壮大，难以压制，不久将是皇上心头大患。小人已有计策在此，可以诱其入彀。便不生擒，也必死得。但需要大人调集水师相助。"

"你也是朝廷多年剿拿不得的海寇，"墨孟阳道，"本官先抓了你，也是一个功劳。依你所说，沿海官员水师甚多，现今王忬王大人就接了朱纨大人的令，掌管浙闽两路水师，实力比我大得多。你为什么舍近求远？"

"因为小人是广东人，想把这个功劳玉成乡里。"萧显道，"而且，王直的势力，主要在浙闽两省。利润所系，党羽极多，把计策布置在浙闽两省，恐怕会提前走漏风声。"

"这也说得是。"

于是墨孟阳开始活动了。

萧显的计策，就是先拦截王直派来的货船，拦个几次，王直自然忍受不住。待他大举出动，萧显就立即放弃横港，一路南下。王直既然大举出动，定想毕其功于一役。一定会追。于是一直引到闽粤海疆交际，墨孟阳的水师便在此处设下埋伏，而后两家合力，吃掉王直。墨孟阳可以立一个大功，陈思盼和萧显的好处，则是从此可以在粤海取得半合法身份，私商生意，水师睁只眼闭只眼，不再查缴。

"所以首恶实在是陈、萧二贼，与本官无干。"墨孟阳道，"就是徐惟学，也并非死在本官手上。冤有头债有主，朝廷视五峰宗主为心腹大患，自有专人负责。五峰宗主的生意又不在我广东，我乐得居中不管，咱们何苦兵戎相见？"

这是明显已经示弱了。

墨孟阳心中已怯。其实单论船只火力，尽管王直倾巢出动，也未必能稳吃墨孟阳。然而墨孟阳有自己的小算盘：朝廷于功臣历来功赏极轻，纵然自己和王直死战牺牲，也不过落个朝廷轻轻的抚恤。三节两寿，官给些粮米，后代也难免孤贫。但若就此收兵，则已有剿灭来犯海寇之功，斩首夺船都是现成，老夫子在奏章上写得花团锦簇些，立即就可升官。所以他心里实在一百个不想和王直开战，话语都很诚恳。

王直仍不答话。但徐海虽然也难过，却已听出墨孟阳的话头。

"这么说，将来我们向陈思盼、萧显寻仇，你们也不插手？"

"那是你们的事。只要不打到广东来，本官绝不插手。"

"那么，大人需要答应我三件事！"王直终于开口。

"请五峰宗主明示。"

"第一，今日你我所谈，不许一字一句透给陈、萧知道；第二，异日我等找陈、萧复仇，请大人勿忘今日言语，恪守中立；第三，我三弟的尸首，请交还于我，愿出重金。这三条大人答应了……"王直冷冷望着墨孟阳，"今日之事，便既往不咎。大人食君之禄忠君之事，也怪不得大人。但大人若是不答应，王直只能尽力与大人周旋到底！本来我辈虽为国法所不容，心中总还念念不忘自己是大明子民。但今天……说不得了！"

"你明白么？"徐海加一句。

"明白，明白！"墨孟阳连声应承。他心里有自己的小算盘。王直若死，群龙无首，不妨剪草除根，猛追到底。此刻王直既然主力尚在，沿海必然尚有后患。自己反正功劳已成，不宜与这班海上亡命之徒结下深仇。此刻任凭他提什么，不妨都一概答应，反正料想王直和陈思盼斗出个结果来非止一日，到那时候，自己说不定已经升官了……

第7章 智取横港

　　船队一回平户港，王直便单独找到叶宗满，关上门只两兄弟商量大计。

　　"老叶，一定要给老三报仇！"

　　"而且还要快！"叶宗满补充。王直和陈思盼之间爆发正面冲突，这一仗打起来，沿海不知道多少海寇海商都在翘首观望。己方已经先败一场，拖得越久越吃亏。

　　"那么有什么办法？"

　　"容我想一想，"叶宗满沉思，"快是要快的，然而不能急，得等机会。我看，咱们要去找一下柴老板。"

　　"柴老板"是浙江慈溪人，姓柴名德美。柴家在当地是簪缨旧族，根深蒂固。实际上也是王直船队在内地的主要贸易对象之一。王直和叶宗满计议良久，觉得王璇太刚直，王汝贤太迟滞，这件事还是只能派徐海去。

　　但要派徐海就要再迟一天，因为次日便是徐惟学的罗天大醮。

　　海商们终年海上行船，规矩与普通百姓不同，不讲头七乃至七七之数。因为海上变故很多，死生往往顷刻之间。尸首在狭窄船舱里搁得久了很容易引发瘟疫，到时候爱之恰足以害之。所以海上规矩，乃是逢五、逢十，以最多五天为限。而第二天就是八月二十五。

　　徐惟学的尸首已从墨孟阳手里要回，将血污揩抹尽了，换了一身新衣服，之前虽然满身血污，惨不忍睹，这般拾掇一番之后，却发现身上只有一处致命伤，就是肋下深深一处刀口。据侥幸逃脱的倭人辛五郎讲述，那便是萧显仗以成名的"不动之刀"！果然不动则已，一动便伤了徐惟学这等好汉的性命！

　　次日平户城里一片雪白。徐惟学在岛上人缘甚好，连松浦家的家督父子也领兵马赶来为他送行。王直所属更是人人穿白发丧。徐惟学无子，徐海为他披麻戴孝，走在队伍之前。王直从在双屿许栋手下独立行船至今，从未遭遇过如此大败，所以他一半是伤心徐惟学辞世，一半也是悲愤陈思盼、萧显狠毒。气氛格外肃穆，众人将徐惟学的棺椁绕港一周，一直送到一只小船上，舱内贮满鲜花。崇福寺的主持老和尚一声佛偈，几句禅唱，众人都大哭起来。由王直亲手砍断缆绳，那小船风帆鼓起，飘飘摇摇，出港而去。那小船船身并不施刀斧，只以胶质彼此相接。到了海里，被风浪一打，便会支离破碎。徐惟学也就此魂归大海。

丧事已毕，王直等众人仍然在礁石上静静守望良久。直到茫茫碧波之中一点帆影再也看不见了，才慢慢回来。

王直稍事休息，便召见徐海。

"你叔叔刚走，本来这件事情，不该派你，"叶宗满先解释道，"奈何思来想去，这事还非你不可。"

"我明白。"徐海点头。

"那你知道该怎么说了？"

"我知道！"

"说说看？"

"我们做的是生意，"徐海道，"只为生财，其他事一概不管。陈思盼和萧显与我们有血海深仇。仇是要报，然而我们剿灭他们，也并非只为私仇。我们是商，他们是寇，如果放任不理，令他们海寇大举集结起来，对外绝了商路，对内难免骚扰地方。无论内外，都与各位大人不便。"

"好！一针见血。"叶宗满赞叹，"单是这几句话，他们就说不出来，所以这一趟是非你不可。"

王直却关切地道："你要小心！你叔叔刚出事，差事虽然非你不可，但我不想你再有任何差池。此去一路之上，以自保为先！"

徐海心中感动，点了点头。

次日一早徐海便动身启程。王直怕徐海独力难支又派了王璇率四五十人随行保护。人数虽然不多，然而都是经过挑选的精兵良将，里边还有辛五郎这样的倭人高手，所以实力很强。本来王璇在王直手下的地位高于徐海，而这次回浙江以徐海为主，换作他人，恐有掣肘之虞。但王璇和徐海虽然异姓，交情莫逆，比王汝贤还要好，所以坦然无事。两人点齐了人手，开了两条船，径奔浙江而去。

非止一日，漂洋过海，到了慈溪。王璈便在船上与徐海商量。因为王璈是宁波人，徐海少年时在杭州虎跑寺做过和尚，两人对浙江的地理人情都熟，如鱼得水。徐海便道："二哥，请你的令。明天小弟先上岸，去柴家打探消息，还要二哥接应。"

"唉，明山，这趟你说了算嘛。"王璈大刺刺地道，"你只管办大事。放心，外边有我。这一趟管是下江南龙潭虎穴，子龙也保军师一个金城汤池。"

徐海莞尔一笑，就此无话。

第二天起个大早，天色微明，徐海便先动身。第二拨便是王璈，点了一班身手利落、容貌平常的部下，都换了当地百姓装束，随后启程。辛五郎的头发、衣服、长刀乃至口音都是不折不扣的倭人，猝然露面必招引物议，所以他领着倭人部下和几个长相凶狠的水手留在船上。

徐海一人直奔柴府。几十里路对他来说并不算远。清晨起身，辰牌刚过就到了府上。给门房塞了几两银子，从容进府。主人见了，大惊失色！

"你怎么还敢来？"柴德美连忙将徐海引入内房，"你不知道？你们的事闹大了！"

"我们有什么事？这般蝎蝎螫螫的。"

"你们最近杀人放火，四出劫掠。王大人很是震怒。官府查得正紧！"

"你信么？"徐海冷笑。

柴德美一时语塞。

徐海索性伸出双手："老爷倘若信不过小人。徐海在此，任拿任绑，绝不抵抗。咱们虽然为国法所不容，说开来不过是生意。朝廷封了财路，不与小民过活，小民只能自谋出路。虽然铤而走险，心里总还明白一点大义。陈思盼、萧显与我们为仇作对，我们绝不轻饶。除此之外，可是不敢得罪了朋友！"

柴德美脸色一变，顿时已猜到徐海如此坦然，多半外边有援兵应手。他这班人虽然号称"海商"，行事的确与海寇不同，惹翻了却也杀人不眨眼。当下心意一转，呵呵赔笑："就是这话！都是朋友。咱们虽然是坐地户，又怎么敢得罪朋友？实话说，当初消息出来，我们也是不信。只不过明知其中有玄虚，也说不得。现在好了，你们回来，自然有你们的办法。我又何苦绝我一条财路？不过，明山，你要小心！"他凑着徐海的耳朵低声道："敝处谢某，已经从了陈思盼、萧显。"

"此事当真？"

"千真万确！"柴德美道，"谢某人嫌与贵方买卖获利太慢，打算自己买几条船，走南洋单干。他要下粤海，就得打通陈思盼萧显的关节。据说……"他的声音压得更低，"贵方最近新败，那诱敌深入的计策，据说也是谢某所献！"

徐海顿时沉下脸来。

柴德美偷眼看着他的神情，又道："这也是据说，不好当真。不过，谢某已经从了陈思盼萧显，这事是真的。明山不要仗着熟悉地理，便在慈溪随便出入，人情已经变了。"

"不愧是做过官的，见风使舵真快！"徐海冷冷地说，"柴老爷，陈思盼一伙，就没来搅扰你？"

"实不相瞒，"柴德美坦承，"已经来过了，我没办法抗衡，只能出财免灾，算是入了他们一份干股。他们还要我派人一起，我死活撑着，没肯答应。"

"嗯！"徐海点了点头，"等他再来，你照我的话，如此如此……"

当天夜里，慈溪另一富户谢某的宅邸为倭寇掳掠，死伤颇惨，房舍付之一炬。倭寇自报姓名，是横港豪杰陈思盼、萧显。

官府大为震动。且听地方百姓传说，的确亲眼见到真倭操倭语握长刀带头掳掠。于是官府火急发令调拨四处兵马，支应饷银粮草，趸下乡来。等队伍到慈溪时，徐海、王璇已经抵达平户港复命了。

柴德美的暗桩果然起到了效果。二十余天以后，王直就接到了柴德美秘密递来的书信，里边提到了一个重要消息。

有一个福建人，叫做吴美干，之前是福建本地的义官。所谓义官，类同后世"捐输"，就是富户向朝廷出钱所买的官位。通常只是虚职，而且级别比较低，但总还算有了官身。因为大明向来对捐官比较敏感，即使财政不敷支出，宁可增加赋税，也很少卖官。

吴美干本身是富户，家族有私人的船队。传到吴美干这一代，有几十条大船，声势颇盛。三年前，朱纨总督闽浙海事，为了围攻双屿岛，调集了闽浙沿海所有可用的船只，吴美干的船队也在其中，于是他也一起到了浙江。双屿一战，吴美干损折不少。然而朱纨随之倒台，卢镗获罪下狱。继任的官员谁也不理这个烂摊子，吴美干守着一堆破船，朝廷既无封赏，又无补给，于是怒从心头起恶向胆边生。原本是助朝廷剿平海寇的义官船队，一转身自己变成了海寇，回师投了陈思盼。其后不久，萧显也从双屿奔来加入。

萧显和吴美干一开始就不和睦。一是因为他们俩在双屿交手打过仗。虽然那时各为其主，终究也算过节；二是因为吴美干起初是富户，后来是义官，颇有身份，而萧显是不第秀才，吴美干耻于与之为伍；三是因为吴美干和陈思盼都是福建人，而且吴入伙早。萧却仗着一身本事后来居上，不把吴美干放在眼里。所以近年以来，双方冲突愈演愈烈，以致这次粤海设伏，吴美干没有参加。

就他的本心，是希望萧显打败仗。而且主战场是在广东，萧显的地头，一应官员等也是他负责联络，自己过去，寄人篱下，无论成败都很难堪。然而萧显得胜归来，一跃成为陈思盼手下第一功臣，被陈思盼视为股肱，吴美干的日子就更难过。

他默察形式，萧显为人狠毒，得理不让人，一旦被他站稳脚跟，必然放不过自己，所以隐约之间，已有去意。

"这个人可以一用！"王直说。

叶宗满也赞成："咱们虽然要报仇，毕竟不能像萧显一样终日刀头舐血。他们经营横港也已数年，麾下有一批死党，强攻硬打，殊难建功。正巧有这个吴美干，这是我们的好机会！"

"也要小心是敌人的反间。"王直提醒。

"不妨，我已有计策，一试便知。"

叶宗满的计策是调谢和回福建打探风声。但谢和虽然忠诚可靠，外号叫做"谢老实"，但一个人去，总不放心，于是又调徐海与之随行。乘机与吴美干联络。因为吴美干主力虽随陈思盼又回了浙江横港，家却还在福建。

他两个去了数日，还没音讯，柴德美的第二封密信却又到了。王直和叶宗满拆信观看，原来横港最近将有一番热闹。十月十七，是陈思盼四十九岁生辰。陈思盼最近志得意满，设伏杀了徐惟学，又和水师守备墨孟阳联手赶走了王直。王直此后"一蹶不振"，至今商船队也不敢再回浙江。所以陈思盼打算趁这个生日好好炫耀一番。他修了不少书信，往来投递，俨然已是盟主之态。十月十七，浙闽两粤的海商海寇，凡接到信的，大多要去给他拜寿。所以横港最近大开山门延揽人手。仅仅柴德美一家，就已经打进去几百个庄丁，全岛估算总计不下数万人。的确是兵强马壮，声势宏大。

王直看了信，把信纸拍在桌子上："好！陈思盼自寻死路！"

"是。这样一来，徐海那边办事就方便了。"

果然不久便有嘉信传来。徐海和谢和一起归来。不但他们安然无恙，而且还带来一船男女老幼。经两人介绍，是吴美干的一家老小。

"吴美干已决意归附宗主，"徐海禀告，"消息经过多方查证，千真万确！"

"似乎太快了点……"叶宗满拈髯沉吟。

"不得不快，"徐海道，"因为据说陈思盼会在寿辰那天加封萧显为一字并肩王副岛主。"

"一字并肩王？"王直哑然失笑，"狂妄了点吧？"

"草头天子，不归王化，咱们要做早就做了。"叶宗满笑道，"不过这样说起来，诸般机会都赶到一起了。"

"是！"

"那么，陈思盼这个寿辰，咱们也来凑凑热闹吧。"王直道。

然而在此之前，还有一件大事要办。这件大事也是要避开众人的，只有王直和叶宗满两人私下谈论。

"那件事，你看，派谁去合适？"王直问。

"自然还是徐海。胆大心细，多谋善断，年轻一代哪个也不如他！"叶宗满答道，"但是徐海最近已经连走几趟，似乎也疲惫了。而且万一有失，咱们对不起老三。这一趟，我看不如教汝贤去。"

汝贤便是王汝贤，王直的侄子。陈思盼初次袭击商船队时王汝贤受了伤，回平户静养，此刻已经痊愈。此人武不及王璇，文不及徐海。然而生性谨慎，办事认真，尤其个性不强，是很好的辅佐型人才。

于是王直和叶宗满便找来王汝贤，吩咐道："这次派你往内陆走一遭。"

"是！不知是何差遣？"

"送信。"王直便将已写好的几封信都推给王汝贤。信没有封口，而且信封上不具字样。王直和叶宗满都不说话，王汝贤只能自己抽出信来看。连着看了几封，脸色也就变了。他智勇虽不及王璇、徐海，到底也是做到一队首领的角色。他低下头，沉思半晌，说道："这个差事不大好办。"

"所以才让你去。"

"我想，我比表弟、明山弟都差着一筹。叔叔、二叔不派他们，唯独把这件差事派给我，自然是看重我还有办这趟差事的本事，既然如此，小侄必定不辱使命。"

他郑重地把信一一归回信封，藏到怀里，站起身来向王直、叶宗满一揖，从容而退。

他办事果然十分谨慎。从王直居所退出之后，他就借口伤势未愈，闭门养病，不见外客。他性格本来如此，众人都不以为奇，拎食盒的小厮仍然每天三四次进他居所送吃的。谁也没想到王汝贤这时候已经不在平户岛上了。等到几天之后他又悄然回来的时候，绝大多数人都以为他不过暂时状态转好而已。而他怀里的信已经不见了，却多了几样东西。

王汝贤立即面见王直，将这些东西呈上。里边也有两封信，但最引人瞩目的，是一支并不很大的蓝色令箭，上边刻着"浙江海道使丁"的字样，又有一枚玉石印章，镌的四字是"湛然分明"！

"你亲自见的丁大人？"王直问。

"是。"王汝贤答道，"丁大人也很谨慎，杜绝外客，这才召见我。他问叔叔好，也谈了几句横港的事，话不多，东西却交代了。"

"好！"王直赞道。

对陈思盼的复仇计划就这样定了。在此期间，几个主要的首领王直、叶宗满、王璇、徐海、王汝贤都很镇定，从不公开讨论计划的细节。这之间徐海又秘密潜回内陆几次，和柴德美当面密议。所密议的自然也是形诸笔墨都怕走漏风声的绝密之事。最后一次，徐海泛舟归来，船上就多了一个人，百姓装束，并不悬刀佩剑，然而胆子很大。王直特意在联舫巨舰上会见他。联舫巨舰以两条大船并列而成，舰长五六十丈。其上连城重楼，宽阔可跑马。这种大舰几乎失去了航海机动的能力，但单以规模而论，也足令人目眩神迷。

彼此落座，通名报姓。那人很客气："下官是浙江海道衙门把总张四维。"

张四维这个名字在数十年后天下响亮，成为一朝之首辅。不过这个张四维只是浙江海道的武官，名同实异。据柴德美所说，这个张四维是他至交好友，情同手足，无话不说。这次能够联络到浙江海道衙门全力相助，中间多亏此人斡旋。

所以王直也很客气："张大人，万里风涛，远来不易。"

"不敢当，"张四维说，"柴兄与我是世交，除却官身，彼此都不是外人。四维生长海边，久闻足下大名。古训靠山吃山，靠水吃水。海边百姓临水而居，海上间或做些买卖，也是人之常情。足下现今虽然背负海寇之名，但海边人都说足下仗义疏财，信誉卓著，是条好汉。我们为官之人，不体恤民情，这官也就不好做。所以柴兄托我向上边进言，我是当仁不让。"

"多谢张大人成全。"

"四维这次来，是替海道丁大人和李大人传一句话。他二位说，陈思盼、萧显之恶，过足下十倍。足下愿与官府效力，诛灭海寇，二位大人十分欢迎。料想这一次没有不成的道理。但有一点，不知事成之后，足下所求如何？"

他目光直逼王直，又补道："这一句必须当面请教。"

王直点一点头，自如的说道："诸事不求，只求日后海面之上，各位大人多多照拂。"

"相安无事？"

"相安无事！"

张四维的脸上露出笑容，显然这个答案是他们所希望听到的。一言而决，其下就是应酬饮宴了。至晚，王直回府，在马车里突然感觉自己老了。在海上逞了十几年英雄，至今仍然只能做一个官府眼中的义贼，半白半黑的人物。虚弱和不甘像潮水一样涌上他的心头。

此后几天，王直便征召部伍，打磨器械，训练武艺。这一仗是突袭，讲的是个"奇"字。所以先锋贵精不贵多，总数不过三百余人，但各个颇有武艺。由叶宗满和徐海率领，克日定期先行潜入横港。余下主力船队则由王直、王璈、谢和、王汝贤等人统领，至期而至，大举接应，横港本地自有柴德美已经打入的暗桩。一切收拾妥当，十月初十，叶宗满、徐海先行一步。十月十三，王直的船队起航，到浙江沿海已是十月十六日入夜。当晚月光晴好，王直船队先在一座小岛上停泊，而岛上已先有接应，就是张四维的浙江水师。

张四维过船来拜。

"那位大人，已经到了？"

"是。不然我一个小小把总，如何指挥大队？"张四维道，"请恕官身束缚，不能过来相见。还要恭喜足下一件事。"

"哦？"

"今夜之事，水师不敢擅专，已经报知现今提督浙闽军务王忬王大人得知。他老人家好生嘉勉，托四维给足下带句话，自古英雄不问出处。足下寄身海商，与陈思盼等托身海寇，形虽似而实不同。海寇专事劫掠，海商则无非图利。私商远货，于朝廷虽有不利，对沿海百姓也有方便。所以只要足下将来能够约束住沿海各路海商海寇，不在明面生乱，王大人可以格外宽容，但不要落下把柄！"他凑近王直，低声说道，"王大人虽然提督军务，但军务并不由他一个人说了算。卢镗已经复职了，他很恨你！"

王直心中一惊，顿时猜到了面前这个张四维的真实身份。点头道："我明白了！"

于是两边会意，张四维仍回本队。静等十月十七来临。

大明嘉靖三十年十月十七，天一亮，横港岛上就杀猪宰羊，张灯结彩，热闹得仿佛过节。大大小小挂着各色旗帜的船只不绝如缕。大都是被陈思盼发柬邀来的各路海商海寇。柴德美等人来得更早，他们以地方富户而参与陈思盼的海寇集团，俨然金主，在这盛大集会之上要当横港的半个家。举凡一应筹备采买以至各种时新礼物，珍奇玩意儿，无不都是柴德美等几个富户掏腰包置办。陈思盼私财则不动分文。所以柴德美得以进出横港，毫无阻滞。徐海等二百余人也扮作他的随从混进岛内。

天将正午时分，便摆出宏大筵宴。与宴者大多是纵横海上的粗莽汉子。宴席虽不精致，然而肉山酒海丰盛无比。陈思盼大剌剌地坐在主位上，听着各路海寇奉承言语，端着酒碗，顾盼自雄，得意无比。

突然有手下跑来报信，说道："启禀大王，海上发现浙江水师战船！"

陈思盼便是一愣。

他并不是怕，而是奇怪。浙江水师船只器械虽好，兵丁素质平平，向来畏己如虎。而今沿海诸省海寇几乎齐集，却敢来捋虎须？他定神想了一想，问道："大概多少只船？"

"却是奇怪，"喽啰屈膝禀道，"只有两三只小船。"

"这样，简单得很！"陈思盼身边的萧显嗤之以鼻，"这是咱们海上英雄在横港集会，浙江水师不好装不知道，这才派三两只小船过来探探风声，好回去敷衍上司责问，大家不必在乎，该吃照吃，该喝照喝。今天是大王的千秋之寿，大家图个吉利，且放他们去，不然那几只小船，岂能挡我们一击？"

陈思盼连连点头："有道理。有道理！"

这件事便就此丢开，果然那几只水师海船不久即去。但过了大约半个时辰，众人正喝到酣处，喽啰又来禀告，那三条战船又掉头驶了回来，而且还挂上了战旗，推出炮位，似乎要炮击横港的意思。

陈思盼不禁勃然大怒，宴会里的各路海寇也是一阵喧嚣。其中有一个人叫做彭老生，很是悍勇的，近年见陈思盼势大，颇有投靠之意。这时他酒劲上来，便挺身说道："大王千秋之日，区区几艘破船三番两次前来搅扰，分明是不把大王放在眼里，也小觑了我诸路好汉！着实令人恼怒！彭某不才，就在大王座下讨一支令，领本部船只出港，将这几只小船生擒活拿，献于大王尊前，也好壮我们海上好汉声势！"

这一番话说得雄壮，其他海寇一起喝彩。陈思盼心中也有允意，望望萧显，萧显却微微摇头。显然他是不愿在这一天和水师贸然交战。

正犹豫间，突听得一人大声道："彭老生，横港并非无人，哪里用得着你？"话语声中，一队人马鱼贯而入，领头一个，正是吴美干。

在场诸海寇大半也认识他，知道他是陈思盼座下大将，也约略知道他与萧显不和。料想陈思盼寿辰萧显会大出风头，所以数日之前他便已告病。这场宴会因此也不参加。陈思盼知道其中的缘由，也不去请他，以免两个见面难堪。但这时吴美干昂然而出，脸上并无病容。他目不斜视，径直走到陈思盼面前，跪下说道："大哥，兄弟身上不舒服，本来想等晚上正宴才来给大哥贺寿，听得手下人说，浙江水师专门捡这好日子来触大哥霉头，却有人坐视不理。大哥请想，区区几只小船，再三任他招摇，他日江湖上必然会说大哥和在座诸位英雄都胆小如鼠，怕了水师，不敢迎敌，只好关起门来喝酒。大哥！兄弟的脾气，你是知道的，听了这话，肺都气炸了！我们堂堂横港自有好汉，什么时候要他一个彭老生强出头？大哥，兄弟这就出去，不管他水师有什么名堂，兄弟一力担当，绝不能让官兵扫了大哥的雅兴！也让座上英雄知道，横港不都是缩着脖子躲在岛上，贪生怕死的懦夫！"

他话说到这里，萧显砰的一声拍了桌子，脸色冰冷："吴老七，你这是说我么？"

吴美干平时里忌惮萧显武勇，向来让他三分，但今天有备而来，喉咙比萧显来得更亮。他刷的一声将腰刀半拔出鞘，冷然道："谁是忠心于大哥的老兄弟，谁是不惜让大哥名声扫地，贪生怕死的小人，海上各路英雄在此，大家心里有数！"

"吴老七，我看你是存心挑事来了！"萧显咬牙冷笑，"今天是大王千秋之寿，海上谁不知道，你用不着拿贪生怕死激我。水师那些兵将平日里望见大王的王旗就跑。为什么今天胆子大了，三番两次来搅扰？其中必有诡计！咱们一出去，正好中了官兵奸计，兴许这里就有你吴老七和朝廷勾结，想出恶毒计策想谋咱们横港。萧二爷眼里不容沙子，你那点儿道行，还差得远呢！"

言犹未了，只听呛啷啷一声响亮，陈思盼也抬手摔了金杯！大喝道："你们两个是专拣我过生日，在这给我丢人？"

他毕竟是横港之主，群雄之首！这一震怒，一摔杯，登时连萧显、吴美干都没了动静。这是横港内的家事，其他与会群雄更是插不上话，只是心中暗自思忖，早听说陈思盼手下两员大将不睦，没想到竟然水火不容到这等地步。看样子要不是陈思盼在上边镇着，两个人就能当场动手！看来横港而今声势虽盛，内里却虚。众人嘴上不敢说话，心里难免各打主意。

吴美干却面色不变，仍跪在地上，慢慢把金杯捡了起来，捧在手里，说道："大哥，兄弟这就算大哥已经发过令了。"说着，又拜了一拜，站起身来，一挥手，便领着众人走出席去。

陈思盼对吴美干，本身倒没有怀疑。吴美干不如萧显武勇精明，那是显然的。但他自从上得岛来，对自己忠心不二，而且也鞍前马后，功劳不浅，以资历而论比萧显更深。所以近来虽然对萧显越来越倚重，却也不想就此驱逐吴美干。他这等海上的巨寇平日里杀人不眨眼，对自己伙内弟兄总还稍有义气。眼见得吴美干负气而出，显然就是要去拼命，当着沿海群雄，万一有个三长两短，自己如何对得起兄弟？当下喝道："老七，站住！"

吴美干果然忠诚听命，当下原地站住，却并不回身。

当此情势，萧显势不能再毫无表示，当下也起身跪倒，说道："大王，倘若非打不可，萧显愿意出战。"

他在陈思盼手下资历不如吴美干，所以称呼上别出心裁，一口一个"大王"，虽是奉承，陈思盼终究乐意听。吴美干和萧显都是他手下大将，哪个也不愿轻易折损。平日里遇有战事，陈思盼自己总是身先士卒，也用不着属下争功。但今天他是寿星，自然没有亲自出马的道理。

正踌躇之间，只见宾客里一个人向前凑了一凑，清清嗓子，说道："大王，吴、萧两位，都是我岛上俊杰。小可有一个折中的办法，不知可用否？"

陈思盼认得这个人正是慈溪富户柴德美。自己寿辰，他前后操办，很是得体。知道此人平日里结交官府，见过世面，有些智谋，而他也的确不愿吴美干和萧显在自己寿辰闹得兵戎相见，赶紧道："柴老爷的办法，必然是高明的。请说，请说。"

柴德美却不着急。他慢吞吞地站起身来，先举盏向四方致意，这才说道："其实吴、萧两位，推究本心，无非意气之争。江湖好汉，这也算不得什么，说开即了。外边不过两三只小船，无论吴兄还是萧兄，出马便可建功，也显不出二位了得。所以小可有个折中的法子，这个法子，是听人说书听来的。且说三国时候，刘备取益州，落凤坡折了军师庞统。进退无路之际，荆州城军师诸葛孔明挥师来援。那时孔明先生座下有两员大将，一位张飞，一位赵云，争这个先锋官。军师便令二将各领一军，同期前进，谁先到益州救了主公，就算谁赢。而今大王就好比诸葛军师，稳坐中军，不必亲动。吴、萧二位，就好比我横港的张飞和赵云……"

他说到这里，陈思盼已经听明白了，不住点头道："好主意，好主意！"其实他满脸虬髯，脾气暴虐，和诸葛孔明毫无半点相似，但马屁总是舒服的。而这主意确也不错。于是他便说道："这个，老七，老二，你们两个就照柴老爷说的办，各领一百人，两条战船，一起出岛。外边水师三条战船，三条旗杆。谁先给老子摘下两面旗来，便用谁做我的副岛主！"

陈思盼想了一想，又补道："但你两个彼此之间，万万不许动手。我们就在这里看着，谁先动手，我就赶谁出岛！"

柴德美连忙赞道："大王真是英明！"

陈思盼也自鸣得意。

其实他这个主意，还是暗自倾向萧显的。料知萧显武勇，不但吴美干不是对手，而且几可说是纵横沿海无敌！只要吴美干不恼羞成怒，和萧显大打出手，那么萧显决不至于输给吴美干。到时再重重加封，就没人会说自己偏心。因此对这个主意很是赞赏，连带的对柴德美也很有好感。

事已至此，吴美干和萧显已无可避让。两人各自挑拣一百精兵，选了两条海船，带齐兵器弹药，再上堂来向陈思盼辞行，随后一起出海。陈思盼和堂上众人也走出来。原来横港岛上有座小山，凭高远望，在千里镜中可以将方圆十数里一览无余。于是众人相携都上山顶，一边吃酒，一边看海上战事，颇有煮酒论英雄之感。

柴德美便凑到陈思盼身边，悄声说道："大王，吴、萧两位都不在岛上，左近多是外人，虽然有一千个胆子也不敢触犯大王一根汗毛，依小可之见，终究还是有备无患的好。"陈思盼点头道："嗯，先生见得很是妥当，我这就传些喽啰来。"柴德美忙道："不可，以防这些人生了戒心，反倒惹出事来。小可带上岛来的随从倒有几十个壮汉。虽然不懂武艺，好在是下人装扮，叫上来也惹不起疑心。大王如果觉得妥当，小可就下去叫他们上来护驾。"陈思盼道："好，柴老爷，你对我很是忠诚。来日重重讨赏你！"

柴德美敷衍两句，转身下山，心想贼胚马上要掉脑袋，鬼才图你的封赏。

那伙随从的头目便是徐海，其他也都是平户港中精挑细选的精锐。这时他们早已收拾妥当，身上暗藏短刀。而且另有两件利器，珍贵异常，沿海再也找不出第三把，就是葡萄牙人送给王直的手铳。这手铳只手掌大小，也能填装子弹，近身威力甚大。这时转由王直交给徐海护身。这些人跟着柴德美上山，沿路分散，便将山上许多要道有意无意地封住。岛上喽啰贪于饮宴，时已大半醺醉，这座山峰又不是守卫要地，这些随从往来无忌，纵然有人偶尔看到，也知道这些是柴老爷的手下，柴老爷在陈大王面前很得宠信，所以没人来管。徐海等二十余人便跟着柴德美径直上山。

陈思盼并未在意。因为这时候他的目光已经完全被海上的战斗吸引了。这场战斗极其诡异，水师往日里与海寇相争，总是仗着船坚炮利，人多势众，厮杀格斗则要远逊，这是任谁都知道的。这三艘战船虽然摆出了炮打横港的架势，但吴美干和萧显两队一出，他们却也并不畏惧，各自迎上去邀战，每艘战船船头，都站着一员大将。

"咦……"陈思盼疑虑，"这是唱的哪出？"

这时吴美干和萧显两队，业已分别迎敌。船距渐近，炮火已失去了用处。吴美干和萧显各自率人跳上一条敌船，白刃相交，斗了起来。一时战局激烈异常。吴美干是陈思盼手下大将，一柄钢刀舞得虎虎生威，在敌阵里纵横来去。那水师将领见势不妙，挺枪前来接战，才将吴美干敌住，两人功力悉敌，一时难分高下。

但另一条船上的将领却抵不住萧显！

萧显有"不动之刀"的绝技，向来自恃海上群雄武功第一，生平难逢对手。平日里萧显虽然张狂，这门看家本领一向深藏不露。但这时一者和吴美干赌胜争雄，他是输不起的；二者当着海上群雄，不显些本事也恐怕别人小觑了自己。所以他这手刀法终于尽数抖出，淋漓生发，仿佛闲庭信步般在水师官兵中纵横来去，但每一进出都杀开一条血路。他每一挥手，便有人中刀而伤，而无论船上对手还是横港岛上观看的人们，竟看不到他何时出刀！这艘船上的将领过来接战，仅仅顶了三合便弃双斧而逃，不顾甲胄沉重，扑通一声跳到水里。紧接着水兵们也纷纷败退投水。萧显纵身来到桅杆处，他存心显功夫，不用刀斧，只并掌一斩，一根粗如人臂的桅杆便应手而折，他随手一抓，将桅杆上战旗抓到手里，吆喝喽啰转舵向中心的水师战船驶去。这时吴美干虽然怒吼连连，刀影如山，却始终战不下那一个使枪的将领。

萧显的勇武在横港观战的人群里引起了一阵赞叹。这些人无论海商或者海寇，甚至柴德美这样的仕宦富商，既然从事作奸犯科的勾当，多少都懂些武艺。他们对萧显的称颂不仅源于趋炎附势，而且是真正的敬佩！萧显是真强，像他这样的人纵横海上，即使不托庇于陈思盼的座下，成名也是轻而易举。所以人们丝毫不怀疑萧显会继续获得陈思盼的奖赏和重用，而抱这种想法的人里包括陈思盼自己。

这时海上两船已经接舷。萧显纵身越过船去。

水师舰船中一名将领慢慢站起身来。

第8章 名将俞大猷

与其他两船相反，这只船上的水师兵勇们没有一个人轻举妄动。

萧显扬起手，阻止住他的手下。他预感到这是自己的一场硬仗！

这时候他忽然动念转头去望望吴美干，吴美干仍在与敌将厮杀，声嘶力竭。然而他的船上，流血却很少。

萧显皱了皱眉。

仅就生性而言，萧显其实比其他任何一位海商或者海寇更接近于狼。他剽悍、狠毒、冷酷而且迅速。同时对危机有着一种近似野兽一般的本能，他已经隐约预感到这只怕是吴美干的一个圈套，一个诱敌之计。

但他仍然不相信这个计策会将自己困住。

于是在这最后一艘水师战船上，战斗只在两人之间展开！

萧显小心翼翼地向前探出步子，每一步都极其谨慎。他缓慢的接近着那个将领，打量着他。那将领身量相当高，瘦而结实，沉默，眉毛稀疏而双眼有神。他随随便便地站在甲板上，周身上下却没有一丝破绽。萧显暗自计算着自己和他之间的距离。这距离从三丈拉到两丈，又从两丈拉到一丈，九尺，八尺，七尺……

当距离缩短到仅剩七尺的时候，萧显发动了！七尺的距离是他得以施展"不动之刀"的最长距离。他的身形一弓，弯腰瞬步几乎瞬息之间就冲到了那将领的侧翼，他右臂展开，袖中藏着一把刀锋不足二尺的短刀，那便是他的不动之刀！他的刀刃像春燕尾翼一般轻盈舒展的划开空气，几乎已经得手。但这时肋下突然出现一股劲风！

武器是长棍！

那条棍其实一直放在那个将领的脚下，是一条木棍，已经被手掌摩擦得光滑生亮，棍和主人一样沉默不起眼。萧显第一时间就注意到了它，而且猜知他是对手的武器。然而谚语有云"一寸长、一寸强"，即使是萧显也没想到对手竟然能以七尺的长棍后发制人发动近战。而且那人出手虽慢，棍头点来却比短刀划下更快。萧显这一刀若不收回，虽然也能伤敌，但自己一定会被棍头点中，而且肋下一旦中棍，力道大弱，那一刀也就不可能重创敌手！所以在电光石火之际萧显狠狠咬牙，他身形猛然再矮下去，而且像翱翔海鸟一样在急速奔行中倏然转身，那一棍在间不容发的距离下点空，同时萧显的短刀也走偏。萧显在数丈之外站定，脸色阴沉。他狠狠地盯着那员将领。

那员将领仍站在原地，单手持棍。

但他的另一只手抓着一团东西，那是一面战旗！

战旗之前在萧显的身上，双方对攻一招，彼此没占到便宜，然而战旗却已落到对手的手上。无论萧显还是在横港岛上的所有观战者，没有一个人瞧清楚敌将是在何时出手命中的。这一招明面上虽然不分胜负，其实萧显已然大败！

横港观战者自陈思盼以下顿时鸦雀无声。福建海寇彭老生正拎起酒壶倒酒，酒壶和酒杯之间就响起细微不断的磕碰声，酒水淋漓洒下。

"不可能！"萧显寒着脸，"浙江水师之中，哪有这么强的高手，阁下是何方好汉？不妨通名报姓。"

那员将领随手将夺来的战旗掷给一个水兵，仍然单手持棍，并不回头，淡淡地说："在下俞大猷。"

在大明波澜壮阔的抗倭史中，时任广东都指挥佥事的俞大猷其时刚刚登上历史舞台，声名尚未为世人所知。数百年后，他则和另一位抗倭名将戚继光一起，被称为抗倭史上将领中的双璧。后者在军事上的才能还要颇胜于前者，但前者有着一个令后者无法比拟的彪炳声名。

俞大猷在不满三十岁的时候，就已被世人公认为"剑术天下第一"！

在武术史上，俞大猷是一个传奇。

大明嘉靖年间的天下精兵是由各地方的勇士所充当。这些勇士通常来自民风彪悍的蛮荒野地或者武风强悍的尚武之乡。这些地方的子弟在孩童时期就得到长辈们的训练，同时继承长辈们的武艺和尊严。这些地方勇士包括涿州铁棍手、河间府的义尖儿手、保定箭手、辽东铁棍手乃至广西少数民族组成的狼兵。一眼可见这些地方兵种各自擅长的武器和作战风格均有不同。他们在大明定鼎至今近二百年的时光里纷纷建立功勋，所以才取得今日的地位。而在这些特殊兵种之中最特殊的一支是僧兵。大明受朝廷认可而有豢养僧兵资格的寺庙，天下共有三处。即河南嵩山少林寺僧兵、山西五台山僧兵以及河南伏牛山僧兵。河南伏牛山僧兵是少林寺僧兵的一个支流——若干年前，伏牛山寺僧人为了维护自己的产业，求助于少林，从少林学得武艺，延续至今，成为三大僧兵源头之一。这三处之中，以少林地位最尊，是武林中的泰山北斗，外家拳法的正宗渊源。少林寺的传奇地位一直延续到近五百年后，热兵器早已大行于世的今天，且仍未动摇。

然而就是这样天下武术正宗的少林寺，在大明嘉靖年间合寺败在一个人的手下，而后方丈派出两位武僧跟随这个人，从这个人学习棍法，再回寺传授寺中僧众，使少林武术再度兴盛。

这个人就是俞大猷！

萧显的额头渗出细汗！

他是广东黄梅寺门下，也是武林一脉，当然听说过俞大猷的声名。甚至他比现今在横港的大多数人都了解俞大猷，因为萧显本身是广东人，而俞大猷虽是福建人，之前却一直在广东做了好些年官。在此之前，俞大猷对海寇并未表现出格外的兴趣，他的战斗主要是在陆上。广东有一个草寇首领，叫做苏步青，武勇过人，力可格猛虎，官兵征剿，向来无人能挫其锋芒。这样的好汉，最后就折在俞大猷的手下。

萧显舒展双臂，伸了伸腰。这时他已经确定这是一场阴谋了。另一条船上吴美干直接放弃演戏，他挂着大刀兴味十足地望着自己，仿佛自己是一条落入陷阱垂死挣扎的野兽。不过他不确定横港里的人们是这场阴谋的参与者还是受害人。无论怎样，此刻自己面临大敌，已经再无法分心他顾了。他虽然向来自恃武功海上第一，却也没有丝毫把握能够赢得过这位武功天下第一。唯一可足安慰的是，俞大猷和人动手，即使分属敌国，也向来单打独斗，极其公平，从不以众凌寡，所以自己的命还是在自己手上！

萧显双掌一拍，身形闪电般的晃动起来。他的奔行迅疾而落脚准确，围着俞大猷的周身打转，短刀倒持在手上，锋芒渐出衣袖。俞大猷仍然单手持棍，以静制动，身形岿然不动。这样连续兜了几个圈子之后，终于还是萧显先发难。

他再一次连人带刀向俞大猷扑去。而俞大猷也在他身形扑出之时出棍。这一次，棍点仍然抢在了刀锋之前。

然而萧显左手还有一柄刀！

"不动之刀"其实是双刀术，这就是萧显的杀手锏，只是他生平还从没遇到一个对手可以强到令他在大众眼前展露双刀！而无论单刀还是双刀，要点都在于强弱虚实。所谓单刀好使左手难藏，单刀就是实，左手就是虚。双手双刀倘若都是用实，便是李逵一样的粗鲁莽夫。萧显是个中一等一的高手，他一旦抖出双刀，俞大猷攻其不备的棍点登时就落了空。而萧显的刀势如风，紧紧地贴着俞大猷，双刀虚实应变自如。倘若是寻常的高手，这时候必然已经脱手扔棍逃走，但俞大猷出手仍然极稳。即使萧显已经冒险侵入了他的棍圈，演变成贴身而战的格局，他仍能用手上长不盈尺的棍尾使出各种棍招变化。

这般斗到三十合的时候，萧显已经知道，自己绝非对手！

他原本企图冒险一攻，迫使俞大猷弃棍，但这时却已竭力确保俞大猷不弃棍。因为俞大猷一旦弃棍空手，手上的功夫只怕要比这般只以棍尾迎敌还要强得多！萧显是在犯险搏命，而俞大猷好整以暇，还在借此机会演武。

这是本质的差距！

然而这场激斗也看得横港陈思盼以下目瞪口呆。他们从没想过萧显的真正实力竟有这么强，也从没想过俞大猷的实力更强。对他们而言，武术只是海上保命或者好勇斗狠的工具，他们从没想过有人可以把武艺提升到艺术乃至"道"的境界。萧显和俞大猷显然都是这个级别以上的人。

所以包括陈思盼在内，虽然众人都在海上向有勇名，但大醉之下，仍然对这场战斗目不转睛，唯恐错过任何一个细节。

直到他听见他一生中的最后一个声音，充满着硝烟和死亡气息的声音！陈思盼的头颅在下一个瞬间立即爆成一片血污，他仍然拿着酒杯端坐着的身体向后倒去，撞翻了几张座椅。在他身后数尺，徐海手中的短铳枪筒还冒着烟。然后又是一声枪响，这声枪响是朝天而发，枪声响起的时候许多人才刚刚从千里镜中的空前酣战中惊醒出来，发现不知何时他们的脖颈之上已经被架上一把把霜刃锋雪的短刀。而片刻之前还威风凛凛的大当家陈思盼已经变成了一具尸体。许多人很快认出了拎着短枪缓缓走向他们面前的年轻人。那是王直手下新一代的爱将，死在陈思盼和萧显手下的徐惟学的侄子，徐海！

徐海吹一吹枪口，眼神故作随意地扫过在场众人。这些人里本来也有桀骜不驯之辈，但刀架在脖子上，短铳近在眼前，谁还敢挣扎？

"我是谁，想必各位都认识；我在这里，各位也不必感到奇怪；只是我杀了他，各位没意见吧？"徐海用短铳指指横尸在地的陈思盼，目光盯着众人。

这个答案当然是肯定的，众人只能点头。

此刻，心中最苦的是不久之前还当众表示效忠陈思盼的彭老生。陈思盼现在死了，萧显看起来也很危险。彭老生虽然粗莽，却也没打算给陈思盼殉葬。所以他冒着短刀和短铳的危险说出一句："明山兄为叔报仇，英雄出少年！佩服，佩服。陈思盼这狗贼为祸沿海，明山兄替我们除了大害。我们都没有话说！"

"那就好。"徐海微微一笑，转头吩咐一声，"升炮！"

很快有人抖亮火折子，点燃一支信炮。那信炮其实是陈思盼为寿辰准备的礼炮，现在却作为通报他殒身亡命的工具，不知陈思盼若在，会有什么感想。那一炮直打到半天里，声震四方。而这一声巨响之后，环岛四面八方也分别响起了隆隆的巨响！这些人身在横港最高处，居高临下，看到四面的海上都现出幢幢帆影，一支出乎所有人意料的庞大船队倏然现身，兵锋直指横港。

死一般的寂静当中，一个人喃喃地道："五峰的旗号，王直，王直回来了！"

就在这种四面楚歌的环境下，萧显竟然仍能逃走。他机灵敏捷，一听到岛上响起炮声，而环岛四面炮声应和，就知道这一次横港的命运恐怕和当年双屿相同了。覆巢之下岂有完卵，只能自求多福。他舞动双刀，攻势如狂风暴雨，在刀法中竟掺杂了斧法的套路。所谓一夫拼命，万夫莫敌。俞大猷虽然了得，也不禁被他逼得后退两步。然而萧显其实是虚张声势，见俞大猷一退，他拔腿就逃。

俞大猷自然也不能就此放过他。像他这样的武学宗师，动静虚实都是不断变化的。萧显一逃，俞大猷就立即转退为进，他长棍一点，棍头未到，风声已到。这一棍蕴含雄浑力道，萧显仓促逃跑之间，自然躲不开这一棍，但他的右手刀还是早一刻挡在了自己身前，刀身横过，紧贴身体。俞大猷的一棍在间不容发之际点在了他的刀身上，于是刀身碎裂。退却中的萧显喷出一口鲜血，却仍借力向船边狂奔过去，左手的刀脱手掷出，挡了俞大猷一下，自己已腾空入水。俞大猷追到船边，只见海上一片浪花渐渐平息。副将请示是否继续追击，俞大猷摇摇手，说道："不必了，他是别人的猎物。"

俞大猷在这次事件中的表现到此为止，他随即率三船离去。尽管他刚从广东都指挥佥事任上调到驻杭、绍、宁三府参将，受命前来辅助王直，他仍然不愿意直面这个名声异常复杂的人。俞大猷性情耿直，他认为他和王直之间不可能成为朋友。

萧显在海上泅游了半个时辰，最后被一张渔网捞了上来。那时候他已经精疲力竭，双刀已失，再无招架之力。俞大猷最后那一棍，萧显虽然用刀隔了一隔，仍然受了不轻的内伤。其实俞大猷倘若运起全力，是可以在当场格杀他的，但王直与浙江衙门有约在先，请留萧显一条残命。即便如此，当萧显又在海中挣扎许久，被拖到甲板上的时候，已经奄奄一息了。

他立即看到了一张既熟悉又陌生的脸。

他生平最大的敌人王直正蹲下身子，冷漠的望着他。

"五峰……"萧显一说话，嘴里就溢出海水，"终于……终于还是你赢！"

王直不说话，摆摆手，便有旁人送过一把刀，王直把刀架在萧显的脖子上。

萧显勉强地笑了笑。

他环顾左右，发现之前横港的"诸雄"这时已经都在这里了，除了陈思盼。显然陈思盼已经完了。陈思盼已死，吴美干又反水的横港一盘散沙，谁也不敢站出来做王直的对手，所以萧显又觉得很悲壮。他胸腹间气脉逆冲，他连连咳嗽起来："动手吧！杀了我，你在这海上再无敌手！"

"你杀了徐惟学！"王直终于开口，声音低沉。

"对！"

"为什么？"王直冷然道，"这个问题，我一直想当面问你。我王直在江湖上行走数十年，自问从没有对不起朋友，就是当初在双屿，你我共事，你扪心自问，我得罪过你么？"

"没有。"萧显仍在笑，眼神锋利，"一山不容二虎而已！我知道大海上有你，迟早就会容不下我。"

"我是那种人？"

"海！大海就是那样。"萧显说，"一片大海，只能容得下一个英雄。这个人本该是我！你很好，但你有妇人之仁。五峰，我不怕坦白告诉你，这样下去，你的结果绝不会比我更好。我问你，我们为什么要来海上？"

这个问题居然令王直哑然了，他沉默以对。

于是萧显继续言辞犀利地说下去："因为官府昏庸，因为朝廷不容。咱们在陆地上再也活不下去，所以才出海，出海寻一条活路！在这里大大小小每一个人，谁身上不是背着朝廷的罪名？既然已经戴罪求活，为什么不活得张扬肆意，纵横天下？五峰，你总想着只要能做成买卖，就算官府也可以合作；你总以为将来朝廷还会再容我们做个百姓。你太天真了！朝廷不能信，贪官不足信！我只恨当初信了墨孟阳，说你已经含恨远走，否则我会有今天的下场？我们两个人，一生不能共存。"

他一字一句地说："但是五峰你要记住，朝廷今日之所以姑息你，是因为天下有我萧显！"

那一刹那王直不得不承认，萧显的确是个人杰。只是他和自己在海上选择了不同的道路，分道扬镳。这决定了他最终不可能与自己合作，而且他杀了徐惟学，大仇不可报。王直的心在片刻间由软复硬。他摇了摇头，说道："一堆歪理。萧显你读过书，应当知道'道不成，乘桴浮于海'的道理。官府昏庸、朝廷不容、我们身背罪名，这都是事实。然而既然出海，出路无限，海外无数异国，也足以存身。我就在平户住了三年。而你不但不见好就收，反而变本加厉，勾结倭人劫掠沿海百姓，屠戮奸淫无所不为，老百姓听见你的名声就像听见恶狼！就是你把我们这些人逼到了今天为官府所不容的地步。萧显，陆路江湖上的好汉，还讲究兔子不吃窝边草。沿海的百姓究竟哪里得罪你，要受你这等荼毒欺凌？你要自在求活，本来没人管你。可你不能只顾自己活得顺意，不顾他人死活。现今朝廷视我们为心腹大患，天下为之震动。说我等勾结倭人搅乱邦国！萧显，你背负朝廷罪过，那没什么。可你这么做，后世史书上会称你为大明的奸贼，倭国的走狗！"

萧显一字不差地听着，一笑置之，傲然道："那些人又有谁命令得了我……"

这是萧显一生所留下的最后一句话。伴随着一声怒吼，一把钢刀从他胸膛贯穿出来。萧显身体一滞，他回过头去，望见握刀的人是徐海。他终于释然，点了点头，面带嘉许，仿佛认可是由徐海结果了他。下一刹那他的身体扑倒在地，快意而死。

"老船主，跟这等人废什么话！"徐海提着半截带血的刀，威风凛凛，"杀了就结了。他害死我叔父，今天正好报仇雪恨！"

王直默默点了点头，他的心情很复杂。萧显虽然罪不可赦，但终究是一起在双屿起身，共事多年的兄弟，也终究与自己并称为双屿双璧，自许为海上不二的英雄。而现在他死了，纵然刀法绝伦，死尸也难掩污秽。王直转头四顾，而徐海也提着刀追随王直的目光，被他们目光掠到的人无不骇然变色。终究僵局不失时机的被一个海商打破了。他双膝一软，顺势跪在地上，大声说："恭喜五峰船主虎驾归来！"而后人们纷纷效仿他，纵然平时悍勇桀骜的海寇们也不例外。"恭喜五峰船主虎驾归来"的呼喊声在海上久久回荡。

陈思盼和萧显的覆灭，使王直的声望从此如日中天，海上再没有任何一股势力能与之相抗。不过数月的光景，王直俨然已经成为海上诸商寇的盟主。私商船队出行，船上除自己徽记之外，都高悬着王直"五峰"的旗号。所以沿路畅通，无人敢向它下手。

这时王直的主力船队仍在平户，因为善后的工作并没有做完。王直在弘福寺阴凉的树荫下写下一封封书信，这些书信又经主持老和尚的推敲润色，而后通过秘密渠道发给江浙沿海各路官员。信上扼要介绍了这一战的情况，并禀明陈思盼、萧显的势力在诸海寇之间最为桀骜难制，击破了他们，以下碌碌之辈就势如破竹了。沿海所谓倭乱，其实大半是汉人，而以募集之倭兵充作先锋。倭国国内其时群雄争霸，无日不战，不可开交，并没有蓄意搅乱大明国境之心。这一点，王直身在倭国，结交若干大名，是可以拍胸脯保证的。倘若各级官员能将这些情况禀奏上去，直达天听，那么甚嚣尘上的沿海剿倭运动就可以自然平息。各路大军各归其所，百姓们实际上也就减轻不少压力。

大明的军制，地方上各路大军的支出，兵部、户部都是不负责的，必须自食其力。士兵不事耕种，就只有吃老百姓。所谓"贼来如梳，官来如篦"，这一场克剥也很厉害。王直深知其中的关键，不忍坐视不理。

这些信件都发出之后，王直就彻底放开心怀，和主持大师一起研讨起佛学来。船队一应诸事则都托付给了叶宗满。所以叶宗满比以往还忙，每天不到深夜不能休息。

回信也一封封的传来，多半都是些宽言抚慰，间或也有一些平淡而内含杀机的言语。

比方有一封信里，就说起这样一件事：

有一个华亭泾人也就是今上海市嘉定区华亭乡，叫做杨元祥。当初萧显上岸劫掠时，俘虏过他。松江府本是自古富庶之地，杨元祥怕家门失火，于是编了言辞，说松江府藏已经提前运往苏州，不如去攻南翔。于是由他带领，萧显攻破了南翔，劫掠丰富。萧显很欣赏杨元祥，就不放他，执意带他去见首领。因此上了大船，见到首领是个日本人，而萧显对之跪拜陈情，最后赏赐若干，放杨元祥回来。

其事后来载于《西园闻见录》卷五六《兵部五·防倭·往行》。作者是明万历年间，曾累官知府的张萱。原文如下：

萧显者，广东人，书生也。多谋善战，为王直所惮。江南之事，显实首之。获华亭泾人杨元祥，问以城中金帛数。元祥言："府库之藏已迁入苏州，不若南翔之富也。"遂导之以南。……至南翔，市人乘屋而以瓦石去贼，贼颇有伤者。显伞真倭数人，登。屋斩众，遂溃去。时商贾辏于南翔，金宝山积，贼取之不能尽，大快意而去。元祥因乞归，显必欲携之见船主，船主，日本人，不知何名也。显见叩头，陈元祥之功，杀牛羊以祭海，因厚遗之，将遣三十倭人，送至其家，元祥辞，乃给以令箭而归。

叶宗满对船队有便宜行事之权。但他携这封信来见王直，自然是信上的内容他个人不能决断。

王直仔细看过信笺，两条浓眉也轩了起来。

"这是什么意思？"

"我想，是官府未必相信萧显就是'倭寇'的大头目，所以拿这封信给我们，是警告的意思。"

"无稽之谈！"王直道，"萧显上边只有一个陈思盼。他们假扮倭寇，上岸劫掠，自然都穿着日本衣服，也都会日本人的言语。日本人和我大明百姓形貌相似，杨元祥又不认识陈思盼，他当然会以为陈思盼是日本人。"

"话虽如此，"叶宗满道，"但萧显是陈思盼的大将，他见陈思盼，也用不着跪拜。"

"那么你有没有去问问别人？"

王直麾下现在有一些陈思盼的旧部。因为陈思盼、萧显相继被诛灭后，陈系大将只剩下吴美干。吴美干是想借这次的功劳重回福建谋个差事做安善良民，愿意继续在海上讨生活的，不少都投了王直。从这些人嘴里打听出的消息，当然比区区一个百姓要可靠得多。果然叶宗满也点头道："问了，的确是陈思盼。他和萧显故作声势，又故意把杨元祥放回去，目的就是一个，把水搅浑。"

王直沉默了一下，他缓缓思索着，说道："老叶，你是有话想说吧？咱老哥儿俩，不需顾忌。有什么你就说什么。"

"是。"叶宗满答应一声，却也不即开口，仿佛也在思考，半晌，才撂出一句，"陈思盼和萧显是想把水搅浑，这不假，可问题不在这事是真还是假，而在官府是信还是不信！"

"继续说。"

"很显然，海寇搅乱地方、残害百姓是实情。但是官府为什么要指他们是倭寇？仅仅因为群伙里有倭人？没这么简单。我想，要搞清实情其实很容易。之所以事情到现在还不清楚,而且继续乱下去。其要点有二：第一，倭人是外人，把海寇的首领列为倭人，就是乱自外来。官府如何让百姓活不下去，沿海百姓如何艰难，在这一点上就抵消了，上下官吏不任其责。倘若现在指明倭人不过附庸，主体乃是大明子民，那么如此多的百姓为什么会转为海寇，难道皇上不会问？所以他们为了头上一顶乌纱，是不会说出真相的。这是官，第二，则是兵。现今为了剿倭，天下精兵尽集于江浙，一应粮饷，都有地方料理。江浙是天下富庶之地，这些兵来了，平日粮饷不足，现在可以补足。统兵将领一边吃空饷，一边钱粮照样过手，赚得油光满面。一旦将实情上禀，沿海倭乱将平，这些兵丁不免撤走，他们就吃亏了！"

"嗯！"王直听得入神，"有道理！"

"所以，大哥，萧显虽千错万错，有一句话是对的！咱们不能轻信官府。必要的时候，联合对敌可以，但咱们的性命不能交到他们手上。海商海寇实际情形，其实大家都知道。远的不说，就说和咱们有生意往来这些世家大族，哪个现在没有子弟在朝廷做官？朱纨做到一省督抚，起居八座的大官，又破了双屿立下大功，这些世家一参，不也照样参倒了？但这些实情，他们是不会替我们申冤的。将来一旦真相公诸天下，我们是可以一洗声名，他们不知道要损失多少。当官的不能再有升迁之途；带兵的不能再有功勋之赏；关起门来闷声发大财的世家大族们不能再有利润之厚，他们谁会替我们出头？我们的命只有自己掌握。咱们都听过先生说《水浒》……"他望着王直，清晰地说："不能学宋江！"

这也正是王直萦怀已久的心事，被叶宗满一下子说破了。就王直的本心，他是颇希望通过与朝廷的合作洗脱罪责，最后归顺朝廷，重新成为大明百姓的。但是萧显临死之前的那番话深深震动了他，王直第一次开始觉得这个世界上原来有许许多多种道理，而且每一种道理都能讲通。海商有海商的道理，海寇有海寇的道理，但彼此之间就颇不相容。同样，做官有做官的道理，带兵有带兵的道理，那就更难说清了。这无数种道理错综复杂的并存于同一个现实之下，令王直不胜其扰。尽管王直已年近五十，他自问却并不能知天命。还是海上的生活简单，要行船，就必须看洋流和海风，而且只需看洋流和海风，只有这一种道理。其他任何道理在海上都是行不通的，否则就会翻船。敌人来打，你就砍回去，有仇就报仇，这也直接明了。但陆上的世界不是这样，大明的朝廷也不是这样。王直甚至觉得现在的大明朝比他年轻的时候要更难理解。他年轻的时候在歙县，生活也很简单，而且当时连朱纨都很简单，这种简单贯穿了他们的一生。所以尽管朱纨做官做到起居八座，终究还是无声无息的死在牢里。

所以王直才来向方丈大师学佛。

"看空！"方丈对他说。

　　王直虔敬地打坐诵经，试着心如止水。

　　但他仍然不能平息心中的纷扰。

　　"大师，弟子心中有俗念，不能做到万事皆空。"

　　"又有谁说学佛可以万事皆空呢？"方丈大师反问，而后对王直说，"空不是一种境界，只是一种状态。你必须用空来填满你的内心，把其他一切俗事杂念都挤出去，而不是内心真正的空。真正的空和真正的满一样，都是不存在的。"

　　王直恭敬地听完大师训导，也记住了这句话。这句话此后一直贯穿了王直的终生。

第9章　王直的抉择

"但是……"王直对叶宗满说，"我们就这样漂在海上，一辈子流落他乡？"

"当然不至于。"叶宗满说，"但不能学宋江。宋江为了招安，什么都不顾。我们则不同。第一，手上有人有兵。船队无论如何不能放弃，这是本钱；第二，招安固然好，但委屈自己的事，咱们也不做。"

"什么叫不委屈自己呢？"

"至少也要一省的海上兵权。"叶宗满回答，显然他早已深思熟虑过，"要做就做大官，这样，朝廷倘若反目，也会有顾忌。不能像宋江一样帮助朝廷剿平四寇，自己只得个虚职。要和朝廷合作，也要让朝廷知道我们的地位，知道我们是什么人。不然他们是不会讲信义的。广东的官军可以帮陈恩盼剿杀我们，浙江的官军也可以帮我们剿杀陈思盼。对他们来说，我们不过是棋子。"

王直低头听着，心中盘算，问道："现今统率浙江水师的是谁？"

"卢镗，王忬重新起用了他。现在他锋芒很盛，剿灭陈思盼和萧显的功劳也归到了他的名下。"

"哦……"

"俞大猷不愿居功，就成全了他。"叶宗满道，"卢镗是和我们有过节的。"

王直点头："王忬重新启用卢镗，显然是针对我们。好就合作，不好也可能翻脸。"

"正是这样。"

"那么，我们暂时还不能放弃平户。"

这件事就此告一段落，但另一件事却又被王直提了出来。

"我想回乡走走。"王直对叶宗满说。

叶宗满吓了一跳。

但王直去意很坚决："离开歙县，一晃不知不觉就快三十年了。中间只回去过两三次，每次也不能久待。我想回去看看，也不单是想家，也想看看咱们的老邻居们现在过得怎么样。可能的话，我也想走一走沿海。"

叶宗满明白，王直还是对自己选择的这条路不放心。当年他们兄弟仗着年轻，又无牵累，天大的事说做也就做了。现在不一样，他们的海商集团直接影响着沿海数十万百姓的生计，并且成为国家心腹大患。而且王直似乎已经老了，虽然体力依旧强盛，但心境已不复当年。

果然听王直道："我这次回去，是想亲眼看一件事。这些年来，咱们做得到底是对了，还是错了。"

叶宗满不便谏阻。但他插了一句话："朝廷说对就是对，朝廷说错就是错。"

"那么百姓呢？百姓就不能说话了么？老叶，你年轻的时候不是经常说'民为贵，社稷次之，君为轻'么？"

"大哥，那是春秋时候的话，现在是大明，两千多年了。"

"可是上边仍然是皇上，下边仍然是百姓。"

叶宗满苦笑，他不愿再争论下去："那么，带谁呢？"

"就我们老俩口，加上汝贤，不必再带人了。"王直道。王璇是王直的义子，关系比王汝贤更近，然而并不是歙县人。而且王璇是平户港中一员大将，现在王直平灭陈思盼后，势力颇为膨胀，不少属下都不是一直以来的老班底，没有王璇和徐海镇着，恐怕叶宗满独自难以弹压。

于是计划已定。

"我这次回去，岛上只有方丈大师、你、王璇、徐海四个人知道。对其他人，不必走漏风声，就说我在本寺闭门悟禅，方丈大师会代为遮掩。"

"是，我明白。"

"岛上一切小心。小事尽管放手让孩子们去做，但大事你要做主！"王直站起身，拍拍叶宗满的肩，打个呵欠挥挥手走了。

王直就在这天夜里偕妻子和侄儿离开了平户，回归大明。他带了王汝贤，王汝贤精明虽不及徐海，勇武不及王璇，但善于应酬交接，无论海陆都人情透熟，走到哪都吃得开。所以一路之上，很是平静，三人安然无事地渡海登陆，八百里路直到歙县。时令已是仲冬，老树枝叶凋零，夕阳西下，皑皑残雪，点点寒鸦。顿使人生出萧瑟之感。王直身临其境，不禁热泪盈眶。

尽管二十多年前王直就已经成为大明朝的罪犯，后来更升格为要犯，但他在歙县的老家却始终安然无事，其中原因甚为复杂。对上，则是地方官惮于王直等人的恶名，不敢过分难为其家里，否则一旦激起王直等人报复，反倒遗祸于身；对下，则歙县乃至徽州出海谋生的人数量都很多，王直之前投靠的双屿大头目许栋就也是歙县人。所以歙县的地方对于这些海商的本家，都着意保护。而地方官也不得不顾及地方的意见，尤其是朱纨的先例在前，更是多一事不如少一事。这种现象倘若发生在其他王朝，未免不可思议，但在大明则有先例。本朝嘉靖皇帝是接其兄武宗正德皇帝之位，正德皇帝的父亲是孝宗弘治皇帝。弘治皇帝的父亲则是宪宗成化皇帝。成化皇帝宠信万贵妃，万贵妃善妒，内宫嫔妃有子者皆被其所害，所以成化皇帝子嗣艰难。后来与宫女纪氏萍水相逢，生下一个儿子，内宫中太监、宫女们唯恐皇帝这难得的子嗣又被万贵妃谋害，就通同合谋，暗中抚养，一直把孩子养到五六岁大，同在深宫中的万贵妃竟然毫不知情，纪氏终于得到机会，正了名分。宪宗驾崩，这唯一的一个儿子继位，就是孝宗弘治皇帝。试想万贵妃当时权柄势力一统后宫，而就在她眼皮底下，竟能有人将皇帝之子养到六岁不为所知。歙县百姓一同掩护王直，区区一任地方官无可奈何，倒也不是不可想象的事了。

而其中尚有更深刻的原因。王直所以选择在这风口浪尖的时候回来，也正是想亲自寻找这个原因。

和当初离家时相比，歙县冷清了不少。县城的格局大致未变，王直年轻时候经常光顾的茶棚还在，但茶老板已经换了人，而且说书先生已经过世了。纵横两条长街上没有多少行人。王直走在路上，想起当年自己还是少年，从说书先生口中听到的大海遍布神怪、英雄和传奇，数十年后才知道神怪终属虚无，而自己已经成为他人口中的英雄传奇。周游四海，交游列国，威加于海上，然而故乡却已凋敝。

王直的母亲已经年近八旬，身体却也还好。勤于操劳的王朝子民往往具有令历史学者们惊讶的柔韧，他们可以仅靠并不丰厚的收入和并不可口的食物来维系自己的生命，勤于耕种直至死亡。王直出海经商数十年，数十年间的收入其实是很丰厚的，给母亲或明或暗的供养也不在少数。王直的母亲单论财力完全可以在歙县做起一套轩敞的宅邸，雇些家人和丫鬟，买些田地和佃户，过起食不厌精脍不厌细的日子。但她拒绝了这一切，她把王直送回的大笔银两都交族公用，自己身无余财，仍然亲自下地耕种。当王直第一眼看见已经满头霜雪的母亲，他泣不成声。

"不能侍奉膝前，孩儿不孝！"

王直的母亲想得很开："我这样挺好。我不是享福的命。你不折腾，我还多活两年。"

王直和许大小姐的幼子也蹦蹦跳跳扑过来。

"爹爹，阿娘……"

这是王直母亲事先教导过无数遍的。许大小姐容颜不改，王直和自己的儿子却是第一次见面。六年以来，他无数次魂牵梦绕，总是怕船队不太平，不敢把孩子接出来。此刻终于见面，父子相见，他眼泪又掉了下来。

这天夜里，王家很热闹，乡里族里大小众人知道王直回来，都来探望。这些人几乎都是四十岁以上的人，歙县的青壮年大多已经不在本地了。

歙县这一任的知县姓熊，也是徽州人。他其实是个能吏，但知道歙县水很深，也不指望升迁，抱定但求无过的宗旨。对下含糊，对上搪塞。所以官场中有个诨名叫"糊涂熊"。王直回乡的消息，他也是知道的，却闭门不问，反正问也是白问。王直虽然多年不归故乡，但王汝贤就是近年来从歙县出去的。王氏一族至今尚有强劲人脉，知道动它不得。

所以王直回乡在歙县算不得一件秘密的事，索性摆开筵宴，请族人邻里畅饮。王直有些话，也只在这种场合方便问。

"现在的年轻人，怎么少了这么多？"

"种地没什么活路，不走哪行！"族长黝黑粗糙的手指捏着烟袋，说道。

歙县乃至徽州多山，耕种在这里自古就吃不开，所以年轻人多往外走，这即使在王直年轻的时候也是正常情况。然而近些年来，耕种压力更格外大，朝廷连年对蒙古用兵，沿海的倭乱也始终没有平定，所以就要加赋。明朝税赋的比率其实不算高，但麻烦的是役。明朝的役并不是兵役，而是作为赋税一部分的劳役。因为时值战乱，壮年农夫一不小心就会被官府征走，而地点往往很远，有时竟要到江浙或口外，给调驻过去的客兵修营房。诸如铁棍手、僧兵、虎头枪手这些天下精锐是不管这些琐事的，嘉靖年间甚至出现过官兵宁可连夜步行数十里也不自己搭建营房暂住的事，所以只有靠百姓。不过这种劳动是纯义务的，甚至连工具和往来的饮食花销也得自己准备，有时可能还会有危险。而且战事急如星火，随调随征，往往会耽误农时，所以青壮劳力对此的抵触非常大。徽州多商贾，年轻人出门投亲靠友，乃至三一群五一伙去沿海投奔王直，都不算什么事情。其他州郡无此便利者，有些壮年劳力为了逃避征役就只能连夜逃亡，成为官府追拿的对象。这样一出一入，无论对百姓还是国家，损害都很大。

"这些事情，朝廷不知道？"

"就是知道了，谁会去管，谁又管得了？"有人反问。本朝嘉靖皇帝对于政务的兴趣远没有对于长生不老的兴趣浓厚，甚至到了不上朝的地步。不但等闲各部官员，甚至当朝阁臣也不是说见就能见到这位修道的天子。何况嘉靖喜怒无常，最近宠信的严嵩父子恶名素著，也没谁敢去拿这看似不相干的事情触他霉头，种种不足，最后只有转嫁在老百姓身上。所以有人拿本朝的年号比方，说"嘉靖"便是"家家俱净"的意思。

这种情况在歙县并不尽然。歙县乃至徽州，城郭虽然一天天凋敝下去，百姓耕种也不积极，但其实不少人家家资殷实，正如王直的母亲一样，有家财而不露。徽州人世代经商，而大明其他州郡就没这么好的条件，徭役仍然沉重，而无生财之道，底层的百姓日子很苦。

王直不禁动容。

他这些想法连母亲或王汝贤也不能透露，唯一可以商量的，就只有妻子许大小姐。许大小姐其实也已年过四十，早已成为王夫人，但少年时的英气，仍未退脱。

"五峰，管这么多干什么？"她直爽地说，"朝廷自有官府，我看这就不是咱们该操心的事。"

"话虽如此，现在多少人跟着我拼命，"王直道，"想不清楚，说不准什么时候就会掉脑袋。我一人是小，船队是大。"

"呸！"许大小姐斥责，"你一人是大，船队死活，和你有什么干系？"

"当然有。"王直枕着双臂，忧心忡忡，"今晚为什么这么多人？他们的子弟，都在我麾下讨生活。现在地也种不了，他们没了退路，之所以还能活下去，全仗我们的船队。一旦船队垮了，这些家都会完，沿海那些百姓，更加顶不住。夫人，这是几十万人的大关系。不瞒你说，我现在心里真有些虚。"

"那就撤下来罢。"许大小姐关切的替丈夫揉着头上的穴道，"看谁行，就让谁顶上去。我们在海上这些年，钱也赚足了，打通些关系，将来照样可以找个地方，终老一世。"

"不对，恰恰是这样我们才撤不下来，"王直低声说，"因为将来的路该怎么走，只有我明白。"

"啧啧啧……"许大小姐轻笑，"自夸自赞，不知羞。"

"不是，"王直道，"其实我从平户回来之前，就已经有了主意。当然要再走，再看。有一个关键，他们都没有说。皇上的赋税，或者的确不高，但是从京城到州县，层层过手，每过一手都扒一层皮，这样重重压下来，负担就重了。咱们的道理，也是一样，船队还要坚持，不然多少靠着船队过活的人就活不下去。但是之前我们和沿海世家大族打交道，他们在中间吃得很黑，百姓未必捞得到什么实惠。我想，将来是不是可以绕过他们，直接和老百姓做生意？"

许大小姐大惊失色："你疯了！得罪了这些地头蛇，你还怎么做生意？"

"或许吧，"王直并不否认，"有时候自己想想也好笑，这是朝廷的事，什么时候轮到我这个海盗头子来想！"

"海商，不是海盗。"许大小姐纠正。王直平日里对这两个字区别极清，绝不容人混淆。但王直这次有些反常。他翻了个身，喃喃地说："或许很快就没什么分别了。"

王直在辗转反侧中定下了自己的方略，但这时远在万里之外的平户港却后院失火了。

有一个年轻人叫做陈东，率领一支船队到了平户，自称是岛津家家督弟弟的书记官，前来求见王直。叶宗满出面见了他，陈东年纪不过二十七八，白面细眼，态度很谦恭，说话却又快又稳。

"我这次来，是想和五峰君做一笔买卖。"

"哦，你想买还是卖呢？"对于生意，叶宗留来者不拒。

"卖。"

"那么你有什么东西？"

"我有一面旗子！"陈东说。

他从怀中取出一个卷轴，恭恭敬敬地呈于叶宗满。叶宗满缓缓展开，那面旗子的图案让他的脸顿时紧绷了起来。

那是一面王旗！

其下还用中日两国文字各标注了两行小字。一行是"大明世袭徽王讳直之纛"，另一行则只将"徽王"改成了"靖海王"。

"阁下的意思是？"

"这是敝上的意思。"陈东答得客气，"敝上认为，五峰先生是我们中日两国大海之上不世出的英雄，理应获得英雄的荣誉和尊严。五峰的旗号而今飘扬在茫茫万里大海上，五峰先生的随口号令，胜过大明官府敕令。以这种不世之威而仅仅蜗居于一隅海港，寄人篱下，敝上为五峰先生感到十分不值。敝上认为，五峰先生完全可以自立为王！"

叶宗满脸上肌肉抽动了一下，他故作平淡，说："王爵需要大明的敕封。"

"那些都是骗小孩子的把戏！"陈东将手一挥，"碧川（叶宗满的号）先生对我国的情况应当也比较了解，表面上天皇万世一统，但在这个年月，当然还是兵强马壮的人说了算。将军勒逼天皇，守护勒逼将军，家老勒逼主公，这种'下克上'的事现在每天都在发生。大明的皇帝昏庸无能，官吏贪婪腐败，这个朝廷迟早要结束。如果不奋起直追，总有一天中华上国会被我们日本所超过！五峰先生当世英雄，应当有这样的胆略，这也是为中华正统存续着想。"

"看来，阁下是专程来当说客的。"叶宗满微微一笑，"兹事体大，请恕我们还要琢磨琢磨。"

"当然，我会很有耐心，"陈东说道，"不过说客之中也有英雄。苏秦、张仪就都是纵横天下的人！"

"阁下志向很高……"叶宗满也终于抛出自己的问题，"那么，阁下此来，究竟是岛津家家督之弟的意思呢，还是岛津家家督的意思？你的'敝上'究竟是什么人？"

陈东答得很快："'敝上'是岛津家全体。现任的家督兄弟敦睦，亲如一体，英雄了得，将来必有大作为！"

"哦，那么你呢？你是大明百姓，还是日本人？"

陈东阴郁地笑了笑："这个问题并不重要。"

打发走陈东，叶宗满立即召集平户岛上一应重要人物：王璈、徐海、叶麻、谢和、黄侃、王亚六、洪东冈等人前来商讨，将陈东的言语转述一遍。王璈首先拍案应和："很好！这个不真不假的日本人很识相。父亲现在这等威风，早应该做个大王！二叔就做个丞相，我们也可以做大将军！"

"大将军"这个名号对叶麻、洪东冈等粗鲁武人诱惑很大。不少人都睁着眼睛舔着嘴唇，仿佛已经看到金灿灿的盔甲披在肩上。叶麻哈哈笑道："好，大将军好！"

"且慢，别这么着急下定论，"叶宗满转向徐海，"明山，这里你对倭人的情况最熟。你来说说，这里边有什么门道？"

徐海一直低头凝思，听到叶宗满唤他，这才答道："这其中的关窍，并不难明白。是萨摩岛津家想做九州之主，又顾忌老船主。"

原来萨摩数百年以来，便是日本九州岛上的强力大名，其属地在九州西南，正好控制了日本内外沟通的海路。其地原有三个属国，就是萨摩、大隅和日向，但是数百年来萨摩日渐削弱，到数十年前，实际领地已经仅限于萨摩一国。这还不算完，自己家里还闹出内乱。因为日本的继承制度系从中国学来，首重立嫡、无嫡立长、无长立贤，所以每一代得以继承大名之位的，大多是嫡子一系的后代，称为宗家。其他旁系后代，则称为分家。萨摩的大名是岛津氏。现任家督岛津贵久，二十多年前曾过继于分家，后来又继承宗家，所以其他分家不服，起兵打了起来。一直打了十二年，岛津贵久才一一平定分家，坐稳了家督的位子。岛津贵久其时不过二十四岁，十二岁即位，十二年平乱，已经出落成文武双全且有雄心的大名，领着几个如狼似虎的兄弟，颇有向外扩张，平定九州，重复岛津氏往日荣光之念。但向外扩张，首当其冲的强敌就是龙造寺家。龙造寺家是日本最先掌握火枪技术的诸侯之一，因此在日本战国初期颇有实力。他属地内养着一支精锐火枪部队，本国内称为"铁炮队"。铁炮击发，甚是难敌。而且龙造寺家其时武运昌隆，人才鼎盛，有号称"龙造寺四天王"的四员猛将（木下昌直、百武贤兼、成松信胜、江里口信常）。岛津贵久向外扩张，首当其冲就要对上龙造寺家，双方旗鼓相当，岛津贵久绝无必胜之把握。

所以他很怕与龙造寺家酣战之时，背后的松浦氏捅一刀子。平户松浦家的陆上势力微弱，对萨摩本来毫不在意，但倘若联合王直——王直的声望在大明、日本诸海疆内如日中天——那就不一样了。所以岛津氏决意出兵之前，必然要先想办法使王直和松浦氏的联盟松散，于是想出这个拥立王直为王的主意来。料想王直一旦答应，身为海上王侯，自然再不好待在平户寄人篱下，而且王直羽翼渐盛，强宾难免压主，松浦氏也自然不愿意让王直继续驻留下去，以免有朝一日鸠占鹊巢，引火自焚。

徐海这么一解释，大家都觉得透彻。叶宗满却比较细心，追问道："那么，明山，你犹豫不决的又是什么呢？"

"不瞒二叔说，是称王的利弊！"徐海叹息。

叶麻不解："称王就称王嘛，还有什么利弊？"

"当然有！"徐海道，"而且细算起来，利少弊多。因为这样一来，平户港我们就待不下去了。松浦家可以容纳一个海商，却不会容纳一个藩王。当然我们可以回浙江，可是朝廷也不会容忍我们擅自称王。做海商海寇，不过是触犯王法，终究可以宽宥，称王则是不赦之罪，形同谋反。这一来，我们和大明水师的脸皮必然撕破，之前立下的许多功劳，也就打了水漂了。到时候进退无据，还要应付朝廷围剿，日子会很艰难。总而言之，我觉得这是萨摩的离间之计。事情最后如何决断，当然由老船主定夺。老船主决定之前，我看这个消息我们要先'淹'起来，不要走漏风声，以免横生事端。"

这主意叶宗满也赞成，于是暂且如此定论。这几日间陈东再三来见，叶宗满总是拿话搪塞。陈东是极精明的人，从叶宗满眉眼间看出他对此事并不赞同，于是暗地里进言说："倘若阁下是为称王以后松浦家不容，敝上倒有办法。平户港以西的海上，有五座海岛。叫做福江、九贺、奈留、若松和中通，也是松浦家的领地，可以让松浦家把五岛割让出来，送于五峰先生，以作存身之所。"他见叶宗满犹豫，又补充道，"这些话，碧川先生如果觉得不方便，可以由我们来说。"

"这倒不用劳烦，敝人是想，这样做是否合适？割让万万不可，松浦家倘若愿意将五岛借给我们，倒也是两全其美的事情，只怕不愿意，"

"一定会愿意的！"

"为什么？"

"因为五岛地盘不小，但人口不多，也不产粮食，"陈东解释，"所以岛上居民生性凶悍，也习惯在海上讨生活。名义上虽然属于平户藩，其实是化外之邦，松浦家自己也指挥不动，送给五峰先生，正是一情两便。再者，平户东北多山，其他大名的势力倘若要入侵，多半只能走海路，而五峰先生在五岛驻跸，就充当了松浦家的第一道天然防线，其实是唇齿相依的关系。"

叶宗满不禁暗暗点头，这些话着实有道理。

而且更深层的一个因素陈东并没有明说。松浦家必须防范他日和王直失和，如果王直割据其他地方，一旦失和很可能就成为松浦家的心腹大患，甚至可能因此灭国。但五岛之上虽然渔民勇悍，然而资源贫瘠，用以开港驻船乃至行商贸易，再好不过，用于战事的基地则颇为不足。所以一旦冲突起来，只要松浦家能够抵抗一段时日，王直这边自然就会出现补给问题。千里运粮十不存一，何况王直倘若渡海运粮，航程还远远不止千里。所以即使王直方面打算对松浦家翻脸，也要顾忌三分。看来这个陈东奉命前来，之前是的确做了大量的准备。

说客讲究临机应变，见景生情。陈东见一番言语已经起了作用，也就点到即止，并不在这方面深究，却把话题岔开，聊了些书法茶道之类，便起身告辞。

午后他又派人送礼物来，是一套精致的笔墨纸砚，说是因为日前讨论过书法，特意送来与碧川先生解闷。笔墨纸砚也就罢了，出奇的是其中还附带了一块印章。印章是一整块和田玉镌刻而成，四围勒了金线，甚是精美。而印章的字样是"徽国国相碧川之印"。

这块印章令叶宗满彻底犹豫起来。

他赋性既聪明又谨慎，倒不是被区区一块玉印就砸得找不到北的人。之前他一直认为徐海的意见深中要害，很有道理。但抚摩着印章润泽的材质，他所忧虑的是另一件事，那就是众人的倾向。现在的王直势力比以往要大得多，但真正的嫡系则因知心知底的老兄弟徐惟学战死，反倒削弱了些。徐惟学的继任者叶麻虽然也是一员虎将，但完全是粗鲁莽夫，并不像徐惟学一样粗中有细，能识大体，王亚六、黄侃、洪东冈这拨新进加入的，更是很难讲对王直有什么感情。所以他们竭力拥立王直称王，并不是因为通盘的考虑，而只是狭隘地为自己打算，想水涨船高做大将军。而倘若当真做了大将军，难免将来又会"将在外，君命有所不受"，此风一开，永无宁日。

但是倘若硬压下去，也不妥。叶宗满熟读史书，知道极盛之后往往便是极衰。王直现今虽然一统四海，但海寇还是海寇，海商还是海商，只不过惮于王直的威名才勉强共处于麾下。一旦肘腋生变，同室操戈，为祸不小。

何况拥立派里也有一员大将，那便是王直的义子王璈。他和徐海本来是很和睦的，但徐惟学战死之后，徐海得了部分徐惟学的部属，实力大增，加之王直、叶宗满总夸奖徐海少年稳重，王璈和徐海之间就慢慢有些不睦，所以王璈这次站在徐海的对面。而且王直如果称王，王璈便是"世子"。所以这股势力，原有个争权夺利的成分在里边，硬压也未必压得下，弄得不好，甚至可能出现分裂。其他势力再趁火打劫，显赫一时的王直海上帝国很可能如同昙花一现。

叶宗满在平户港上的举棋不定和当时身在歙县的王直，其实相差仿佛。

最后无计可施，叶满宗只好使一个"拖"字诀，说王直眼下坐禅正值关口，不宜破关。拖个十天半月，等王直归来，再做打算。

孰料屋漏偏逢连夜雨，这几天里，却又出了一档子事。

事情的起因很简单。王直船队之中，大多就是壮年汉子，精力过剩，所以港中的几处妓院生意都相当好，进去需要排队。本来船队规模不大，和当地人相处还算融洽。现今多了不少来自福建的水手，福建人在二十年前，出海的大多也是规规矩矩的海商，比如谢和。但是后来因为有陈思盼的影响，青年也大多热血，觉得海寇生活比海商更刺激，获利也厚，所以近来这几批多半都是海寇出身。像黄侃、王亚六、洪东冈几个人，当初就都是好勇斗狠的海寇。闯祸的这个水手姓张，原本是王亚六部下的小喽啰。虽然归顺了王直，但匪气不改。他前去嫖妓，并不排队，昂然直入。本地人不忿他的气势，于是吵起来，姓张的就拔出刀来，把那人砍成重伤。

但那个本地人也不好惹。他家就在平户，而终日流连秦楼楚馆，自然也不是良善之辈。日本的阶级，从天皇以降、将军、大名、武士四等。但大名和武士之间却还有一个小阶级，叫做家老，是大名和武士之间的桥梁。

充当者若非本族耆老，便是本家的重臣宿将。平户的松浦家在日本虽然是极小的大名，终究也是大名，也有两个家老。被砍伤那个人，就是其中一个家老的次子。他被抬回家去，气愤不平，在家里大吵大嚷，说王直不过是在大明无法立足的海匪，既然跑来托庇松浦家名下，就应该属于松浦家的臣子，充其量和他父亲并列。所以他应该是和王直手下大将王璇、徐海相等的人物。现在居然被一个无名小卒砍伤，真是松浦家的耻辱！也可见王直现在恃强凌弱，丝毫不把主人放在眼里！

日本人向来看重嫡长子。这个次子在家族地位本来并不重要，所以才许他恣意花天酒地堕落。但他毕竟也是自家的亲生儿子，而他的话也不是没有道理，于是他父亲就去松浦家，添油加醋地告了一状。松浦家对王直势力的扩张，本来也有顾忌，就派家兵前去船队要人。结果王亚六不仅不给，还打了松浦家的家兵，然后调转船头，撤去炮衣，要跟松浦家火并！松浦家本来抱着息事宁人的心，至此也不免大怒。

于是松浦家一边点起家兵，整顿器械，一边就把徐海叫了过来。徐海一听，大惊失色，劝住松浦家立即飞报叶宗满，这时叶宗满对此事甚至还不知情。可见王亚六这一拨虽然号称归顺王直，其实却并不怎么服从王直和叶宗满。叶宗满和王直结义三十年，他的话就等同王直的话，这些事情在王直嫡系都是知道的。

叶宗满听闻，勃然大怒，立即传王亚六带人过来。但他也怕事情闹大，不可收拾，一边叫徐海、王璇整顿队伍，又叫谢和传讯福建各船，就事论事，只问罪魁，并无针对之意。

结果王亚六倒是一脸无所谓地来了，张姓喽啰却并没有带。他说道："这班矮倭瓜眼皮浅，恨人有笑人无。看见咱们势大了，就想方设法找麻烦。我那兄弟是冤枉的。他砍人不假，但只砍了一刀，剩下那些刀是别人砍的。我知道二叔叫他来，登时就会要了他性命，所以我替他来，有什么罪责，都在我身上。二叔看着我身上哪块好，随便切，兄弟也不眨眼。"

叶宗满运了运气，才不致当场发作。他沉着脸："好，你说那些刀都是别人砍的，别人是谁？"

"他在港里喝酒认识的朋友。"

"现在在哪？"

"他哪里知道？"王亚六耸耸肩，"也不知是哪位大哥的部下，逛窑子那是一起进一起出，现在出了事就都王八脖子缩了起来，剩下我们兄弟顶罪。"

徐海和王璇在一边站着，都听不下去了。王璇眼一翻："你这话意思，是说咱们兄弟存心栽你不成？"

王亚六嗤笑一声，也不答话。

"咱们属下的兄弟，不敢说没有作奸犯科，可是在这平户港上，多少也待了好几年，"徐海道，"阿六，你也仔细想想，你来港才几天，你那张兄弟，妓院人都认识他了。倘若他认识的是我们部下，在这里盘桓几年，哪有认不得的道理？"

这话却也把王亚六问得一愣。他拍拍脑袋琢磨琢磨："也是，那么说，是老侃、洪秃子他们的部下？"

"别琢磨了，"徐海冷哼一声，"我敢担保，那几个是陈东的人！"

他这一提示，众人霍然而惊："对，对！陈东也领了一支船队过来，生面孔他那里最多！"

但随即又有疑问。发问的是王亚六："那他栽我这道赃，是图什么呢？"

"图咱们与松浦不和！"徐海道，"所以，阿六，你那个兄弟一定要交出来。"

"不交！"王亚六道，"想要人，你朝陈东去要。凭什么找我的兄弟？"

"找陈东要，你有实据么？"徐海冷然反驳，"他大可板起脸来不认。之前他来劝进，你们要做大将军，彼此不是很热络么？真闹翻了，这话也不大说得清吧？你还能真格和他翻脸？萨摩可是日本强势大名，人口规模，胜过平户十倍，要不是大山阻隔，平户早被吞并了。以他们海上的势力，虽不至于打赢我们，捣个三天五日的乱是足够了。咱们还怎么做生意？"

"那依你说怎么办？"

"交出姓张的，着落在他身上。一条命就能了结这件事！"

"办不到！"

事情于是陷入僵局，最后还是叶宗满看不下去，对王亚六一顿痛斥。王亚六要在平户混下去，终究不敢过分得罪这位二当家，只好低了头把人捆了交来，徐海将他押到松浦家去，当着家主的面重责了数十棍，打得皮开肉绽，这才告一段落。然而船队和松浦家从此便有了嫌隙，种下了不和。

第10章 徽王

　　这不过是平户所发生一系列事情的开端。这时叶宗满已经派人火速去徽州请王直回来主持大局。而处境最艰难的是徐海，因为徐海和平户松浦家的关系比较特殊。徐惟学生前最后一战，私自向松浦家借船借火枪，苦无凭证，是拿徐海做的抵押。这本是半开玩笑的事情，然而徐惟学此出竟然大败，不但自己身死，而且借来的船只和火枪也损失了一多半。认真算起来，徐海是有亏于松浦家的。而且松浦家总认为自己招待王直在领地中住了这么多年，又给船只，给火器，这才使王直能纵横四海剿平陈思盼。而今王直名震天下，羽翼丰满，不思报恩，反倒掉过头来欲对自己不利，简直忘恩负义，岂有此理。王直这边一班年轻悍将，也颇看不起松浦家。近来连王瀍也渐渐站到那一边去了。叶宗满要维持大局，也不能过于偏向徐海，所以徐海在平户船队之中可以说孤立无援，在松浦家也颇有难处，两边不讨好。他最熟倭情，最精倭语，船队要与松浦家交接，却又非他不可。

　　这般苦苦支撑了十几天，去内陆请王直的人星夜回来报信。原来他到歙县之时，王直已经起身，扑了个空。然而辗转打听，却听说王直并没有直接返回平户，而是要去浙闽沿海亲身访查一番，行踪隐秘，这个报信人虽然是船队里的精细人，却也再追不上王直的踪迹。又怕误事，只好先回来。

　　叶宗满等人听了，也无计奈何，只好一边派人去沿海追踪保护，一边抱定一个"守"字。怎奈树欲静而风不止，这一天松浦家的使者突然登门拜访徐海。

　　使者是一位家老。松浦家总共两位家老，一位已与王直船队交恶，这是另一位，看上去神情也很不高兴。

"徐桑！"他埋怨道，"不管怎么说，我们总拿你当自己人，这样大的事情，不预先打个招呼，太不讲交情了！"

"怎么？"徐海也懵然。

"陈东今天来见家督，让我们把五岛交出来给你们，说这是船队全体的意思，你们不好说话，所以来派他转达。他又说萨摩也认为这样做对平户的安定比较有利。话里话外，是恫吓的意思！本来，咱们之间的关系，没什么事不能商量。你们要五岛，也可以诚心诚意地和我们说，未见得就不能给，为什么要把萨摩搬出来压我们？"家老越说越激动，"不瞒徐桑，家督已经传令，秘密备战了。如果情况继续恶化下去，我看我方和贵方将来难免一战！"

徐海吓了一跳！

五岛的事情他是知道的，但派陈东去转达索要五岛的意见，给松浦家施以压力，徐海却可以担保绝无此事。而且五岛毕竟还没到手，信义姑且不论，这时候在松浦家地盘上开战，一旦战事不利，立即进退无据，这是何等的昏招？所以他立即拍胸脯道："请放心，徐海可以担保船队绝无此意，老船主并没有如此吩咐。何况老船主之下多少人物，也用不着请动他陈东。这事又是陈东在假传圣旨！贵我双方原无芥蒂，一向都是这个小人在其间搬弄，请阁下一定向松浦大人转达我的意思，千万不要因此生出嫌隙，中了他的计策！"

家老点点头，坦言道："其实松浦家也不是看不到这一点。所以松浦隆信大人虽然年轻气盛，极力主张整兵。老家督还是一力主张谨慎的。可是关于陈东，贵方态度的确有暧昧不明之处，所以我方虽然可以一举歼灭之，碍于贵方，总是……"

徐海明白他的意思。

这实际上是松浦家的最后通牒，即萨摩的陈东与松浦家势不两立，船队只能择其一而处之。派出一名家老，而非家督亲临，说明其中尚有斡旋的余地。总而言之，各方势力继续共存下去则不可能了。

所以徐海也重重点头允诺道："这件事情，包在徐海身上，必与贵方有个答复。"

送走了家老，徐海立即来见叶宗满，禀报其事，深陈利弊，最后说道："二叔，无论从哪方面讲，现在和松浦家撕破脸皮都是愚蠢之极。而且陈东抢先替我们要五岛，我们这句话反倒不好再说了。现在看来，陈东这人继续耽留平户，于我们有害无利，得想个办法除掉他！"

"不容易，"叶宗瞒不住摇头，"……有些事只怕你还不大清楚，海峰最近和陈东走得很近！"

"海峰"便是王璆的号，他本名毛海峰，从王直而改姓王。徐海听了不由得骇然："海峰不至于如此糊涂吧？"

"恐怕不是糊涂，而是过于聪明！"叶宗满道，却不愿就这个问题深谈了，"总之，陈东这个人不简单。他在平户，口口声声甘为船队出谋划策，抓不住把柄，随便动他，旁人也不服！"

徐海低头凝思。

他是聪明绝顶的人，叶宗满虽然只轻轻点了一句，他就已经大致猜出了其中的奥妙。因为陈东的调子是怂恿王直自立为王，一旦王直自立为王，就有个接班人的问题。之前王璆始终作为王直的义子掌管一支船队，而为年轻一代的"三杰"之首，地位无可动摇。然而王直和许大小姐自己是有亲儿子的，虽然时年只有六岁，但王直还不到五十，年富力强。倘若无意外，继续掌管船队十年以上当无疑问。而那时王直的亲儿子就已经长成二十来岁的青年，足以取代王璆继承父业了。王璆对王直忠心不二，无需怀疑，但对王直的儿子是否仍能如此忠心，则不可知。然而王直的侄子王汝贤虽然是三杰之末，终究也是三杰。王直亲族联手，王璆这个义子就处于下风。

所以他最近和陈东走得很近，并且极力主张王直称王，就是想抢先一步，独占拥立之功，而后名正言顺地当上"世子"，收拢人马，奠定地位。但这些是王直最根本的家事，就是至亲厚的结义兄弟如叶宗满，也只能轻轻点一句，其他则闭口不言，徐海更加不能就此发表任何意见。这些话是挑不到明面儿上的。他只能另辟蹊径对付陈东。

他苦思半晌，突然抬头："有了！"

"什么办法？"

"借刀杀人！"

　　于是徐海把嘴凑到叶宗满耳边，细细禀报。叶宗满一边听，一边频频点头："有道理！有道理！"

　　原来其中另有一段故事。当日萧显死前，留下一篇长篇大论，而后王直和叶宗满细细参详，也觉得其中有些部分未尝没有道理。结果果然被他们料中，浙江海道衙门不惜重本帮助王直击败了陈思盼、萧显，的确有"驱虎吞狼"的意思在里边，所以最近又秘密传下一道命令，令王直所部寻机击破一股海寇。海寇首领叫卢七、沈九，是王直从浙江沿海撤退后兴起的人物，专在浙江一带劫掠，曾经趁海潮上溯钱塘江深入浙境，兵锋几达杭州。王直等人要在浙江做生意，顺手将他们扫除，以保证海路畅通倒也合情合理。所以叶宗满是准备答应这个要求的。然而王直不在平户，少人主持，三杰之中的王汝贤也不在，而平户新晋人物如王亚六、黄侃等人都是粗暴桀骜的人，单派他们去攻打卢七、沈九，不能放心，派出王璬、徐海，又怕动摇根本，弹压不住平户船队本部，所以这件事也在拖着。

　　徐海给叶宗满出的主意，就是让叶宗满想办法把陈东调去，对付卢七、沈九这一支。因为陈东不像萧显一样外表文弱而武艺非凡。他上岛已久，船队诸大将都知道陈东除了水性很好以外的确武艺平平。卢七、沈九颇为勇悍，加之陈东又未必熟悉浙海海情，也未见得领兵打过仗。陈东倘若真去应命对付卢七、沈九，定然凶多吉少。但倘若他胆怯不去，叶宗满和徐海则可以反诘其对王直诚意不足，所以他拥立王直称王是居心叵测，不予采信。

　　所以整个事情的关键，大半在这个劝说陈东应命的说客身上。因为陈东自己口才很好，倘若反过来被他控制局面，那就不妙了。叶宗满和徐海将平户港中一干人物翻来覆去地想了一遍，才琢磨出一个人来。所谓强将手下无弱兵，这人是徐海的亲信兄弟，小名唤作阿狗，从小在烟花柳巷长大，所以在人情世故上极为精细，口舌也很伶俐。叶宗满和徐海便叫他来，又细细嘱咐一番。阿狗将一应问题都先问清楚，领了叶宗满的束帖而去。

　　哪知道陈东更狠！叶宗满和徐海之前怕他百般推托，特意教阿狗以大义相责。咱们江湖好汉，纵横海上，所凭无非一个"义"字。现今你口口声声说所言所行都是为了船队，而船队有难处，你凭借萨摩雄兵，作壁上观，岂是交朋友的意思？然而这些话一句都没有说，阿狗刚传达完叶宗满的指示，陈东就站起身来，恭恭敬敬地说："明白了。请回复二船主，此事陈东愿意一力承担。我立即去面见他老人家！"

阿狗满腹圈套，一个都使不出来，一脑袋问号地回去见叶宗满和徐海，如实禀告，两人都大为惊奇，想不到区区一个陈东，竟然还颇有胆略。不一会，陈东果然登门来访，一起的还有王璈、叶麻、黄侃、王亚六等人。

陈东开宗明义："二船主令我去剿平卢七、沈九，我不敢推辞。因为这是于船队有利的事，而我只做于船队有利的事。否则坐享太平功劳，徒然畏刀避剑，各位会怎么看我？所以这件事我不敢推辞。请给三天时间准备，三日后，陈东便率船出海。但是，有一个条件！"

"请说无妨。"叶宗满这时候丝毫不敢小看陈东，"要粮、要饷、要人马兵器，我们都可以酌情供给。"

"不必。陈东此出，不需船队一兵一卒一粮一饷，只我本部人马便足够。但陈东唯有一请，万一侥幸成功，希望可以凭此功投于五峰公座下，效命于碧川公尊前，与诸位英雄兄弟相称，是我所愿！"

叶宗满和徐海都是一怔。这是在意料之外的话，然而细思却又在情理之中。但叶宗满仍然不敢大意。他谨慎地问："这是你所愿，还是萨摩？"

"是我！"陈东答得干脆，"之前二船主问我究竟是日本人还是大明子民，我以时机未到，而未回答。现在我可以告诉各位，我不是日本人，也不是大明子民。我们陈家泛海而来，定居日本，历代不屈于明朝，至今已经二百年。我们是当年汉王的后代！"

"汉王？"船队大将大多都是粗人，面面相觑，不知所指。有知道的人轻声说道，"陈友谅……"

"哦，哦！"于是大家才纷纷明白。明初英烈故事，他们听说书都是说过的。而且在海上也的确听说陈友谅的后人历代迁居水上，精熟水性，能食龙肉的怪诞传说，想不到这一支原来在日本，而且陈东便是他们的后人。

叶宗满仍然踌躇，然而王璈踏上一步，说道："二叔。我看这事没什么好犹豫。陈东既然肯弃了萨摩，投入我们，大家就是弟兄，同荣共辱，利害如一。他一片诚心，咱们也不能太亏欠了他！"

王璈一领头，其余叶麻、福建诸将立即纷纷应和。这些都是和陈东走得很近的人，但占据了船队的多数。

陈东走上几步，跪在叶宗满面前，双手捧着一把锋利短刀。

"这把短刀，叫做介错！"他朗声道，"日本武士倘若身陷危急，义不受辱，便以此刀剖腹自裁。二叔如果信不过我，此刀寄存二叔手里，将来陈东若有半点异心，图谋于船队，二叔随时可以用此刀取我性命。陈东若敢抗拒，死于天雷所殛！"

话说到这等地步，再无叶宗满犹豫余地。王璇等人索性也都一撩衣袍跪了下来，齐声道："我等愿意同保陈东！"这一来，叶宗满只能当机立断。但他还是留了一个余地，点头道："很好。老船主现今闭关参禅，正到紧要关头，我们不敢惊动。现下我权且应下你，等老船主出关，自然由他老人家再行定夺！"

事情就这样定了下来。徐海虽然不愿意，然众寡之势悬殊，也没有回天之计。三日之后，陈东果然谨守信约，领了自己当日带来的船队，扬帆出海。徐海已事先防到王璇等人或有背地暗助的事情，与叶宗满计议，将船队一应大小船只都暂时羁縻在平户。

事情的发展却出乎意料，陈东虽不谙武艺，或者真有乃祖的余烈，竟然就凭着本部船队击破了卢七、沈九，阵斩了卢七首级，沈九在水里淹死，尸首也捞了上来。这两个人的模样，船队诸将都很熟悉，万万做不得假。陈东凯旋，这一下就连叶宗满都没了底气。只好重启向松浦家要五岛列岛的事。这时的陈东俨然已成为王璇的谋主，而且为叶麻、福建诸将所敬服。诸人对其言听计从，徐海愈加孤立。王璇、叶麻与徐海有旧交，还不至过分为难，但福建诸将对徐海却一向颇不恭敬。这时重提五岛问题，徐海自然仍力持稳重，却被王亚六一句话顶了回去："开口松浦家，闭口松浦家，谁知道你是不是松浦家的种？"

徐海虽然稳重多智，但这如何还能忍！跃起身来，一把拔出腰刀，便向王亚六扑去。众人急忙相拦，叶宗满气得脸都白了。王亚六并不敢当真和徐海厮拼，不过他其实是王璇、陈东选出来专门和徐海胡搅蛮缠的角色。虽不动手，左一句右一句不干不净，绝不消停。叶宗满苦于权威不足，喝止不住。

正闹得不可开交，忽听得厅门口有人大喝道："都给我住手！"

日影之中，王直高大的身躯巍然屹立。

他是接到叶宗满、徐海派出的信使千里传信才赶回来的，在路上已经相继了解了一些港中的情形，心里已有准备。然而亲眼所见，情形却比想象中更糟，不禁勃然大怒！

这是一家之主，海上霸王，威势自然不同！他一声喝令，王滶首先垂手而立，如乖儿子见严父，其他人自然更不敢造次。叶宗满看在眼里，心中无限感慨，脱口道："大哥！"

王直只一点头，大踏步走进厅来，径直走到王亚六身前，沉声道："你是什么人？"

王亚六偷眼观瞧，见陈东低头不语，心中登时怯了。嗫嚅道："属下……属下六舵王亚六。"

王直恍如充耳不闻，大声道："我问你是什么人！"

"我……属下……"

王滶见王亚六支撑不住，勉强说道："义父，他是阿六啊，福建来的……"哪知还没说完，只听得王直大喝道："我问他是什么人！"

这三句的意思其实完全相同，但王直盛怒之下，王亚六和王滶都不敢再说一个字。王直回顾身后，冷然道："王汝贤！"

"汝贤在！"

"把王亚六拖下去！重打四十棍！就在这堂下打！"

王汝贤闪身而出，一把抓住王亚六膀臂。他善于小擒拿，王亚六在他手下全无抵抗之力，也不敢反抗，乖乖被他拖了下去。片刻之后，堂下就响起噼噼啪啪响亮的声音。王亚六好歹也是一舵之主，咬紧牙关，闷声忍痛。但堂上众人感同身受，脸上都有不忍之色。

王直怒气未消，转脸看着叶宗满，责备道："老叶，我没想到你会弄成这个样子！"

叶宗满苦苦一笑，低声道："大哥教训的是。"

王直这才看向陈东："你就是陈东？"

陈东早有准备，并不慌乱："属下就是陈东。"

"听说你是汉王的后代？"

"是！"

"所以你极力撺掇我自立为王，好与朝廷为敌，用兄弟们的人头去雪你家族的宿怨？"

这话重了，连王璇听了都不禁为陈东担心，然而陈东从容道："并非如此，陈东是为船队着想。陈家在日本侨居几代，亲眼看见日本人如何明争暗斗，朋友、亲戚、兄弟、夫妻、父子之间，彼此砍杀，毫不留情，所争的也不过是名利二字，所以古人以正名为天下大事。船队经营四方，'利'字我们已有，而今雄踞海外，日本国内战乱不休，大明又海防孱弱，'名'字也唾手可得。不抢先机，恐怕日后后悔。所谓天予不取，反受其咎。现在正是船队扬威树德的大好时机。就算将来与大明朝廷谈判，也大可分庭抗礼，进退亦有余地。"

这番话竟令王直听得一怔。他倒不是被陈东说动，而是由此想起了自己的决定。他和王汝贤这些天来在闽浙沿海走了一圈，亲眼看到沿海底层百姓单衣破船的窘迫生活。就是内陆各州县的百姓，出产些丝绸布匹，官府定价也压得很低。即便能与海商们做生意，大头也总被经手的富户士绅盘剥，百姓所得甚少。王直秘密会见了一些海道衙门中的低级官员，经他们的口，更得知了许多朝贡贸易的内情。

原来勘合贸易的事情，从嘉靖二年宁波"宗设之乱"起始，就始终没消停过。嘉靖元年，夏言上疏请撤三大市舶司，这也成了夏言仕途飞黄腾达的起点。"宗设之乱"之后，大明朝廷停了日本的朝贡，此后三大市舶司在名义上也相继撤销。然而实际上明朝和日本的贸易却一年也没有停止，只不过不必报备礼部，也省了校验勘合的过程，实际上倒比以前简便了。所以理论上大明嘉靖朝的贸易数额是不低的，有些史学家甚至据此认为王直等人的海商行动没有合理化的生存空间。然而由嘉靖、隆庆、万历、泰昌、至天启、崇祯两朝，朝廷累代加赋，百姓财力枯竭，国库却仍然捉襟见肘。朝廷的期望和实际之间就出现了一种巨大的落差。产生这种落差的原因不在于别的，就在于商人。终大明一朝，商人的地位居于士农工商四民之末，然则利润最厚，税率也最小，因此势力越来越强。到数十年后的万历一朝，历任宰辅搿阁之中，大半都具有商人的家族背景。商人有资本的趋利性，因此促成明朝经济的独特活泼。商业所以这般兴盛发展，本来无可厚非，但商人这个阶层的兴起，势必影响到整个王朝。王直老家徽州本来有经商的传统，也就罢了，许多原本刀耕火种的地方所受冲击更大。

一言以蔽之，是世人皆有逐利之心，而非人人皆有逐利之能。

而本朝并没有遏制这种影响的能力。谏官言官的兴盛，固然是明朝一绝，然而这些人大多是书生，或者拙于言利，或者耻于言利，动辄以大义责人而所论不中要害。到后来党同伐异，好事往往也变成坏事，所以时人论曰"东林并非皆君子，阉党未必尽小人"，就是这个意思。既然连这朝政中最积极活跃的一帮人都没有办法，王朝就再也没有监督的手段。所以但凡有些权力的人，大多都挖空心思为自己谋利，这些人迅速暴富垄断了王朝大部分财富。此类人，略有七种：亲贵藩勋、官、吏、世家豪门、带兵将校、土居大族、商贾。而除商贾之外，另六种的暴富几乎都是非法的。太祖皇帝朱元璋穷苦出身，给官员定的俸禄极低，所以真正不贪不腐的清官如海瑞等，死时都家无余物。世事如此，不容人不自找出路，后来名将如戚继光者也不能免俗。

"比如说吧，"海盗官员酒酣耳热，向王直说道，"你老兄可知海道丁大人为什么一力支持你剿了陈思盼？那是因为陈思盼一伙闹得太凶，挡了他的财路！所以现今天子下令禁海，老兄你的船队照样长驱直入，没人拦挡。实话跟你说，和你做生意的人里，柴德美都是虾米，多少人是不能露面的！"

王直想起由柴德美而结识张四维的事情来。张四维看似谦恭，身份也不过区区一个把总，然而手段识见都很不凡。当时王直和叶宗满就疑心这是丁海道的亲信，或者更上一层，竟是现今巡抚浙江，总督浙闽诸军事，接了上任朱纨位子的王忬的亲信。因为仅仅丁海道还指挥不动身为参将、总兵的俞大猷。

"所以说，咱们现在做着朝廷的官儿，却敢堂而皇之地和老弟你这个朝廷钦犯坐在一起喝酒！"官员哈哈大笑起来。

王直却笑不出来。

王直因此而更加坚信自己的想法。他决意从此抛开官绅一系，直接和沿海百姓买卖贸易，不让实实在在的利润都便宜了中间这批蠹虫。然而这样一来，与沿海官府的关系势必大受影响。所以陈东"扬威树德"这四个字，实实在在地打进了他的心坎里。

王直低头思索不语。但他的举动看在众人眼里，对陈东的信任和对徐海的怀疑却是又深一层了。

这场争端就这样被王直以威望硬压了下去。但对于产生争端的矛盾本身并没有解决,疑问仍然存在。这天晚上,王直关起门来和叶宗满彻夜长谈。他准备先说服这最重要的人。

"老叶,我想抛开官绅,和老百姓直接做买卖,你看成么?"

叶宗满很吃惊:"大哥,谁向您献的这个主意,莫非是陈东?那他该抓起来打死!"

"不是陈东,谁也不是,这是我自己想的。"

叶宗满沉默了。

"老叶,你有什么话,不妨直说。"

"那我就不瞒大哥了,"叶宗满激动地说,"这是十足昏招!咱们现在之所以背着朝廷钦犯的名头还能做海商做得风生水起,就是因为官绅这一级和咱们利害相关,不能不出力掩护。咱们的根本,也不是这几百条船万把来人,而是闽浙两省这些豪门大户,再加上咱们徽州经商的老乡。这些人一旦联起手来,总督、巡抚都能扳倒。回头咱们得罪了他们,咱们的下场绝不会比朱纨朱大人好多少。咱们不能做这种自掘坟墓的事!"

"这些事情,我都想过。"王直望着叶宗满,缓缓地说,"但是老叶,我问你,当初咱们出歙县的时候,有没有想过将来会与朝廷为敌,亡命天涯?"

叶宗满摇摇头,实话实说:"当时只想赚点钱,找个婆姨,成家生孩子,过完这辈子。"

"那后来咱们怎么走上这条路的呢?"

叶宗满咀嚼着往事,慢慢说道:"打抱不平!"

那是现今已死的徐惟学闯出的祸事。当初从歙县出来的时候,他们都十八九岁,血气方刚,到了南直隶之后,很快就各自找到了差事。王直在当铺里跟着朝奉学手艺,徽州人敬称人"朝奉"如同今人敬称人"老板",所以后来王直跟着许栋,也管许栋叫朝奉,搞得不知情的人还以为他俩早有旧交。叶宗满当时在管账。而徐惟学仗着一把子力气,在矿坑里讨生活。大明的律例,开矿乃是国家专营,私人莫许。但因为其间有丰厚利润,所以经常也有人重金买通管矿的太监,私人开矿。徐惟学就在这么一个地方。

虽然所去时间不久，但仗着力气大、通武艺、讲义气，俨然已经成为矿工的首领之一。结果某次发生矿难，坑洞塌陷，下井的九个人都被埋在里边。矿主仗着此矿并非朝廷所有，上边又有太监撑腰，草菅人命，一文不赔。这一来恼了徐惟学，他带矿工蜂拥而起，乱拳便打死了矿主。等到管矿太监带兵过来弹压时，又狠狠打了一架，差点把太监也打死。王直和叶宗满恰在此时赶到，知道本朝宦官身份超然，比前朝均不同。杀太监是重罪！所以只好和徐惟学一起逃亡。

合法的差事没法干了，只好改做非法营生。所以王直三人开始卖私盐。卖私盐这种事，徽州不少人做，然而做好也不容易。首先要有本钱，其次要沿路人情透熟，见山拜山见庙烧香。所以他们也做不长远，反倒又被盐丁盯上，进退无计之间，遇上了救星。

这救星就是许大小姐！许大小姐是许栋的堂侄女，然而从小被许栋带大，视同亲女。她就是王直等人出歙县之前偶然救过的那个女孩儿。因为许栋也是歙县人，那时她正巧回乡游玩，由此结下因缘。等到王直等人出歙县，许大小姐就一直暗暗跟随，直到看到他们进退两难，才现身出手相助，把他们一起带到双屿，面见许栋，从此成为许栋的亲信手下。王直和许大小姐竟因此而成佳侣，而身份也渐升为管哨，终于在许栋死后接掌了双屿的大部分势力，直至如今击败陈思盼，百尺竿头更进一步。

这些事情叶宗满当然毫不陌生。但是王直此时旧事重提，他也就不能不更想深一层。于是他想起当年少年时的刚直和义勇，那是毫无顾忌，憎恶分明的胸襟，而今却已减了颜色。他不禁低下头，想自己的确是老了。

王直自然注意到了他的变化。

"对！"他说，"打抱不平！可是老叶，从那时到现在三十年了，咱们又打抱了多少不平？咱们纵横海上做生意不假，也赚了不少钱，可是只肥了自己！"

"不能这么说，没有咱们，沿海的百姓只会更穷。"

"可是有了咱们，他们并没有更富！为什么？就是因为许多的银钱早就被那些富家大族抽走了。"

"大哥，这是没办法的事……"

"我倒觉得，办法是人想出来的。"

叶宗满又抱头苦思了许久，然后他抬起头："你真想抛开这些家伙，直接跟老百姓做生意？"

"对。"王直态度很坚定。

"那么你也得答应我一件事！"

"什么？"

"称王！"叶宗满道，"你不黄袍加身，就没资格跟人家斗！"

王直沉重地点了点头。

翌日这个消息便由叶宗满分别传达给了船队诸大将。有些人感到意外，有些人以为情理之中，更有些人欢欣雀跃起来，已经在想自己的袍服上该绣什么花纹。这时已入深冬，按大明的历法是嘉靖三十一年腊月的最后几天了，转过头来就是新年。从上到下，都认为王直在新年改元称王是个很好的主意，平户因此比往年都更加洋溢着喜庆的气氛。

然而这时发生了一件事，大大败坏了众人改元称王的兴致。

徐海逃亡了！

徐海离开平户的具体时间已不可考。他和王直一样使了一个障眼法，自从和王亚六公然冲突之后他就闭门谢客。叶宗满本来想好好和他谈一谈，也吃了闭门羹。人们都以为徐海性情刚直，受不得气，要缓和几日。而罪魁祸首王亚六吃了数十棍，现在还躺在床上养伤，所以出不了大事。谁也没想到徐海竟会弃平户而去。

他走的时候一艘船都没有带。

后来人们猜测，徐海应当是改变了容貌，搭乘最近离港的几艘船之一离开的。他的举动谨慎而机警，寻常人物根本不足以发现他的踪迹。当这些船航行到大明疆域的时候他就悄悄下了船，而后不知所踪。徐海的失踪引起了港中众人的一阵喧哗，激愤如黄侃等力主派人去捉他回来，唯恐徐海向官府告密。但王汝贤对这种猜测嗤之以鼻，王璇也不赞成。徐海可能的确在平户待不下去了，但他始终是个人杰！

而他的离开更造成一连串连锁反应。因为王直未归之前，徐海的身份就很敏感，他是船队里对倭国情况最熟悉的人。此外他也是诸将中唯一支持叶宗满而反对王直称王的人。种种迹象表明，在徐海不见外人的最后几天里，还是有个人见到了他，这个人就是王汝贤。王汝贤来见徐海，一者探望慰问，二者表明心迹。因为他们同是船队"三杰"之一，而王璇和徐海最近闹矛盾，不好意思亲自登门，所以一切都着落在王汝贤身上。就是在这次最后的谈论中，徐海从王汝贤口中探知了王直和叶宗满的立场。他知道叶宗满也终于改变了主意，支持王直称王了，而自己彻底孤立。再驻留下去，自己很可能将成为船队和松浦家冲突的牺牲品。所以徐海当机立断，逃走了！

他临走之前留下一封短信。

这封短信文辞虽不典雅，然而于王直船队意义十分重要。其略如下：

"徐海字禀五峰老船主足下：窃闻申生至孝见疑于亲，子胥至忠见诛于君。海虽不才，襄蒙船主待以子侄。今当远离，万里海国，不敢不以陈情谏言船主尊前。吾等徽人也，先曾有罪，不为明国所容，故亡命海上，逐利万里异域，名为海商。朝廷以是亦宽宥。今老船主僭称尊号，是绝此日后逐利之路，此其我未解之一；向日船主、海等奉有司所檄，征剿海寇，所在有功，而今皆翻然无存，此我未解之二；陈东包藏祸心，其心不可问，而俨然以为军师谋主，此我未解之三。海闻：君子之交，绝而不出恶声。海今虽去，身在风涛之中，唯愿老船主敬德惜名，永如磐石之安。"

徐海之前做过和尚，识文断字，而且还会卜卦。这是在这班粗鲁武人里很难得的。然而这封短信许多人却并不认为是徐海的亲笔。因为按此信中内容，徐海和陈东实在势不两立，这也是徐海最终离开船队的原因，然而数年之后，徐海和陈东却又混到了一起，虽然面和心不和。有人据此认为这封信的作者其实是陈东，他成功地逼走了徐海，又借这封信使他不能回头。但无论如何，徐海的离去使王直称王的大势再也无人阻挡了。

第11章　宿命之敌

大明嘉靖三十一年正月初一，王直终于在平户岛上自立为王。号为"徽王"，又称"净海王"。以叶宗满为国相，王滶为世子，王汝贤掌内务，而陈东等人为大将。

这年二月，松浦家终于顶不住压力，由弘福寺的方丈出面斡旋，同意将五岛列岛"借"与王直。王直船队大股势力随即迁居五岛列岛，并且大举招揽当地土人，招兵买马，扩充军备。王直船队的纛旗也正式从五峰旗改成了黑底金字的"徽"字大旗。

嘉靖三十一年三月，春暖花开时节，浙闽粤诸海的海商海寇齐集五岛列岛之中的福江岛，为王直称王庆贺，并且公推王直的"徽"字旗为海上号令，往来不禁。

这年四月，消息传到了领浙江巡抚，总督浙闽诸军事的王忬耳朵里。或者说，"终于"传到了王忬耳朵里，使他不能再假装不闻。王忬的消息其实相当灵通，王直的一举一动都在他掌控之中。但"僭蹈尊号"事关重大，王忬自然知道这个消息一旦传到皇帝和诸位辅臣耳朵里，将会产生怎样的后果。他得知王直称王的消息之后曾经长久地远眺海边，神情难掩失落。在他主政浙江的最后几天里，他对亲信说："恐怕我护不住王直了……"

嘉靖三十三年五月初八，浙江宁波府慈溪县北官道之上，几匹快马疾驰而过。

为首的是一个身材高大的中年人，状貌威严。侧首则是一个书生，也不过三十来岁，长得骨瘦神清，后边几匹马上骑者都是精悍干练的青年人。

连书生在内，众人的骑术都很不错，不消半个时辰，人马早到了慈溪。一行人却不进城，绕城而下。慈溪是区区一个县治，所在虽然富庶，城郭也不大。众人绕城而走，又奔行了二十余里，就到了一个村子，当地人称沈家集。村口有间茶坊，众人纷纷下马，进茶坊里歇息。茶坊老人见这些人虽身着便装，但落座之际，气象威严，不敢怠慢，忙过来斟茶倒水。

歇息片刻，见茶坊里再无旁人，那中年人便道："老丈，请过来说话。"

那老人战战兢兢，说道："大人，小老儿没犯王法。"

那书生便大笑道："如何，梅林？我早说你诸事皆行，唯独微服不可。"那中年人也笑道："当年在口外，和当兵的混在一块，一锅吃，一棚住，也没什么。"那书生道："关外金戈厮杀之地，自然能掩得住你这一身威势，平日里就不行了。"转过头向茶坊老人说："老人家且莫害怕。这位的确是做官的，不过并不是本地的官。我们从关外来，这里人生地不熟，所以想向老人家打听打听新闻，并没有别的意思。但请放心，稍后多给茶钱。"

那茶坊老人这才放下心来，说道："要不是这位书生，小老儿真没胆量。不瞒列位说，我们沈家集这些天是有一件大事，这事官府查得很严，现今我们县尊顾老爷还在柴老爷府里……"

于是众人凝神听他讲述事情经过。

原来慈溪历史悠久，春秋吴越时期便有人家，渐成郡县。因为所在临海，所以百姓向来在海上讨生活。起先不过是打打鱼，贴补家用，直到数十年前，许栋、王直等人的海商集团势力壮大。这沈家集里原有一位大富户，姓柴名德美，土居在此，杭州府里也有他的产业。柴德美和王直等人关系密切，据说也曾助王直平灭了海上巨寇陈思盼和萧显，所以慈溪一县与王直的贸易，历来由柴德美主持。这是见不得光的，但柴德美在浙省人情透熟，多少官吏和他都是磕头换帖的交情，所以睁一只眼闭一只眼，从来相安无事。

然而一年前，王直自立为徽王，从此变了主意，与慈溪的贸易，不再由柴德美经手，而是直接去与百姓来往。虽然如此，百姓中自然也该有个领头的。这个新领头的便是沈家集人，姓沈叫做沈三川，之前也不过是柴德美治下的一个平头百姓。自此一跃成为王直和慈溪百姓的中间人，声名倍长，短短一年之间，已经隐然和柴德美平起平坐，分庭抗礼。柴德美自然心有不甘，手下人更是视沈三川为仇敌。据说柴德美因此还去杭州府避居了一段时间。但他沈家集终有别业，与沈三川抬头不见低头见，日子久了，难免碰上。

嘉靖三十三年四月初七，柴德美和沈三川狭路相逢，彼此都看不起对方，言语上斗了几句，激起柴德美的怒火，便唤家丁围打沈三川。沈三川性情刚直，而柴德美的家丁当初和王直、徐海等人攻破横港，都是会一点武功的，也见过大阵仗，更兼人多势众，当时把沈三川围住，拳打脚踢，沈三川招架不住，就在柴德美眼皮底下被活活打死了！这消息传扬开去，近至沈家集，远至慈溪全县的百姓都不服。沈家的孤儿寡妇去柴德美府上跪门，又被柴府家丁痛打一顿，赶了出去。因此激起民变，远近围拢来数千人，每人手里一炷香，要烧了柴府为沈三川报仇。柴德美夷然不惧，在家里筑了高墙，预备水缸沙袋刀枪，打算跟数千百姓硬顶。事情闹到这种地步，官府自然不能再装看不见。所以慈溪县令，宁波府尹都亲自带兵下来沈家集，驱散百姓，弹压局势。百姓们招架不住，柴府家丁又趁乱下手。这几场冲突，慈溪百姓死了十九人，然而民变终于是被镇压了下去，百姓不敢再公然挑事。但众人怀恨之心至今犹未平复，纷传要去海外请徽王的队伍来打破柴府报仇！

那茶坊老人叙述已毕，几个人默默听着，那书生说道："梅林，看起来他们并没有去请徽王，反倒是甘冒奇险上京告了御状！"

那中年人点头道："这有先例，之前朱纨朱老师，就是吃了这个亏。可惜世易时移，而今告状的已非其人，看来这场官司难打。"

正说到这里，突然见几个衙役跑过来，一边跑一边喝问："那边喝茶的，是什么来路？谁让你们在这瞎打听？"茶坊老人见势不妙，面有惧色，但那中年人和书生却都安坐不动。他们身后一个青年人站起身来，双臂一拦，朗声喝道："休得无礼！奉谕旨查勘慈溪士绅百姓互殴一案，钦点浙江巡按御史胡宗宪胡大人在此！"

几个衙役顿时呆若木鸡。

慈溪县的顾县令从柴德美家匆忙飞奔出来，不敢坐轿，径直来参见胡宗宪。

大明的官制颇为奇特，言官权柄独重。胡宗宪这个浙江巡按御史以品级而论，其实和顾县令一样，都是七品。然而顾县令权柄只及慈溪一县，而胡宗宪却可巡按浙江全省，干涉政务，纠察风纪，弹劾官员。所以倘若某省总督、巡抚皆缺任，巡按御史俨然便是该省最高长官。浙江在嘉靖朝中期治下多乱，而今总督巡抚皆全。正如当年巡抚王忬所料，王直自立为徽王以后，浙省的人事便经历了一场走马灯般的变化。朝廷以王忬主政浙省，多历辛勤为由将其调往大同、宣化军前效力。而调张经继任总督，浙江巡抚则派了李天宠。所以胡宗宪这个浙江巡按御史其实是本省的第三把手。虽然如此，张经所以高于胡宗宪，也并非因为总督头衔，而是因为他这个总督同时兼任左都御史，以便管辖本省的大小御史言官。正如清朝的总督、巡抚往往兼兵部侍郎以辖制本省从一品的提督一样。然而无论如何，顾县令这个七品比之胡宗宪这个七品可谓天壤之别。所以他在胡宗宪面前，必然毕恭毕敬。

"慈溪县令顾某参见胡大人！"顾县令以正礼相见。

胡宗宪随便抬一抬手。"客中便服，贵县不须多礼。贵县这桩事情，现在已经上达天听，皇上很是震怒，说治乱如此，上干天和，神明垂咎，如何能够成就仙道。所以差我下来，看一看贵县如何处置！"

顾县令登时一身冷汗。因为嘉靖皇帝不理政务和喜好修道都是无人不知的。倘若寻常百姓斗殴，哪怕打死一百个，这位嘉靖皇帝也未见得过问。不过一旦有什么事情"上干天和"，影响到他修道，那后果则不堪设想。顾县令自问自己区区一个七品，就算把官帽子丢了也承担不起，所以没了主意："全凭大人做主！"

"当真全凭我做主？"胡宗宪追问一句，声音冷峻。顾县令听在耳里，又惧怕了几分，不敢抬头："当真！下官自此全唯大人所命。"

"这样，你的官儿还可以保一保！"胡宗宪冷然一笑。

慈溪富户柴德美把自己肥厚的身躯堆在红木太师椅里，轮着一双眼望着缓缓走进来的胡宗宪："胡大人，恕小可贱体不便，不能行礼。"

"柴老爷，"胡宗宪的态度也格外温和，"不必多礼。久闻大名，神交已久。柴老爷昔日平定横港，剿平陈思盼，在下在关外也很是仰慕。所以这次奉旨巡按浙江，特地先来拜会柴老爷。咱们只叙家常，不论官职。"

"此一时，彼一时。"柴德美道："我现在这个样子，起身都难。好汉不复当年勇了。不提也罢，不提也罢。"

"此言差矣，虎死不倒威！何况柴兄而今，只怕还是虎踞深山，一啸天下闻！"胡宗宪意味深长地说道。

柴德美的眼神中掠过警觉之色:"大人若要降罪,小人俯首领罪便是。"

"多虑了,柴兄!"胡宗宪从容道,"我早就说了,咱们只叙家常,不论官职。老实说,这次的事闹得很大,皇上很不痛快。所以派我来做这个浙江巡按御史,又授了天子剑,准我浙江一省官绅五品以下先斩后奏!"

他在"先斩后奏"这四个字上停了一停,柴德美脸上肌肉也微微一动。

胡宗宪又继续道:"这是圣主加恩,我原不敢当,却也推辞不得。就我的本心,只想把这个官安安稳稳做下来,所以柴兄你是本地士绅,德高望重。胡某向你讨个面子,不知柴兄愿不愿意给。"

这仍然是很客气的言辞,然而其间杀机隐露。柴德美是很识时务的人,立即知道眼前这个不怒自威的中年人实在得罪不起。他从太师椅上挣扎起身躯拜伏下去:"小人万不敢当,一切全凭大人吩咐!"

沈家的代表意识到这次会见与以往不同。不但派来传讯的衙役分外客气,而且到了柴府,发现柴德美和本县县尊顾大人都靠了边,而中间坐着一位叫不上名目的大人,威严而温和。

"你们就是沈三川的家人?"

"是。"应约而来的是沈三川的族叔、妻子和儿子,由族叔代为回答。

"我从京城来。"胡宗宪温和地说,"你们的事,皇上知道了!"

顷刻之间沈三川的妻子爆发出一声哀号,紧接着便泪飞如雨。她们良久以来所不敢想象的事情终于实现了。对于这些毕生可能仅见过本县县令的朴实村民来说,告御状是最遥远而渺茫的事情,然而也是他们陈述冤情的最后一条路。为此沈氏族里派出了最精干的青年,并且做好了失败的准备。如果这些告御状的青年们上京两个月仍不回还,那么这最后的抗争就失败了。无路可走之下,他们只能选择玉石俱焚,将王直的船队引过来向柴德美复仇,同时自己也将失去合法身份。胡宗宪等人提前得到消息,便兼程快马,在正式任命的圣旨颁布之前就离开京城。无论如何,帝国的臣民们认为来自京城的大官一定会为自己洗脱冤屈。

但是紧接着他们就相信了传说中官官相护的正确性。因为胡宗宪话锋一转:"听说你们都在和王直做生意?"

"不是我们,是他!"沈三川的妻子指着柴德美,"之前都是他领头,之后才轮到我家男人。"

"哦，之前是什么时候？"

"大概一两年前吧……"沈三川的妻子对这种细微情节的意义懵然无知，胡宗宪则富于同情的慨叹，"这就对了。为什么那时候柴大户不领头了呢？柴大户，你自己说？"

"因为那时候逆贼王直自立为王，正式和朝廷作对。柴某身为良民，自然不能再和他们合作下去。"

"嗯！"胡宗宪点了点头，转回来问沈三川的家人，"那么三川和逆贼王直做生意，是在这两年？"

"……是！"

"那就是通逆了。"胡宗宪话语温和，而内容尖锐，"论律，可以问斩！"

沈三川的妻子骇然止住哭声，她捂住自己的嘴巴。沈家的族叔则慌张起来："大人，可怜我们百姓，哪里知道和王直……和逆贼做生意就是通逆？大人，不知者不罪啊大人！"

"对。"胡宗宪继续点头，"我取这一句，不知者不罪。胡某这次来慈溪，就是想给这件事做个了断，不会枉造杀孽，通逆的罪名，可以包在胡某身上，由今日起，此前一概不问！"

沈氏族叔透了口气："那是大人的天恩！"

"天恩谈不上，不过这件事本官的确背着极大干系。"胡宗宪道，"浙江并非只有一个御史，胡某拍胸膛替大家瞒下通逆的罪名，一旦被他人奏本，连胡某在内，吃不了兜着走。所以有一个不情之请，三川的事情，到此为止吧。柴大户现在这里，我让他向各位当庭致歉。三川家将来有事，无论用钱用人，都在柴大户身上，倘若他稍有怠慢，他也不好见我！柴大户，三川嫂子，当着本县顾县尊，你们还有什么话说？"

沈三川的妻子和沈氏族叔面面相觑，都摇了摇头。

这场几乎要激起民变的事件就这样在半天之内被胡宗宪解决了，雷厉风行！

胡宗宪这一年四十三岁，从浙江余姚县令调出之后，在巡按大同、宣府任上屡建功勋，以文官而兼管武事，和大同、宣府兵丁摸爬滚打都在一处，颇得军心，连打了几场胜仗，还平定了一场苗乱，因此被朝廷视为允文允武的能吏。这才在嘉靖三十三年四月由嘉靖皇帝钦点，火急调回浙江，就任浙江巡按御史。这是胡宗宪时隔六年之后重回浙江，这片土地他曾经熟稔至极。

解决了慈溪的事，胡宗宪才催马领从人们赶回杭州府。他这些随从大多是他在军中带出的亲兵，忠勇俱佳，唯有一人例外，便是那骑马的书生。这时候当年朱纨引荐给胡宗宪的陆老师爷已因年老辞世，这书生则是被胡宗宪引为平生第一谋主的奇人，青藤居士徐渭徐文长。徐文长也是浙江杭州本地人，自幼有奇气，性豪壮，才华绝顶而不拘小节，因此科举上屡试不第，以经世之才始终做不成举人，所以被胡宗宪千方百计延揽至帐下。因为胡宗宪同样是聪明绝顶而科举不甚顺利之人。他二十六岁才得中进士，而且是三甲，功名上颇不如乃堂兄胡宗明。但胡宗宪自负平生功业不由文字，再加上有这等天下名士相助，向来不把因循守旧的胡宗明放在眼里。

胡宗宪在杭州城落稳脚步后，就马上召见一个人。这也是六年前他埋在杭州的一步暗棋。六年来双方连书信都很少，却始终通过极秘密的方法不断联络。胡宗宪也因此身在口外却对浙闽一带情势了如指掌。

这步暗棋就是罗龙文。

这六年间，罗龙文可以说在杭州混得不错。因为他聪明灵巧，而且左右逢源。论财力，他是杭州城中屈指可数的富商；论声名，他所制的墨天下无双，胜于大内珍品，等闲书家虽百金而难求一件；论风度，罗龙文潇洒倜傥，能言善辩，周旋于历任达官贵人之间和红粉烟花之地，向来游刃有余；论交接，更是无论三教九流，庙堂宗室市井奇人皆可为之所用。所以数年以来，浙省总督、巡抚累次更换，而罗龙文区区一介商人，地位却始终不动。

罗龙文一听到胡宗宪回归的消息，立刻前来拜见。胡宗宪立即接见，此外再无旁人。那时天色已晚，两人在胡宗宪宅邸后花园的凉亭里摆下些碗碟菜肴，凉水中镇着酒，不用侍者，自斟自饮。

"梅林！"罗龙文和胡宗宪是同乡兼之旧交，身份超然，可以直呼其名号，"慈溪的乱子，你处理得好！不愧是子纯公青睐有加的人物，堪称命世之英才。"

胡宗宪微微一笑。"小华（罗龙文号小华山人），不要只顾客套。实话实说，我在口外待了六年，浙省的事，我现在多有些拿不准。你来给我讲讲。""要讲的话，头绪纷繁，不知从何说起。毕竟现在和子纯公当政时不同了。你想听哪段？"

"王直！"胡宗宪道，"除了这个人，浙闽沿海再无可虑。当年他也是与子纯公并世的英杰，怎么弄到如今这个地步？"

罗龙文长叹一声。

"王直由盛而衰即从自立为王起始。嘉靖三十一年年初，王直自立为徽王，一时海上无论海商海寇都畏服如神。船行大海之上，只消挂了王直的徽字旗，万里海疆无人敢动，王直势力至此极盛！然而相反的是，他本部势力反倒减弱了。他麾下三大爱将之一的徐海不辞而别，而另一爱将，也是王直义子王璇暗树党羽，保存实力，徐海和王璇一智一勇，为王直部下最得力者。王直本部势力由此大损。不仅如此，王直在自立为王之后突发奇想，居然抛开浙闽沿海各富商大族，开始直接和百姓做起生意来。因而百姓和当地士绅之间，关系都很紧张。慈溪沈三川和柴德美的冲突不过是全豹之一斑而已。只是其他富户大多忌惮王直势力，不敢像柴德美一样公然与之为敌。因为柴德美对王直有旧情乃至有旧恩，是海上都知道的。然而毕竟彼此牵制，王直在沿海的贸易额也就因此下降了不少。所以两年来，王直的财力其实不增反减。他此时声名虽然极盛，真实实力却最多已不过三年前之一半了。"

"可是京城中最近物议汹汹，都说王直这伙人在浙闽一带闹得很凶。倭寇肆虐，四方作乱，官府弹压不及。隐然半壁江山有撼动之意。"胡宗宪说道。

罗龙文冷冷一笑："这要看上折子的是什么人！当年还不是这些人，这些伎俩参倒了子纯公？说到底，王直绕开他们和老百姓直接交易，就损了他们的大利。所以他们昔日视王直为盟友，今日视王直为仇雠。当然要鼓动地方，制造舆论，与王直为难！这是很明白的道理。不过，真正在地方作乱的人，也不能说没有！"

这指的是王直麾下的陈东！自从徐海离开，王璇按兵不动坐隐实力，陈东俨然就成为年青一代的第一大将！王直的侄子王汝贤则另统一支兵充任王直的内卫，专门负责陆上，已不大过问海事。陈东纵横无敌，连骁勇桀骜的叶麻都服他。近年来，统兵屡次搅扰内陆的，十成有九是这个陈东。

王直本来严令所部不准劫掠，但因各地百姓和士绅都有冲突，有些地方已成水火之势，贸易逐年减少。货物收不齐备，和南洋异域诸国的生意就也没法做。所以船队为生存计，有时也会上岸劫掠。王直对此也无可奈何，睁只眼闭只眼，假装看不见。

"这个陈东之所以如此凶狠，据说是因为乃祖是当初鄱阳湖输给了太祖皇帝的陈友谅！"罗龙文道，"所以他不服管制，誓与本朝为敌！"

"那么，依你所见，现今这伙人里，究竟几成是商，几成是盗；几成是汉人，几成是倭寇？"

"若以王直本部而论，因为他还稍有钳制，而今商盗之分，大致是七三。"罗龙文思索着答道，"至于倭人汉人，真正的倭人恐怕不足十分之一。但是王直在倭国已客居多年，他手下那些人，穿倭服，使倭刀，习倭语，老百姓也未必分得出来，所以朝议倭寇为乱，我也赞成。虽然我本意还是执以前那个词：舶寇！"

"怪不得！"胡宗宪深深点头，"我到杭州已有数天，张总督、李巡抚始终推托公事繁忙不见，大概就是因为这个。"

"对！他两个也很为难。"罗龙文道，"不报征剿，倭寇作乱已是甚嚣尘上的事，皇上问起来，没办法交代。可是报了征剿，去征谁，去剿谁？其实不过是士绅和百姓的内乱。去剿士绅，物议登时就会翻天；去剿百姓，又会动摇国本。王直根本不怕他剿，王直全军不下数万，张总督、李巡抚手中的精兵不过千数，俞大猷麾下的常胜军只有三百人。四方调集军户虽多，都是久疏战阵，有些连刀都拿不稳，如何是王直那班虎狼的对手？所以张总督、李巡抚现在一筹莫展，大概是只盼着做做声势，把王直吓退，再好生安抚士绅百姓，把差事应付过去。"

"恐怕没那么好应付，"胡宗宪道，"我从京城来前，朝廷对此事抓得很紧。估计不久就会有督查沿海军务的大臣过来。到时候，打也得打，不打也得打。"

"爱打不打，那就由他。"罗龙文很乐观，"张、李二位出事，不正是咱们的机会？"

"但要未雨绸缪，"胡宗宪道，"一旦张、李倒了，浙江这盘残局十有八九就是咱们接下来。看人挑担不吃力，这时候咱们必须早做打算。小华，你有何良策？"

"容我想一想……"罗龙文并没有把话说死，"梅林，咱们和王直同属徽州人，徽州出了这样的逆贼，你我都有责任将他铲除！"

"或者也未必一定要铲除，王直未尝不是一时之雄。"

罗龙文变了脸色："梅林，你这么想可就糟了！你要知道王直得罪的都是什么人，这些人在朝廷处于什么地位，王直罪无可赦！"

罗龙文对胡宗宪并没有完全开诚布公，正如他是胡宗宪的暗棋一样，他对王直也埋伏了一招暗棋。罗龙文之所以不急于将这步暗棋走出去，是因为他还没完全想好之后的步骤。而且他生平虽机警多智，对胡宗宪却近似于道义之交。他不想仓促献计而使胡宗宪落入被动。由此，前后盘桓了半个多月，罗龙文才将大局考虑周全。

嘉靖三十三年六月的一天，罗龙文敲响了杭州城毗邻西湖的一栋宅院的角门。他对来应门的女童说道："罗某求见王姑娘！"

罗龙文的这步暗棋，就是王翠翘。

王翠翘在和徐海一起将许大小姐送到双屿之后就功成身退。她和徐海之间是一段奇缘，也是一段孽缘。彼此割舍不下，却又总不能聚首。王翠翘是风月场中的侠女，但侠女也要衣食。王翠翘思念徐海，她风月声色的生意就做不下去了。秦淮河畔垂青她的王孙公子极多，却都入不了她的眼。这时罗龙文脱俗出群，将她带到杭州府，每月三百两银子供养着，然而始终以礼相待，罗龙文连一指都不沾王翠翘，等闲也不登门。这般一直供养了四五年，这令王翠翘自己都过意不去。

所以罗龙文一旦登门，王翠翘立即殷勤款待。这几年来他们两人的感情，发乎情止乎礼，自然也十分融洽。二人在小花园里摆下果品，王翠翘亲手整治菜肴，与罗龙文共饮。王翠翘酒量很好，罗龙文更有百斗之量。然而罗龙文这番来访是另有目的，所以不多时，他便已酣醉，伏案而睡，口里犹然念诵高启"雪满山中高士卧，月明林下美人来"的诗句，暮色之中，隐然一腔愁绪不解。

恩主如此愁怀，王翠翘当然也十分在意，便做醒酒汤来给罗龙文。罗龙文这才渐渐醒来，王翠翘问道："小华兄心里有事？如果可以说，不妨说出来，兴许妹子可以帮你拿个主意。"

"哪里关我的事……"罗龙文醉眼迷离,"我是慨叹!慨叹……可惜我们徽州歙县多少年才出一个好汉,就这样消磨在这里。功业已兮,性命已兮……"他用筷子敲着碗,喃喃吟道:"想起自己红尘之中蹉跎半生,到头也无非一袭枯骨,所以心境寥落。我歌……月徘徊……我舞影凌乱,永结无情游,相期……相期……"

他又沉沉睡去,而王翠翘却挂上了心。因为王翠翘心中有事,听罗龙文一递一句,哪一句说得都像徐海。所以终于还是弄醒了罗龙文,继续追问:"小华兄,你说的是谁?"

罗龙文假装醉态,其实心中明知她有此问。见她终于上了当,这才退一步,说道:"王直!"

眼角余光掠过,王翠翘顿时松了一口气,神情舒缓。但王翠翘虽然已知不是徐海,迫于形势,还不得不继续问下去:"王直怎么了?我也听说他在海上纵横无敌,人皆钦服,唤作老船主,又称净海王。这样的好汉,莫非也日薄西山了么?"

"正是!"罗龙文借酒意道,"王直完了!性命只怕已在旦夕之间!可惜啊可惜,可叹啊可叹!"

"何出此言?"

"他麾下无人!"罗龙文道,"原本朝廷也知道他是个心存忠义的好汉,有意招抚他,可惜他自立为王,犯了大忌。这倒也罢,可他手下陈东一伙,不服管教,私自上陆胡作非为,无法无天。做下的许多罪恶,最后难免都落到王直头上。唉!老船主老了!若是十年前,这些宵小岂能蒙蔽他的耳目?而今陈东一伙聚集人马,还驻留浙江省内,图谋要去攻打宁波。宁波一旦被打下,王直更无回头之日……可惜……可叹!"

说到这里,酣然醉去,再唤不醒。

翌日罗龙文酒醒告辞,王翠翘送走了他,转身就派人去找徐海!因为徐海就躲在杭州城内,具体的地方只有王翠翘才知道。徐海原本是杭州虎跑寺中的和尚,而三年前弃了船队回归陆上,四处容身不得,索性仍然落发做了和尚,现在跟从他师门一位师叔,住在杭州城中六和塔内。

六和塔距西湖不远,所以徐海和王翠翘其实也相隔不远。只是徐海再度落发之后,才知道王翠翘也在附近,而且托庇在他人余荫下。徐海性格刚直，就不愿多见她。他本意将王翠翘赎出来，从此远走高飞。但王翠翘也是奇人，她蒙罗龙文恩惠，尚未偿还，虽然并不喜欢罗龙文，也不愿就此他去，所以两个人目前僵在这里。王翠翘派人找到徐海，将罗龙文的醉话一五一十向他转述了一遍。

徐海盘膝而坐，低头倾听。反复寻思，找不出破绽，不禁叹道："罗龙文这个人单凭口耳相传，就能将船队里边情形猜到这等地步，实在是个人杰！怪不得你一心不肯负他，我当初弃岛而走，就是料到有一天老船主会毁在这些鼠辈手里！"

"那你就这么一个人一走了之？"王翠翘反唇相讥，"亏你还一向自命为好汉！"

"我没有办法！"徐海争辩道，"周围都是他们的人，敌众我寡，我不能做比干龙逢，只有做箕子微子。"

"你总是这么说！"王翠翘嗤道，"没有办法，没有办法……对我这么说，对老船主也这么说。一个人躲在高高的塔里，什么都不做，当然没有办法。"

"那么你的意思是？"

"罗小华不过一个同乡，都能感怀老船主命运多舛。我受罗小华的重恩无从报答，你也是和老船主共患难的人，这种时势，你不能再置之不理！你得想办法救老船主，这样，我也算还了罗小华的情。"

"说来容易，怎么救？"

"你们不是说老船主所以危险，全因为身边不得其人么？"王翠翘道，"现今罪魁祸首陈东就在浙江，而且啸聚人手，似乎准备攻打郡县。一旦被他成了事，老船主就更回天无术。朝廷的力量，眼下不足以征剿他。我的意思，阿海你要帮一帮朝廷，除了陈东。一者救了老船主，二者于朝廷也有功劳，咱们可以堂堂正正做人，不用再东躲西藏！"

她低声说："咱们总不能这样躲一辈子……"

这句话语调温柔，徐海心中一软，随即又警觉起来："这是你的意思，还是罗小华的意思？！"

这下王翠翘可真生气了："你看你，总是这副小人肚肠！"

徐海自知捅了马蜂窝，只好自嘲："我别的事情心胸都大，只在这件事上，无论如何大不起来。"

第12章 奸雄陈东

王翠翘的主意最终被徐海所默认。等到徐海和王翠翘第三次见面时，徐海心里已经有了一个颇为详尽周密的计划，这个计划必须要官府配合，那就不是王翠翘所能做主的了。

"问问罗龙文，和官府最多能商量到什么地步。"徐海道，"要不然，咱们没法帮忙。起码事成之后，要免去我们的罪责，准我们自在过活，也不能为难我那些弟兄们。"

王翠翘于是折柬邀请罗龙文。

罗龙文应邀而至，王翠翘便在酒席之间款款将和徐海计议的事情说了。罗龙文听了，瞠目结舌！良久才说："我本来以为贤妹不过有气度，有操守，想不到竟是这等有担当的巾帼英雄！既然贤妹肯任其难，愚兄岂敢辞其易！请放心，现任浙江巡按御史胡宗宪胡大人是我挚友，也是王直、徐海的徽州乡里。他一定会鼎力相助。徐海种种所托，包在我身上！"

王翠翘感激涕零。

然而这一切其实都在罗龙文的计算之中。他事先早知徐海隐匿杭州城内，而王翠翘必然知道徐海的行踪。所以他故意借醉向王翠翘陈明心事，知道王翠翘必会转达于徐海，而王、徐两个都是侠义心肠，闻讯之后也一定会想办法击溃陈东，保护王直。徐、王两个虽然聪明，但论起这般心机，终究是不如久在官场的罗龙文，当王翠翘在罗龙文面前举杯一饮而尽时，他们已经落入了罗龙文的掌心。

罗龙文随后入见胡宗宪，向他禀报已经联系到徐海，而且徐海可为己用。胡宗宪事前也没料到罗龙文竟有如此手段，十分惊讶。了解详情之后，当即授命罗龙文全权代表他便宜行事，一应事宜皆可先行许诺。

这消息又通过王翠翘转达给徐海，徐海才开始和王翠翘认真琢磨起计划来。

"我离开船队终究太久。虽然阿狗领着我的余部还在船队里，但现在所剩人马有限，已经做不成什么大事。这些人对我的忠诚自然没问题，要拉过来，并不难，只是朝廷官军加上我这批人，也未必能拿下陈东。"徐海说道，"看来，得走一步险棋！"

"如何险法？"王翠翘关切地问。

徐海望着王翠翘："我再打回去，领一队人，和陈东一伙混在一起。趁便找机会或者策反，或者倒戈，或者出其不意，和官军联合。除此之外，没有别的办法。"

"可陈东是你的死敌！"

"对，唯有如此，才有成功机会！"徐海道，"所以需要官府送我一程。这个险值得冒，不冒这个险，你我就没有将来！"

王翠翘一向鼓动徐海出山参与其事，但徐海真正选择了出山，王翠翘又不禁担心起来。徐海看在眼里，心中感动："没事的！"

"不！"王翠翘郑重说道，"我要和你一起去！"

在相隔万里之外的五岛列岛，王直正陷入一场重病。这场重病使他无力再理会一切病榻以外的事，而病因则是愤懑。两年以来，他的理想不说遭到了毁灭性的打击，至少失败是毋庸置疑的了。绕开士绅直接与百姓贸易的政策从来就没有被很好地实行过，而且那些真正实行的地区往往很快就被纷争和杀戮淹没了。利润的极度缩水导致那些闽籍将领开始对他并不那么忠诚，而他们的首领则是陈东和王滶。王滶越发令人捉摸不定，他总是躲在阴暗的角落里，指挥着陈东、叶麻、黄侃和王亚六的船队东征西讨，有时候完全没有目标，只是击败一切横亘在他面前的东西。无论那是其他海商、海寇、百姓、士绅还是官军。他的名号现在似乎比王直更响，海边人听了都发自心底的惧怕。甚至他走进王直的病房中，王直也会感觉到一丝令人不安的寒意。

仍然站在王直这边保持着忠诚的，只有王汝贤一人。他主动放弃了海上的力量，以换取陆上的强大。王汝贤统率着一批精熟武艺而装备精良的士兵，总数号称三千。这支军队只在五岛列岛内部活动，护卫王直的同时整肃岛中纪律。因为有这支军队的存在，陈东在五岛列岛才不敢轻举妄动，否则不敢想象已经疾病缠身的王直是否还镇得住这些骄兵悍将。

而另一个原先的重要人物叶宗满，现在正渐渐淡出船队。某种程度上说，叶宗满在填补徐海离开后的空隙。因为自从徐海走后，平户松浦家和船队就开始交恶。新的家督血气方刚，而船队的将领们凶猛傲慢。虽然在双方首脑的极力克制下尚未公然开战，但私底下小的摩擦却不断发生，而且松浦家仗着地利在两年之内抢了船队不少生意。现在松浦家地理得天独厚，王直在海上的声名顺便令这个小诸侯也名震全日本。而且如其所愿，北方的萨摩的确与龙造寺家开战了。萨摩兵马势如破竹，最后被龙造寺家的"四天王"遏制，战斗十分激烈，战事因此胶着。双方都无暇分心来管小小的平户。所以在这个日本战国群雄辈出的乱世里，平户表现出难得一见的繁荣与和平，来自日本各地的商队纷纷云集此地。此外还包括五山五寺的和尚、堺港的南蛮商人、茶艺师和铁炮高手，以及来自南洋异域的许许多多外国商人，这个地方比昔日王直在时更加热闹。

叶宗满的目的就是重新与松浦家建立起友情。松浦家对这一点毫无兴趣，而且他们怀疑叶宗满的威望。事实上，叶宗满现在孤家寡人，王汝贤只效忠于王直。叶宗满虽然仍有很可观的实力，却无大将可以统领。他手下都是谢和这样老成持重之辈，面对王亚六等新锐，自知不是对手。叶宗满的势力一直在减弱，好在他拥有很多条船，暂时还不致被瓜分殆尽。这就是五岛列岛上目前的情形。

而在另一个阵营，胡宗宪这时也没有时间去过多关注徐海和王翠翘传奇而悲壮的计划，这件事情主要交给了罗龙文。而胡宗宪此刻正全力应付来自京城的盟军，这就是奉旨查勘沿海诸军事的赵文华。

无论从哪方面来说，赵文华都不是一个传统意义上的正人君子。但此人文才很好，早在嘉靖八年就中得了进士，而且名次颇高。因此赵文华的前半生基本是在帝国中枢中打拼厮混，而不像胡宗宪一样屡历外任。当然赵文华之所以仕途一路通达，最重要的原因，还是因为他义父是首辅严嵩！起先，赵文华的职务是京城的工部侍郎。大明一朝，六部中权力最重的是吏部与兵部，工部本来排不上号，但嘉靖中后期的工部实在是个肥得流油的衙门，因为嘉靖皇帝对自己的陵寝十分上心，前后修了几十年，不惜工本。

这陵寝叫做永陵，规模在明十三陵里名列前茅。而明朝没有内务府，这个无比浩大的工程也由工部统管，所以工部官员在其中的油水可想而知。

嘉靖三十三年春，江浙倭寇警讯大起，消息直达天听。嘉靖皇帝为此十分不快。他认为他选来代替王忬的张经不该如此怯懦畏战。张经其时已年过六旬，就任总督之前，是南京兵部尚书，称得上是一员老将。巡抚李天宠也与张经配合多年。当然，对于江浙倭情的具体情况，远在京师的皇帝和阁臣们是不可能真正清楚的，所以他们也就不能像罗龙文和胡宗宪一样理解张经为何按兵不动。这种行为在他们眼里叫做"耗师糜饷，养寇自重"，赵文华于是发挥所长，摇动笔杆写了一封奏章，所陈凡七事，第一件就是请择大臣至江阴、常熟祭拜海神，以期海神大显神威，平定海疆。此外较重要的两项，一项是请在江浙一带不论穷富，课以重税，另一项则是请派重臣去江浙督师。

这奏章事先得过小阁老严世蕃的指点，严世蕃最善于窥测帝心，所以招招都打在要害上，何况内阁里还有严嵩相助，奏章获得了皇帝的回应。因为嘉靖皇帝"留中"奏章是十分有名的。凡奏章所请，不合其意或嘉靖认为不宜公开讨论者，往往就留在大内，不再发出，俗称"淹了"。寻常臣子，倘若奏章一无可采，皇帝往往视而不见，而赵文华独得赏识，自然是异数。谕旨既下，交兵部讨论，兵部尚书夏豹是老资格，以为赵文华书生妄议，未必有什么真才卓见，所以并没拿这奏章当回事。等到皇帝追问，夏豹一个应对不慎，惹得龙颜大怒，竟然丢了这兵部尚书的职衔。兵部尚书在大明六尚书中权位极重，号称本兵，夏豹竟然因此丢官，官场中就都知道赵文华着实不能得罪。

赵文华因此意气风发。仗着皇帝赏识，索性将祭海、督师东南剿倭的重任都自己挑上。他敢这样做，并非狂妄自大。因为他就是浙江慈溪人，与慈溪有名的富户柴德美是同乡，而且也有联系，深知此中虚实。东南所谓倭乱，其实乃是士绅富户与民争利的缘故。对这种事赵文华自有办法，只要将该地有利可争变为无利可图，那乱子就不平自灭。所以他这趟回浙江，衣锦还乡之外，也准备大发一笔横财。

哪知他兴冲冲而来，却先触了个霉头。总督张经、巡抚李天宠对这位督师的态度虽然比对胡宗宪好，却也好不了多少，将其视为前来添乱的人，应酬颇为冷淡。赵文华自然大为不满，胡宗宪就趁这个机会贴上了赵文华。赵文华并非敦品笃行的君子，胡宗宪也不是皓首穷经的书生，两人皆有圆滑之处，而胡宗宪的曲意迎合，相比张经、李天宠的傲慢，赵文华自然觉得这个胡宗宪聪明识时务，而且为人也很精明干练。赵文华是小人之心，张经、李天宠既不屑与之为友，他便视其如仇雠，非要把这两个扳倒不可。他正需要得力的助手，胡宗宪就及时出现了。胡宗宪是胸怀壮志的人，而张经、李天宠名位均在已上，一腔雄心无从发挥，所以也希望借赵文华的势力扶助自己。因此两人相识虽然不久，交情却已十分密切。这些天来，胡宗宪有事没事都在赵文华的公馆里泡着。大半时间是毫无意义的闲谈。但这些闲谈本身虽无意义，对于增进两人之间的感情，则十分必要。有时候，他们也会论起浙江的倭情军事，这则是胡宗宪得以大展所长的天地。

"梅林，"赵文华亲切地叫着胡宗宪的字，"老哥我初来乍到，张总督、李巡抚又只顾经略大事。浙省情形，老哥我是糨糊一样，摸不着头脑，你可以给我讲讲。"

胡宗宪其实比赵文华也早来不了多久。但他对倭情倭患极其敏感，又有罗龙文等人相助。杭州城里，徽帮商人也极多，其中有些甚至可以和胡宗宪论上宗亲谱系。而这些商人或多或少，和王直船队都有些联系。所以胡宗宪对此间的情况了如指掌。

"是这样，大人，"胡宗宪从容道，"眼下盘踞宁波府，啸聚人马，要冲州撞府的这一支倭寇，其实是王直贼党中的一部分。领头叫做陈东，是王直手下大将，为人狡猾，在贼党中算得上有谋略。据说此人是被太祖皇帝剿灭的陈友谅之后代，所以一旦手握兵马，就要为害大明！"

"哼！可见物以类聚，人以群分！"赵文华恨道，"这等乱臣贼党，当初不曾犁穴剿除，而今果然生出后患。"

这义愤是有缘由的，因为陈东所部现在五六千人，正聚集在宁波，而赵文华的老家慈溪就是宁波治下的一县。

"此人是魁首。以下便是叶麻、黄侃、王亚六、洪东冈……"胡宗宪屈着手指一一计算，"都是贼中悍将！"

"且慢，这些人是什么来路？"

胡宗宪迟疑一下，答道："都是当年陈思盼、萧显属下的闽海海寇。"

"那么说，都是福建人？"

"是的。"

"很好！"赵文华重重点了点头，"梅林，你继续说。"

于是胡宗宪便将浙省剿倭军务条分缕析，说给赵文华听。胡宗宪是浙江巡按御史，级别足以参与高级军事会议，而且先时在大同、宣府亲自带过兵，懂得军事，所以解释得清楚明白。

原来王直船队自两年前与沿海士绅交恶，已经失去了做海商的基础。久而久之，王直也难以让属下安分守己。船队又规模庞大，所以渐渐世风日下，掳掠者有之、奸淫者有之、杀害百姓者有之，啸聚群伙抢州夺县打劫府藏者更有之。原本一支浩浩荡荡的海商队伍，至此骤然变成藏污纳垢之地。所以朝廷严令剿灭倭患，也是事有所指。只是为首者实乃大明子民而非倭人，要么朝廷并不知晓，要么知晓而不愿承认本国子民为罪魁祸首，这也是一种变相的为尊者讳。总之，近年以来，为恶沿海者以陈东为最盛。这次率队进袭浙省，也是陈东居首。

前任巡抚王忬从王直自立为王起已经预感到局势的恶化，所以在他手中起用了三员大将。其中两员是旧将，即卢镗和俞大猷，另一人则是新锐将领姓汤名克宽。三将皆有才具，就大明王朝而言，可称上上之选，一直沿用到张经时代。然而问题是有将却无兵，大明律例不准将佐私自养兵。朝廷专有世代从军的军户，用武之时，以兵符将令急调而从大将。然而这些兵户偏安数代，而今无论素养还是装备都成问题，先朝随太祖皇帝东征西讨，追亡逐北的无比锐气而今更是荡然无存，上了战场，全然无用。浙省空有三员良将，论起精兵，却只俞大猷手下有三百子弟。陈东等海寇个个亡命，以三百精锐而对数千亡命之徒，战果不问可知。倘若再练新兵，却又不是一朝一夕的事。

所以张经总督浙省之后，所发出的第一道调令就是急调广东的土人狼兵前来助阵。因为张经之前是南京兵部尚书，再之前则做过两广总督，对于狼兵的勇猛剽悍和忠诚很有信心，狼兵们也甘为所用。广东的狼兵，总数有三支，都世居深山，统兵官便是酋长，受大明官职。其中最狠的一支，统领是个寡妇，叫做瓦氏夫人，年纪已近六旬，筋骨犹然不衰，是小说中"佘太君"一样的角色，领了本族三千子弟，已经渐次开到浙省。其余两支士兵规模更大，每支都有五六千人，所以走得较慢。张经的如意算盘，就是等这三支狼兵尽数开到，手里握着万余精锐，再与陈东等海寇决一死战，一鼓尽歼。因此在此之前，尽管陈东在宁波肆虐，张经也只吩咐俞、卢、汤三将各统兵马守住要冲，不使倭患过分蔓延，而不正面交锋。因为一旦正面交锋，败了自不必讲，即使胜了，倘若不能一举歼灭，被这些海寇乘船逃去，海波茫茫，照样无从征讨。狼兵终究是客兵，待狼兵撤走，海防空虚，这些人还会卷土重来。就张经而言，是任劳任谤，务求毕其功于一役的意思。

然而这些举措放到赵文华眼里，就又生出不同的意味。赵文华不谙军事，但辞章上别有功夫。他听胡宗宪禀告在宁波的倭患其魁首都是福建人，就暗自生出一条毒计对付张经。但赵文华城府很深，暂时将这计策搁在肚子里，脸上不露声色。听胡宗宪将浙省军情逐一禀告之后，沉吟良久，故弄玄虚地问："梅林，依你所见，这次用兵，官兵胜算能有几成？"

这问题很不好回答。因为浙省目前一切用兵举措皆出自张经筹划，而张经与赵文华不睦。倘若仗打赢了，张经自居首功，赵文华则不免忌恨，仗打输了对赵文华则颇有好处，但这话身为朝廷命官，却也不能出口。胡宗宪微一沉吟，用了一个比较委婉的说法："兵法重庙算，多算胜，少算不胜。大人运筹帷幄，这一仗如果由大人亲自指挥，一定克日建功！"

这是明摆的马屁，却也拍得赵文华颇为自得。他得意的说："实不相瞒，梅林，过去我的不足，是对浙省全省军情懵然无知。今天得梅林坦诚相告，真是如拨云雾而见青天，我心中已豁然开朗。不是赵某自夸，浙省全部军情胜败，只在赵某三寸笔头之上！"他欠了欠身，拍拍胡宗宪的肩膀，"老弟，将来浙省军民政务，你还得替我多留心！"

"宗宪遵命！"

然而胡宗宪毕竟是有所保留的，他刻意隐瞒了罗龙文的奇计以备不时之需。另一方面，奇计毕竟尚未成功。胡宗宪在等待罗龙文，而罗龙文在等待王翠翘，王翠翘在等待徐海，徐海则在等待机会。这些天里他已经秘密联络上了阿狗，由阿狗统帅的徐海昔日旧部此时只剩一千来人，但都忠于徐海，而且对徐海再度出山欢欣鼓舞，这些时日以来他们被黄侃、王亚六等人欺负得很惨。但仅仅一千多人在平时是很难起到决定性作用的，所以徐海仍在忍耐。

这时候的浙江黑云压城、山雨欲来，空气仿佛凝固了一样，让人喘不过气来。大明最聪明和最狡猾的官员、最敏感和最危险的地界无不尽集于此。

张经仍在有条不紊的调兵遣将，三大狼兵之中的广西田州瓦氏狼兵已经先期赶到，而永顺、保靖两支合计上万人也正在途中。这些士兵粗野剽悍，不骑马，脚力迅捷，武器是短刀、投枪和长矛。一旦合围，会对已经陷入包围圈的"倭寇"造成巨大的压力。因此张经下令浙省三将千万不要在这个节骨眼上打草惊蛇，当然，也不能纵寇。

但与此同时赵文华也准备实施他的毒计。他得胡宗宪指教，自以为已将本省军务了然于心，于是他开始动笔，一封又一封的公函发向张经，内容都是一样，指责张经故意纵容倭寇劫掠本省，乃至养寇自重！因为他是奉旨督师，有资格对主帅提出质疑。而张经也在这时却犯了一个不可挽回的错误。他屈指计算，诸路大军合围只在旬日，至期必有大胜，所有对自己的指责便会不攻自破，所以他对赵文华的公函置若罔闻。这正中了赵文华的下怀，因为赵文华的真正目的并不是参议张经军事，而是扳倒张经。

他写了一封弹劾张经的奏章。这奏章内容极其隐秘，连胡宗宪这样的心腹都无缘亲眼目睹，然而却着实是赵文华的得意之作。此时他圣眷正隆，轻轻一份奏章就能扳倒六部尚书中地位极崇高的"本兵"，在内阁中又有严嵩、严世蕃父子为倚仗，所以有恃无恐。但这封奏章草就之后，却也并没有立即发出，这是赵文华的厉害之处，他也在等机会。

而机会终究还是来了。

嘉靖三十四年四月望日，一个突如其来的消息震惊了浙省全境。蛰伏海外五岛达四年之久的"净海王"王直终于带领本部舰船八十只，大举扬帆西来。而在浙省境内肆虐已久的陈东所部也挥师而东，弃了宁波而至松江府以北，占领了柘林、川沙，以为根据地，与海上王直遥相呼应。这两股势力一旦合流，在海上的力量将超过张经能动员的全部兵力。张经也知道水战多半不是对手，他调集善于翻山越岭的士兵，也就是想和海寇们在陆上决战。然而此时海寇势力大增，合围已极其困难，一旦不能尽歼，被其循海路逃去，那就前功尽弃。所以即使处变不惊的张经那几天也不禁乱了阵脚，只盼贼众贪心不足，并不立即遁去。

而陈东等人也的确没有逃走，内中的玄机，只有杭州城里一个人猜得到，那就是徐海。

"老船主终于忍不住了！"徐海对王翠翘说。

"都夸老船主是个人杰，也做这种趁火打劫的事情？"

"那你就错了！"徐海道，"你以为老船主是来趁势帮陈东劫掠的？非也。老船主平生最恨的就是仗势欺人，屠戮百姓。若我所料不错，老船主这次大举西来，其实是专门冲着陈东的，他要清理门户！"

王翠翘不安地掩住嘴巴。

而徐海双眸中的火焰终于也渐渐熄灭下去，他慢慢地说："但是恐怕这时候已经晚了……官府中没有能人，看不出老船主和陈东其实面和心不合。这时若以奇兵突击，必可大胜！可惜！可惜……"

"那咱们该怎么办？"

"该动了！"徐海屈指计算，"老船主挟怒而来，又为时势所迫，杀不了陈东，自己必然不利，我们的机会，就在这里！"

徐海的猜测果然不错，王直的确是含恨而出。因为他之前病势沉重，陈东等人在内陆闹出如此大的乱子，叶宗满和王汝贤都不敢告诉他。王直还是偶尔听底下人议论才猜中这个哑谜。从那时到现在，他一连给陈东发了三通书信，令陈东火速撤兵回五岛列岛，然而三封信都宛如泥牛入海。所以王直盛怒之下，才决意抱病亲征。他这次带来的是船队是本部最强的实力，炮火凶猛，器械锐利。王汝贤的卫队也随之一起西来，如果一旦陈东不从便翻脸决战。他是堂堂净海王，威势海上无双，此时尽驱主力，闻者无不变色。连总督张经这样老谋深算的人都乱了分寸！陈东心思却十分灵巧，听闻王直统大军前来，立即率队移师柘林川沙，随即便用一根麻绳捆了自己，去见王直面缚请罪。

王直这时候已经年过五旬了，统管一个庞大而松散的海上帝国令他素来强健的身体每况愈下。大病之中的王直身形瘦削，两腮深陷，裹着一张毯子，双目如暗火。他冷冷地看着故作姿态自缚跪着的陈东，用沙哑的声音道："陈东，你眼里还有我么？"

"回大王的话，小人不敢！"

"一连发了三道撤兵命令，为何抗命不退？"

"启禀大王，不是不退，是退不了！"陈东道，"我们被官兵缠上了。为首的叫俞大猷，其次卢镗，还有一个汤克宽，都和船队仇深似海，不肯放过。张经调集重兵，将我等重重围困。大王深知兵法，倘若要强行突围，死伤必重。现在得大王主力策应，我们才能脱困而出，大家都要感谢大王的救命之恩。"

"那么，动兵劫掠内陆，又是谁的命令？"

陈东沉默了。站在王直身边的王㻉身子动了动，但终究没敢站出来。于是陈东清清嗓子："是我！"

"为什么？"

"因为柴德美杀了沈三川。"陈东反应极快，"沈三川是替我们做事的，被这样活活打死，无论百姓还是船队，都有人不服！咱们不替他出头，将来还有谁敢跟着咱们做事。江湖闯荡，讲究恩怨分明！"

"那也不过是打慈溪，不是打宁波。"

"容禀，走漏了风声，官兵围堵得快，打完慈溪，我们已经撤不下来了。"

王直为之气结。

他当然知道陈东的回答看似有理有据，其实全是胡说八道。真正的理由根本拿不到台面上来，真正的原因是陈东为了扩充实力，大肆在五岛列岛招兵。王直船队成立至今将近十年，也只有在占有五岛列岛后，陈东主持庶务的时候才真正组建了一支倭军！这支军队的组成大多是五岛列岛上的渔民、浪人和亡命之徒。他们泛海逐利，干劲十足。陈东为了笼络这些人，把他们牢牢抓在手里，就必须以重利相贿赂。然而船队整体贸易已经大不如前，而船队里的几员大将涉及自己利益是从来不肯吃亏的。所以没有别的办法，他们只能上岸劫掠。因此上说陈东这支军马已经彻底沦为倭寇，也不算冤枉。

但这个理由也不能拿到纸面上来，作为王直惩罚陈东的借口。因为情势很明显，五岛列岛的倭军在陈东率领下得了好处，自然听命于他。福建诸大将当初就是海寇出身，如今倚仗优势武力纵横陆上，大肆劫掠，也各个赚得盆满钵溢，都觉得陈东是个有办法的人，能领大家一起发财。所以王直一旦真下令处置陈东，这些人一定会一起上来求情，闹得不好，就会离散军心！王直手指揉着太阳穴，深感力不从心。

"早知如此，当初就不应该让他入伙，真是养虎遗患！"王直想。叶宗满和徐海都素称多智，然而当初两个人合力都没制住这个陈东，足可见这个角色何等难缠。徐海……这时候要是徐海还在就好了！

王直现在认为当初对陈东和徐海的处置颇有不妥之处。时移世易，现在看来自己当时执意于抛开富家大族，恐怕也是一个大错，船队的根基动摇就是从那里开始的，他太低估富家大族的实力。不但他这门海商生意，乃至整个大明朝其实都被大大小小的不同的富家大族分割把持。这些富家大族本身人数可能不多，然而无论土地、金钱、权力、舆论、组织、声望都无可比拟。赫赫威名的净海王能统领庞大船队，坐在旗舰之中，随时可以摧毁任何敌人，然而对这些有形而无形的对手毫无办法。

两千里外，嘉靖皇帝寂寞地坐在北京深冷的宫殿里，用青词和青烟装饰着自己枯燥的人生。他的权力足以随时改变任何一个人的命运，哪怕权倾天下的首辅严嵩，嘉靖皇帝倘若真想动他，两指宽的一张纸条就能让他随时滚回家去养老。但对整个富家大族这样有质而无质的敌人，皇帝也没有办法。王朝上上下下三分之二的官员都出自富家大族，他总不能让这些人都回家去养老。那样王朝会在顷刻间崩溃。

日后在王直的一生里，他都从未想过某些时候自己的郁闷其实是和嘉靖皇帝一样的。王直所不知道的是，嘉靖皇帝其实在很早之前就知道王直这个人，这对嘉靖而言极其难得，因为他并不像堂兄正德皇帝一样喜欢四处玩乐，他幽居在深宫里，连每年例行的祭祀都懒得去。半生之中嘉靖皇帝只出过一次远门，送他母亲的灵柩归乡安葬。就是在这次远门里，嘉靖皇帝知道了很多人和很多事，其中包括王直。在一些荒诞不经的传闻里，皇帝甚至亲自见过王直。但这种传闻聪明人是不予采信的，而真正的聪明人连说都不会说。总而言之，那也是很久远的事情了，此后数十年间王直船队孤悬海外，他们内部的事情，外人很少搞得清楚。王直领船队大举西来的时候，只有徐海这样深知内情的聪明人才猜得出王直实际是在找陈东的晦气，相反浙闽粤沿海无数大小海寇都认为"徽王"这一次是想做一把大的！所以他们几乎倾巢而出，云集浙海为王直助威，大小船只不下千艘。海寇都做如此想，北京城里的皇帝想法可想而知。

王直拿陈东没有办法，但他这次大举而来，就算不能真除掉陈东，至少也要杀杀他的锐气。所以尽管王璇等人都出来求情，王直还是以"擅自兴兵，损折人手"的罪名打了陈东二十棍。掌棍刑的人是王汝贤亲自挑选，下手准头非常好。刚好可以把陈东打到皮开肉绽而不伤筋骨。这样王直既解了气，陈东也不至于生怨。不过遗憾的是，将来像这样名正言顺对陈东动手的机会越来越少。这个人已经成为船队的最大隐忧，而要除掉他，也许只有暗算！

陈东挨了二十军棍，其实还可以勉强步行，但他和王璇等人商议，觉得徽王怒气未消，这时候不宜惹他老人家不高兴，所以特地弄了个担架，船队有事的时候可以抬进抬出，以彰显伤势之重。这个密议在船队诸大将中只避开了叶宗满和王汝贤，叶、王两人也心中有数。

"我看，你还是该拉一拉清溪。"陈东对王璇说。

"清溪"即王汝贤，但王璇使劲地摇着头："不成，拉不过来。他这个亲侄子一向看我不顺眼，把他拉过来，我拿什么给他？拿我的位子，还是拿你的位子？要是让他跟叶老麻、王阿六那一拨一起，那他更不会低这个头。"

"可是他跟叶二叔不同，"陈东道，"他手里有兵。"

"他那兵是留着保护干爹的，你别惦记。"王璇道，"别看清溪这个人不哼不哈的，他心里有数。不到万不得已，咱们少惹他，要动，就动到底！"

陈东心领神会，连连点头。

第13章 王江泾大败

王直处置了陈东，然而军情仍然紧急。沿海海寇大集合的声势足以令从浙省到京城的任何一个官员手足无措。其中却有个例外，就是赵文华。赵文华的奏章写成已久，然而始终没有呈上去，就是在等这个机会。现在机会果然来了。他立即飞章传往京师。嘉靖皇帝拆看，其中最狠的一句，是说张经是福建人而督浙江，倭寇以福建人而劫掠浙江，故张经手绾雄师而坐视不理，静观浙省之惨而面不变色，是其人臣之心不可问，人子之心不忍见。嘉靖皇帝看了，勃然大怒！

而且这时赵文华也亲自指挥，打了一仗。因为瓦氏夫人这支狼兵新到，不明情势，被赵文华的花言巧语蛊惑，自恃忠勇，贸然出击，而无后援。而以王直船队为主，沿海群寇啸聚不下数万人，狼兵孤军深入，结果是可以预见的，先胜而后败。但赵文华并不在意，目的不在取胜，而在于张经始终不打，但他打了。这一来在朝廷眼里，更显出赵文华和张经忠君之事不同。所以张经也终于按捺不住，举兵开战。

张经举兵开战的资本——永顺、保靖两支士兵终于赶到了。这两支士兵的统领都姓彭，两支队伍总数过万，千里赴难，锐气正盛。有了这支生力军，张经才敢向倭寇叫板。然而这时王直也在酝酿一场进攻。和张经急于立功相反，王直的进攻目的是撤退，他一百个不愿意和官军动手，但敌我之势已成，水火不容，不打一场断然撤不下来。所以王直的计策是出一支奇兵四百里奔袭，兵锋直指杭州府，擒贼先擒王。张经的麾下三将以及三支狼兵、土司都在外边，一时赶不回来，所谓马鞭虽长，不及马腹。一旦被这支奇兵突了进去，张经的战线必然渐次收缩，而王直主力便可趁机撤走。只要人马安然转移到船队上，王直是不惧水战的。

这时浙省省境之内兵寇云集，主客异势，纷乱如麻，却也正是雄杰趁便取利的机会。罗龙文就在这时找上了胡宗宪，而通过胡宗宪，他对省内官军调度安排了如指掌。

"梅林，那个人说，最近要动了！"

"嗯，也该是时候了。"胡宗宪双目紧盯着地图，"他准备怎么动？"

"官军的布防，客军不识地理，主客之间必有间隙，他准备就这里突进去。但是事前官军只能胜，不能败，败就没有用了。"

"这不难！"胡宗宪道，"张廷彝运筹帷幄，盘算数月，精华全在这一战，胜是不难的。"

"而且海寇那边的情形，我们也知道。"

"怎么说？"

"据说他们要出一支奇兵，急袭杭州，逼各路军马回援。"

"哦？这是撤退的先兆！敌势已乱。所以说不交兵而已知我方必胜！"胡宗宪底气气足，"奇兵唯在一个'奇'字，他们先露了风声，就没有用了。杭州城垣坚固，至期闭门谨守，他们打不进来。诸军绝无后顾之忧，只管三面合围！"他手指在地图上移动着，"把他们往海路上逼，福建水师至期也会赶到，埋伏香饵钓金鳌！虽然不能全歼，必然重创。对王直这股势力，现在也不必全歼，只要打败他，贼党内就会自然乱起来。"

"对！"罗龙文也赞成，"海寇桀骜不驯，之所以皆服王直，是因为王直成名以来出手虽然不多，然而一战双屿，再战横港，皆能全师而胜！现在大大挫他一口锐气，也值了。况且里边还有我们的人。"

"那么，小华，"胡宗宪终于也将最重要的话抛了出来，"我现在毕竟还不是浙省主帅，本省军情我只能参议，不能调度。战阵险恶，刀枪无眼。那个人上阵之时，让他一定要多加小心！"

"尽管放心，这一点，那人自己深知！"

于是计划已定，双方都准备开战。这倒令浙江奇妙的安稳了几天。等到嘉靖三十四年四月二十七日，风云突变！

前一天晚上，官兵中的卢镗、汤克宽两部就已秘密开拔，直扑柘林。永顺、保靖两支士兵则放到稍后，因为士兵脚程快，全凭步行，可以后发而先至，而且这些士兵外貌与本地人不同，也怕招摇。几乎就在同时，由王直派出的一支奇兵，约两千人，已经在王亚六的率领下直扑杭州。官军与海寇选择了同一个日子，这并不是巧合，而是因为船队里有阿狗在，消息可以辗转经徐海到王翠翘再到罗龙文转达胡宗宪，此外张经在海寇里当然也有自己人，所以海寇的奇军在官军称不到奇，反而被将计就计。

海寇这支奇军的首领派了王亚六，也是权宜之计。因为这支奇兵肩负着吸引敌军的任务，相当危险。按王直的本心，最合适的当然是陈东，然而陈东前几天刚挨过一顿军棍，现在每天靠担架抬进抬出，这倒把他救了。陈东以下，最勇猛的大将当然是叶麻。但是叶麻严格而论是徐惟学的余部，不算陈东一党，于是就轮到王亚六。王亚六率众抵达杭州，杭州已然有备，区区两千余人如何攻得下来？王亚六也算机警，知道大事不妙，立即回师去打嘉兴，因为巡抚李天宠驻扎在此。李天宠懦弱无能，倘若之前没有应对之策，王亚六一定成功。但张经数月苦功只为今夜一战，诸事安排十分周密，王亚六打嘉兴仍然一无所获。

而此时官军前锋已经兵进柘林，与海寇接上了战！

王直这时不在船上，正在柘林内陆。因为他万里负气远来，却仍然奈何不得陈东，病势又转重了，海上风涛颠簸，不宜养病，所以暂时移居陆地。这一晚本来是他们出兵奇袭官军的日子，官军却突然打过来，一时出乎意料，王直病重，谁都主张不定。而官军攻势却也不是之前的骚扰，直如狂风骤雨，令人不能喘息。这一次浙省三将精锐悉出，半步不退，一时和海寇们打了个平手。打到后半夜，田州、永顺、保靖的狼兵终于赶到了。这些狼兵身形矮小，脸上画着油彩，言语如吼啸，手使长矛飞叉，上阵勇悍异常，一旦见血，决然死战不退。他们连番攻打，飞叉飞矛犀利，叶宗满虽然喝令五岛的倭军顶上去，但倭刀仍然不是长矛的对手。

仗打到此时，败势已显。而海寇们是乌合之众，胜时还好，一旦落败，杂乱不堪，全无号令。不少海寇于是夺船而逃，都被早已埋伏在此的浙闽两省水师乱炮而轰，或沉或死，只余零星侥幸逃回。叶宗满见势不妙，知道倘若众将不能合力，即使上船也无济于事，急得连连跳脚。王璠、陈东、叶麻在乱军之中都不知哪里去了，只有王汝贤三千精锐还稳得住阵脚，始终护在王直和叶宗满身边，且战且退。然而瓦氏夫人的狼兵矢志复仇，斜刺里杀出一条血路，将渡海的路径封住。王汝贤的部下冲不透狼兵，只有辗转向另一边退却，越退离海边越远。

这时酣战已经持续整夜。四月二十七日的夜空，漆黑无月。黑暗中只见无数火把满地里乱晃，灿若繁星。王汝贤等人苦于不识地理，深一脚浅一脚的向内陆退去，四面八方皆是喊声，也不知官军有多少人。虽然众人知道这般漫无目的，黑暗里纵然可以侥幸躲得一时，天明官军大兵合围，终究抵抗不住。王直精神颓唐，时睡时醒，一世英雄至此已不能施展，叶宗满也无计可施。

正灰心丧气之间，突然侧翼喊声连天，似乎遇上官军，冲突起来。然而不一时喊声便即沉寂，叶宗满在中军狐疑不定，王汝贤提刀出去，只见火光里一支队径直闯过来。当先一人手中横握一把雁翎刀，隐然正是徐海！只听徐海大声道："清溪兄，你在这里。好极了！老船主何在？"

王汝贤又惊又喜，提气喊道："老船主就在这里！"叶宗满恰好出来，低声道："清溪你怎地这般鲁莽！这等时候，知他是好是歹？"王汝贤不以为然，说道："明山岂是背主忘义之人！"

这时徐海已然近前，朗声道："好极了！"欣喜之情动于颜色，便扔了刀，和王汝贤一起入见王直。王直病势仍然昏沉，只模模糊糊认得徐海，见他来了，两颗浑浊老泪慢慢流了下来。徐海感动心怀，伏地大哭。王汝贤连忙拉他起来，叶宗满一边看着，心中愧疚。

三人这才商量军事。徐海道："二叔、清溪，不必忧虑。这一带我地理很熟，大家跟着我走。柘林现在重围之中，断然回不去了，咱们得绕路下海。好在阿狗先驻了几条船在附近。"

他再没有深说，然而王汝贤和叶宗满却都明白，阿狗身为船队一员，而独将自己的船扎在如此偏僻地界，自然是防备陈东一系，不由都相顾默然。

于是众人改由徐海向导，趁夜急走。路上自然也遇到官军阻截，连连打了几仗，从血路中直杀出来，徐海和王汝贤身上都溅了不少血污。直冲到岸边，点点人数，王汝贤原有三千精锐，徐海和阿狗也带了一千多人，此刻总数尚不满三千，足足折损了四分之一有余。自有王直船队以来，历次血战，除却徐惟学之败几乎全军覆没，便以此战为最惨烈。

寻到阿狗的战船，众人保护王直登了上去，战船离岸，远远的绕出数十里，远天已经泛出鱼肚白。海风清冷，众人当此时，想起一夜几度不测生死，都不禁惨然色变。

天亮后，战斗结束了。王直主力船队、陈东、福建诸将所部以至闻风而来的沿海海寇总数逾两万人，这一战死伤就有一千九百多。嘉靖朝禁海抗倭数十年中，战果以此战为最。因为最终决战之地在柘林附近的一个地方叫做王江泾，所以此战史称"王江泾大捷"！嘉靖朝前后数十年的抗倭斗争，这一战是转折的关键。

然而接下来官场的变化令人瞠目结舌。就在王江泾大捷的第二天，京城里下来四名白靴校尉，拿着锦衣卫的驾帖，连夜将这场大捷的功臣张经锁拿进京问罪！赵文华的那封奏章终于起了作用。张经起初夷然不惧，认为大功已成，功罪天下不问可知。但赵文华心知擒虎容易纵虎难，一旦得罪了张经，他挟平倭之功复起，自己就倒霉了。于是他与严嵩、严世蕃合谋，一不做二不休，再上一封奏章，指责张经在赵文华的监督之下，不得已才动兵，一鼓即胜。可见他之前百般推诿均非实情，目的还是在于养寇自重以挟圣主，而且牵扯上了李天宠，这样轻轻地将功劳摘到自己身上。张经百口莫辩，嘉靖皇帝龙威大怒，于是将张经、李天宠皆下狱，调一个老实头杨宜做总督，而擢拔胡宗宪为巡抚。

这对胡宗宪是意外之喜。然而喜中也有忧，因为张经实在有功无罪，李天宠虽然庸碌，也不至获罪。而自己倚仗赵文华的势力将这两人扳倒，取而代之，心里实在过意不去，这种心事对谁也不能说，只能去找最亲信的谋主徐文长。徐文长天才卓异而生性怪诞，是个非礼薄孔的人，对胡宗宪嗤之以鼻："今天张经下狱，明天安知不是大人？有能者居之，无能者弃之。驽马恋栈，我辈大丈夫，当求我自当为！"一顿痛骂，让本不拘小节的胡宗宪豁然开朗。

赵文华一本参掉了张经、李天宠，而自己并不做总督，因为他舍不得京官的便利。总督虽然位极人臣，但他"平倭之功"已成，加以内阁严家父子扶助，将来做阁臣也未可知，自然不愿再屈身于浙。所以他把浙省的重担都加在胡宗宪一人身上。胡宗宪但求有权有事，可以得心应手施展所学，赵文华本身是忠是奸，他并不在意。在深知渊源的罗龙文眼里，胡宗宪虽然借赵文华之手上位，然而绪统却是直承朱纨，比王忬、张经更加正派。赵文华也识得胡宗宪是本朝干才，有意将之收为己用，所以也不遗余力地提拔他。过不多久，赵文华又一封奏章参倒了杨宜，而将胡宗宪升为总督！

这时胡宗宪心愿已偿，下一步就是如何请走赵文华这尊瘟神。赵文华大功告成，却始终盘桓不肯回京，他的想法有二：一是倭寇虽败，余党未清。倘若回京皇上问起，不好交代；二是宦囊空虚，想趁机在浙江大捞一笔！

但这时候的"倭情"却也已经有了变化。徐海成为了驻留此地倭寇的领袖。

柘林一败，王直得徐海的救护才幸免于难，驾船出海，船队众将随后陆续在海上齐集。

对于王直的主力船队，这一战其实损失不大。陆上虽然惨败，海上的兵力仍能和浙闽两省抗衡。两省官员只能四处抓些散兵充数，以壮声势。因为陆上将校一旦部众损失，随时可以调拨征募，并不影响权位粮饷。海上将官倘若船只倾没，再造战船则要兵部、工部两部联合核准，而且制造极费时日，期间只好喝西北风。所以海上兵将不敢出力死战，使得王直主力犹存。

但对于诸将间的形势，这一战的改变则是巨大的。王直在船上安养了几日，得知主力未损而且已无追兵，精神渐复。

这一日他遍集众将，然后说道：

"柘林一战，多少人平日里夸强争胜，关键时刻鬼影子都不见。靠得住的，还得是知根知底的老弟兄！"王直余怒未消，话里还带着讥刺，"没有徐海，我这一次也不得回来，所以前事既往不咎，我打算仍然让徐海回来，你们意下如何？"

除了叶麻是徐惟学旧部，对此无所谓之外。王滶、陈东一系，心里自然都不赞成，但表面上无人敢说，却又不愿随声附和。隔了良久，还是由陈东发话。他还躺在担架上，由两个喽啰抬着。

"明山兄回归，自然再好不过！"陈东语音真挚，"我们这些人粗浅无学，如何及得上明山兄文武双全。明山一旦回归，必然成为大王的良助，与世子并为左膀右臂，拱卫我海上徽国，大家都黾力赞成。不过……"他话锋一转："启禀大王，阿六还带着两千多兄弟，被困在官军的重围里，度日如年！咱们可也不能坐视不管！"

"有什么话，你直说就是。"

"是。小人的意思是，再派一支兵，小人愿意亲自率领，回陆上去救出阿六。大家一起返回五岛列岛，从此再不回来生事。"

"领兵？你带？"王直冷冷追问。

陈东讪讪一笑："自然全凭大王调遣。"

徐海在一边旁听，觉得自己这时候应该站出来了。因为按照预先的计策，自己的目的是扳倒陈东，而保全王直，那么就必须把战场拉得离王直远一些。倘若同回五岛列岛，那就不合适了。陈东话语之意，显然不愿回岛，而想将自己和王直远远支开，当然不能令他如意。

徐海挺身而出："徐海自从跟随老船主，愧无寸功。愿意独领一军，回师去救王亚六！"

他这一挺身，一表率，王璇顿时坐不住了。王璇一起身，诸将一齐响应，都愿意领兵回去营救王亚六。

王直沉吟不决。这些人的用意为何，他自然明白，但他此刻已经再没有足够的精神和体力去应付了。所以他盘算良久，说道："好。不忘弟兄，也见得你们的义气。愿意留在这里的，可以都留在这里，各统一军，分别建功。不过我有一句话，你们必须听从。愿意留下领兵的，须向天盟誓，以徐海为首。服他号令！"

这句话一说，王璇首先缩了回去。"我不是不服明山，"他说，"但是义父这里，也需要人手。我不敢以兄弟之义而不孝！"

他和陈东是一正一副的格局。他选择留下，陈东自然义不容辞："我愿服从明山，助明山一臂之力，出谋划策。"

于是自陈东以下，选择留下的是叶麻、黄侃和洪东冈。叶麻生性喜战，黄侃和洪东冈则以与王亚六同属福建出身，不好落后于人。王直一一准许，但令他们当庭盟誓，必须服从徐海，而且每人只能领本部一千人，只徐海所部虽经战乱，却增补到一千五。这样徐、陈、叶、黄、洪五人总共统兵五千五百。其中因为要照顾战船，真正能上陆的不过四千多，加之王阿六的残兵，大致五六千人，也是一支颇强的力量。

当庭分拨已毕，众将纷纷起身告辞，回本队去调遣人马。徐海最后一个离开主舰，即将出舱之时，突然听得王直在背后喊道："明山！"徐海并不回身，说道："老船主还有什么嘱咐徐海？"于是王直深深叹息，说道："我在你心中始终是老船主，不是什么徽王！"

翌日王直主船队便掉头东去，回归五岛，从此以后再没有公开露过面。然而他的名声仍然回荡在海上，以至于渐渐被神化。其实柘林之败在王直船队里的一个很重要原因，就在于船队中诸将不和，主臣互相猜忌。然而在朝廷只以为自己调度有方，用兵神武，海寇们以后每谈及此役，都感慨良多。说当初要不是有徽王他老人家镇着，我们这些人八成都不会生还。

而剩余的力量，陈、叶、黄、洪四人皆听徐海节度，暂时屯兵近海的横港，派出探子去内陆打探消息。传回来的消息是王亚六占住了桐乡，犹能保全实力。其实此刻浙省大兵汇聚，乘胜之下，王直的本部数万人都遮拦不住，何况王亚六区区两千来人。本来一鼓而灭的敌寇，官军故意围而不歼，就是为了引徐海回师！

第14章 决战胡宗宪

大明嘉靖三十四年五月二十日，徐海诸部按照预定计划拔锚起航，兵锋溯长江而上。

为了壮大声威，船队上悬挂的一律是徽王王直的黑旗。浙江的水师阻拦不住，只能眼睁睁看着他们直奔南直隶而去。

这也是事出有因。因为浙江水师论船只规模、武器装备，虽然都远胜于王直的船队，但水师培养一个合格的水手，费时良久，往往需要数年，而陆地上兵员一旦折损，可以随时补充，士伍训练数月便可上阵。所以陆上自从有俞大猷等将领之后，数年之间，已经不再畏倭如虎，而水上则仍远不是王直的对手。

何况沿海沿江防御诸水师将领都已接到了总督闽浙诸军事的胡宗宪之密令，诱使王直深入，许败不许胜。这条命令对水师诸将而言，倒是得其所长，拿手好戏。

所以徐海等人一路兵锋直进，竟然所到皆克。起初众将都很高兴，以为徐海的卜算的确应验如神，直到船队将出浙江省境，才遇到了抵抗。因为向前就是南直隶，而南直隶军务不归胡宗宪统辖。其时首先抵抗徐海船队的，是南直隶与浙省交界地方的一个土官。他本身是当地豪强，组织了家中子弟，训练土兵，前来应战。结果当然不敌，但这支土兵作战勇猛，前仆后继，却比之前浙江的各路军马强太多了。

至此之后，船队就开始走下坡路，许多军马星夜赶来拦截，而且比浙省官军难斗得多，甚至也不像南直隶的官军。徐海指挥船队暂停，派人回身哨探，看浙江军马是否已被引动，结果派出的探子一个个再也没有回来。

胡宗宪预先已知徐海的既定计划，他当然不会将自己的主力部队调去追击徐海。不过为了配合徐海，他的确调开了不少包围桐乡的兵力，这些兵力都秘密集结在浙省各处积蓄实力，浙省的所有州县都被动员起来，全力供给这些兵马的食宿，每一天都是沉重的负担。此外，胡宗宪派少数游兵伪装成被徐海调开的主力部队，沿长江防线追击徐海舰队。当然，很轻松地就被徐海"甩开"了，由此也使船队中福建诸将对徐海的计策深信不疑。

与此同时，更多的官军已经四面并进，隐然对徐海船队形成了合围之势！这些军队被称为天下精兵，是从各处调拨而来的特殊兵种，每个兵种都拥有自己独特而辉煌的历史。这些军队中最先抵达战场、实力也最强的一支是来自河南少林寺的僧兵，这支僧兵几乎立即成为徐海船队的噩梦！

起初，徐海船队还保有和少林寺僧兵一战的士气，因为徐海船队里也有一支特殊的精兵，这就是从徽王王直驻跸的倭国五岛列岛征集来的倭兵，辛五郎仍然充当着这支倭兵的首领。组成倭兵主力的岛民们好勇斗狠，而且家境贫穷，所以他们对死亡并不畏惧，似乎有着一种超乎寻常的漠视。在倭国的传说里，曾经拥有大唐之名的海外异国无比富饶，他们早就做好了宁可舍弃生命也要劫掠财富的准备。这些人器械锐利，勇猛而残忍。而且出于历史上的原因，他们并不像中华的武人一样对于少林武僧有着一种自然的崇拜！

所以他们打算拼一拼。

倭人的身高，一般都比明朝人要矮，"倭"在汉语之中本来便有矮小之意。但是徐海的倭人队里有一个非同一般的倭人，他是在日本诸侯争霸中亡国的武士。他体格雄壮，甚至比徐海还要高上一头，他的武器是一把刀背像门板一样厚的巨型斩马刀，这种刀据说能在激战中将敌将连同战马一起斩成两段！此外他的背上还背着三把狭长的倭刀。这些倭刀极其锋利，仅仅是因为相对他的体型不够气势，所以才不被优先使用。这个武士的名字叫做勘九郎。他最先出去挑战僧兵，站在战场中央杀气腾腾，岿然不动，连少林寺的僧兵一时都无人出阵迎战。

隔了一会终于有个僧人越众而出。他拖着一根铁棒，法号月空，身形瘦小，站在勘九郎面前，只到他的胸口。

然而当两人正式交手之时，勘九郎的斩马刀刚刚挥起，月空已经矮身纵出。他轻盈的从勘九郎的腋下掠过,铁棍回手猛扫。勘九郎的后脑在顷刻之间被这一棍震得粉碎,三把倭刀一把都来不及出鞘,甚至连他口中的大喝都没有中断!勘九郎的尸体跌扑下去,但斩马刀深深的砍进土里,支撑着它不倒。余下的时间里倭兵们战栗的望着战场上那具凝固而可怕的尸体,它在每个人心里投下一片沉重的阴影。这些起初意气风发的五岛列岛渔民们开始生平第一次盘算自己究竟是否能够生还——大概一个月之后,桐乡之战终于盖棺论定的时候,这些倭兵里的绝大多数人得到了悲观的答案。他们的尸体躺在他们曾经肆虐作恶的土地上枕藉成山,侥幸生还的人把噩耗带回五岛列岛,于是整个五岛列岛之上遍地哭声……

徐海船队的进军就这样被少林寺僧兵们牢牢遏制了。此外陆续赶来的还有涿州虎头枪手,沧州铁棍手、河间府的义尖儿手以及保定箭手,单单听名称就知道每一支都不好对付。

徐海再度召集众将。

"再这么下去,必败无疑!"叶麻激动地埋怨。不单是他,黄侃、洪东冈等人也频频点头:"越打越多,各个还都那么难缠。再不跑,用不着咱们救阿六,就得等人来救咱们了!"

徐海点点头:"嗯,动静已经够大了,既然大家都是这个意见,那咱们就撤!立即撤,往太湖撤!"

于是众人各自收拾器具,准备归路。那时已经进入炎夏,在一场突如其来的大雾之后,四面围攻的兵马们惊疑的发现这些倭寇已经全数撤走了,留在原地的只有少数几条带不走的大船。

徐海船队成功遁入了太湖!这至少令摸不着根底的各路精兵困扰了好一阵子。这些精兵都是客兵,无一熟悉本地地理,八百里太湖烟波浩渺,而且他们也无一属于水兵。所以除了胡宗宪、罗龙文等少数明白人,大多数人以为徐海已经成功逃走了。

然而仅仅五天以后,徐海的兵马在南浔登陆。由长江转至内湖的过程中他们损失了许多大战船,却在接应者的手里补充了许多小舟。这些小舟每船只能乘坐几十人甚至几个人,但数量众多。成百上千条小舟密密麻麻合围南浔的场景极为壮观,南浔基本没有形成什么有效的抵抗就陷落了。于是徐海继续南下,南浔距离桐乡只有五六十里,步行一日可到!这样,在经历了长达二十多天的漫长迂回之后，徐海所部终于成功的解了桐乡之围。这时王亚六的两千来人困守孤城已经将近两个月，城里所有能吃的都被他们抢掠一空，每个人的眼睛里都泛着绿光，倘若救援再不到，下一步他们就打算吃人了……

王亚六自然也很不容易。但由于他们的悍恶以及官军刻意放纵，才不致全军覆灭。否则桐乡弹丸之地，胡宗宪坐拥数万大军，旌麾之下，立时便能建功。所以徐海等人刚刚解了桐乡之围，王亚六还没喘过气来，就发现四面八方官军又密密麻麻地围了上来。众人接了几战，感觉这次官军大举进攻，其志不小，明显比之前强硬了很多，很难占到上风。

但这时想再退回太湖，借势遁逃也不可能了。因为胡宗宪的包围圈展时缓、收时急。聚集在南直隶、浙江交界处的天下精兵起初虽然摸不着敌寇的去向，但胡宗宪迅疾遣人报知，接应他们渡过太湖。当徐海大部去桐乡给王亚六解围时，这些天下精兵已经陆续渡过太湖，前锋直抵南浔。

徐海在南浔留有守兵，为首的是福建大将黄侃。黄侃在船队之中本来也算一员悍将，然而好虎架不住群狼，何况天下精兵中的任何一支无论数量还是质量都远胜他的人马，此刻又似孤狼难敌众虎。尽管明知南浔一丢，众人就丢掉了后退求生的要地，黄侃还是败了下来，他统领的一千余兵，已经损失大半。他一下变成了诸人之中实力最弱的一个。

南浔一旦失守，浙江兵马、两广狼兵和从太湖上岸的天下精兵就已形成了包围圈。这包围圈的范围要比桐乡一城广阔得多，参与围困的兵力也极多。除却少林寺僧兵五百来人之外，虎头枪手、铁棍手、尖儿手和弓手每一支的数量都过了六千，多者则有上万。加上一万多狼兵和数万本地兵马，总数已近十万，号称四十万！

这是自倭患出现以来，大明所派出的最强盛阵容！就算明朝初年开国大将，被封为信国公的大将汤和，奉谕旨统兵征倭的兵力也从未如此强大！而徐海等人连番征战，六千兵力已经损折了不少。王亚六的两千人在人数上倒没有多大损失，但因为过度的疲劳和饥饿，当桐乡解围之后许多人已经衰弱到只能挂着木棍勉强行走的地步。现在算起来，诸人麾下能战之师总共也就是四千来人，与官军至少有着二十倍以上的差距。

即使是最勇猛善战的人也不得不承认，这场仗已经没法打了。

有一种声音开始在船队里传扬开来：最好的办法是与官军议和。因为官军虽然已经重重包围了船队，但困兽犹斗。官军要彻底吃掉船队，自己不付出万把人乃至几万人的伤亡也下不来。万把人的伤亡对于官军的总数来说不算太多，但具体到某一支军队，则足以伤筋动骨，所以诸部各自按兵不动，坐等谁来打头阵。此外，据说这数万官兵都盘踞在浙省，对浙省也是个无比沉重的负担。对浙省黎民压榨程度甚至超过了海寇们的劫掠。所谓匪过如梳，兵过如篦，这确是实情。大军合围，迟迟不进，糜耗钱粮，朝廷也有很大的意见。所以无论公私，此刻与官军议和，都是不错的时机。

没有人知道这个说法具体源头何在，然而它很快成为了众人每时每刻窃窃私语的内容。

王亚六压力很大，因为他觉得如果自己当初不固守桐乡，或者干脆战死，就不至于拖累这么多手足兄弟一起身陷重围。他在桐乡期间，称得上无恶不作。但对这些一起从福建出来的同袍兄弟还是很讲义气，因此这个船队中最桀骜的人物并不反对与官军议和。这倒使许多人感到意外。

此刻身陷重围之中的六个主要人物，其中三个身属福建。福建帮本来是船队里最不安分的因素，但王亚六开了一个好头。另一员大将黄侃本身实力损失惨重，已经基本失去了发言权，第三人洪东冈则在福建三将里原本就最为低调。所以福建帮这一次集体赞同议和。消息传到陈东耳朵里的时候，陈东不过淡然一笑。他自始至终不发评论，然而心里却比任何其他人更清楚：风水轮流转。几年前正是他们合力把徐海驱逐出船队，而今他们的命运都掌握在徐海手里。

徐海站在桐乡被战火熏黑的一截断墙上眺望城池，暮色里的断壁残垣渐成片片暗影，荒草满地，时闻鸦鸣。空气里混杂着硝烟和血肉的气息。

他不禁油然叹息。

与他在一起的不是别人，乃是倭兵的首脑辛五郎。

他们俩是老相识了，当年辛五郎加入许栋的麾下，驻军双屿的时候，两人就认识。那时候辛五郎还和萧显关系密切，而后萧显叛逃，辛五郎归顺了王直。徐惟学去找萧显复仇的时候，徐海和辛五郎就在同一条船上。此后辗转数年，别离重逢。时间虽然并不长，但于这两个人却感觉蹉跎已久。

"桐乡完了……"良久，徐海缓缓说道。

辛五郎点头同意。一座城池被战火如此毁灭，要重建也不是一朝一夕的事情，他颇有感触的说道："这就是战争啊，徐桑。"

"如果是战争，每个人都理应付出相应的代价。"徐海直起身指向城中，"可是这城里死去的许许多多的人，许许多多百姓，他们本身和战争无关。他们只不过是待在自己的家里，突然之间，海寇就来了。占据城市，抢走他们每一文铜钱和每一粒米，抢走稍有姿色的女人，无论幼女还是妇人，最后还驱逐他们上城，和敌人作战，直到失去自己的生命，尸首渐渐腐朽在他们自己的家园！不，辛五郎先生，这不是战争！这是——屠杀！"

辛五郎嘴唇一动，似乎想争辩什么，但终于摇头："或者你说得对。当初也想不到，事情会变成这个样子。多年之前我们和徽王阁下一起在海边，那时的世界多么美好。我们的船一靠岸，十里八村的百姓就都会围过来，送粮食，送水……现在他们看我们的眼光就像看魔鬼一样！徐桑，我向天照大神发誓，如果这一次可以生还日本，以后再不会踏上中华上国的土地！"

徐海缓缓道："但愿有那么一天！"

就在这天夜里，与官军和谈的意见被提出了，而且是福建三将率先提出。更令人感到意外的是，立刻随声附和的居然是陈东。陈东同意议和时眼里透着异样的目光，令人捉摸不定。于是徐海顺水推舟，决议水到渠成。最后一个强硬派叶麻也终于改了主意。

"但还得卜卦！"叶麻说道。

"上次的卦象，似乎不是很准。"有人说。

"怎么不准？咱们现在不是到了太湖边？"叶麻很不高兴。于是徐海勉为其难，又卜了一卦。

这次不用蓍草，改成了通俗易懂的金钱卜。金钱排列了几下，旁观的人已经看出卦象，都纷纷称奇。

这一卦竟然又是坎上坎下的坎卦。坎卦主水，主北。

"难道，还要再入太湖？"叶麻猜测道。

徐海摇摇头："不然，这一卦占得是后天本位。所谓坎卦主水主北，说得是咱们自己。官军主力在南，所以南火克了北水，我们情形吃紧。五行之中水能生木，木属东方，我们的活路在东边。东边在八卦里又是震卦。所谓震京百里，是古代诸侯之像，正合今日督抚重臣！"

"原来如此……"叶麻等人虽然粗通卦象，终究只懂得皮毛。被徐海这样一解，觉得所说有理，也就不疑有他。

徐海与众将聚谈议和的那个晚上，杭州城里月明如镜，罗龙文敲响了王翠翘的屋门。

王翠翘还没睡。自从徐海前去卧底之后，她终日难以成眠，时时刻刻为徐海捏着一把汗。所以听说罗龙文前来，而且脸色阴晴不定，心里顿时七上八下，急忙出来迎接。

"小华兄！"王翠翘打量着罗龙文的神情，"你喝酒了？"

"是。"罗龙文恍笑，站立不稳："酒不醉人……人自醉！有好消息，所以来看看你。"

"什么好消息？"

"徐海……有信来，不日功成！恭喜贤妹，你们可以堂堂正正喜结连理了！"

"啊，真的？"王翠翘喜出望外，满心忧虑烟消云散，却没有意识到罗龙文的神情越加沉郁，眼神也越来越呆滞。突然间，罗龙文一步抢上前来，将王翠翘抱在怀里。王翠翘拼命挣扎！她并不是那种体力柔弱楚楚可怜的女子，姿容虽然绝艳，力气却不小。罗龙文在酣醉之下，还真被她两下挣脱出来，而且王翠翘回手一个巴掌，就狠狠打在了罗龙文脸上。罗龙文面颊五道指印迅速红肿，他从大醉中霍然而醒。他愣愣地望着王翠翘，隔了许久，突然回手也抽了自己一记耳光，颓然叹道："多少年禅定功夫，就此毁于一旦！翠翘啊翠翘，我终究不能学太上之忘情！"

他一边叹息一边回身离去。王翠翘怔怔看着他，仿佛今天才认识这个人，也忽然明白了他为什么不计名利不求回报痴痴维护了自己这么多年。之前一直以为是英雄青目，可以许为兄妹。而今才知世上多有红拂，却始终不见虬髯客。

翌日，罗龙文就投了赵文华！

这个转向对胡宗宪影响非常大。因为胡宗宪麾下总共有三名策士，第一才子徐渭徐文长，第二就是罗龙文。第三个人叫做胡元规，年龄比胡宗宪还大，论族谱却是他的族侄，也是徽州在浙省的著名商人。而三人之中对徐海反间这件事知根知底的，就只有罗龙文一人。内中的实情，胡宗宪对赵文华一向是半遮半掩，不愿吐露的。而今罗龙文倒向了赵文华，自然没有秘密可言。赵文华本来倾心相信胡宗宪，在罗龙文吐露真相之后，也不禁对胡宗宪有些不满。

这一切就决定了徐海悲剧的命运。因为赵文华亲自来找胡宗宪，恩威并施，令胡宗宪务必杀了徐海。

"梅林！"赵文华板着脸，"古人云：鸷鸟累百，不如一鹗！现在咱们调集十万大军，迁延数月，不过围住几个喽啰。王直既不在其内，毛海峰也是漏网之鱼。好容易有这个徐海可以略撑场面，再放了，叫我拿什么跟皇上回话？"

"启奏大人！"胡宗宪深知虚实已露，赵文华又在气头上，进言也是无用，但话不能不说，"徐海数年之前，本以改邪归正，复做良民。此次是为了与朝廷尽忠，才重返贼党之中。此人牵引数千海贼入彀，有功于朝廷，贸然诛杀，只恐怕于理不合，也绝了一班海贼归化向善之路……"

"糊涂！"赵文华直斥，"徐海从贼已久，罪恶极深。朝廷既然不曾招安，又没有专旨赦免，那他就是有罪之人。谈什么改邪归正，复做良民？这谋逆的大罪，是你胡梅林做主去除的么？"

胡宗宪额头一层细汗，只能躬身答道："宗宪不敢！"

"哼。我本来以为你是个可造之材，这才不惜再三提点。谁知道你竟也是个顽固不化之辈。我这话呢，撂在这里，该怎么做，你自己瞧着办！"

赵文华扬长而去。

胡宗宪没有办法，只能找徐文长和胡元规问计。徐文长听了，先把罗龙文痛骂一顿。胡元规年纪略长，深通事理人情。

"赵文华要杀徐海，必然是罗小华的主意！"

"为何？"胡宗宪诧异，"徐海输诚官府，还是罗小华从中牵线。这两个人之间不该有什么恩怨啊。"

"是为了一个女人！"胡元规说。他便将罗龙文、徐海和王翠翘三人之间的往来牵绊说了一遍，胡、徐二人这才豁然。

"罗龙文虽然故作清高，其实还是一心放不下这个女人，所以眼见徐海功成，他和王翠翘再不能日夕相处，这才因爱生恨，倒行逆施！"徐文长摇头晃脑嗟叹，"痴情也便是痴情，可惜是倭种！这种时候不顾分寸，坏咱们的大事！"

"罗小华这个人，原本聪明绝顶，"胡元规说，"可惜他胸中没有是非，为善则善莫大焉，为恶则足以济恶。善恶只在一线之间。"

"按你所说，已经没有办法可以挽回了？"

"有！"胡元规道："办法倒有一个，但很为难。只要说服王翠翘，让她屈身俯就罗小华，这样就能把罗小华拉回来。只要王翠翘从了罗小华，罗小华那张嘴说东是东，说西是西，他自然能把赵文华劝得回心转意。"

"但是怎么说服王翠翘呢？"

"这就是困难的地方了！"

三个男人彻夜商量，反复定计。最后还是胡宗宪自己决定来一次三顾茅庐："拼出我这个浙江总督的脸面，亲自去求她。向她陈明利弊。劝她哪怕为了搭救徐海，也要暂且拖住罗小华！"

胡元规受命先行一步。但当胡宗宪的青帷小轿抬到王翠翘的别院门口之时，胡元规仍然搓着手焦急地等在那里，仿佛并不顺利。作为徽商同乡，他连王翠翘的门都没进去，虽然再三向守门的小童恳请，小童总是只有一句话："我家姑娘说一会儿出来。"

于是胡宗宪索性也加入了等待的行列。这个夜晚有些燥热，小轿里呼吸都不通畅。胡宗宪焦急的等着王翠翘，心里突然觉得好笑。他从没有这样等待过一个女人，而这种感觉奇异、陌生，而又有些紧张。他想起在关外亲自率领一队游骑奔行百里去偷袭敌人的一个哨所，那时也是这种感觉。北地朔漠之中，五月还有积雪未融。他们趁夜从陡峭的绝壁攀援上去，每个人都背着刀，手牢牢抓住藤蔓和岩石，从将官到小兵都是一样。把守哨壁的敌兵近在咫尺，他们长久而沉默的等待着……

突然之间，别院里隐隐亮起灯火。

胡元规凑到轿边，轻轻敲了两下。胡宗宪从回忆中醒过神来，挑着帷帘向外望去。别院的两扇门缓缓打开，两个青衣少女走了出来，每人手里挑一盏莲花灯。而后她们往左右一分，就现出了后边的人。

王翠翘静静地站在那里，一袭白衣，低眉垂目，月光和灯火不能从她身上夺走一丝光辉。她笼罩在轻纱后的面容美丽而沉静，眉英秀、鼻端正、绛唇一点而神色端严，凛然不可侵犯。那一刻胡宗宪几乎为之窒息，而后才注意到她的头顶也是光洁的，一根秀发也没有留存。胡宗宪低低地呻吟一声："菩萨……"而后一跺脚，起轿而去。自始至终，王翠翘一个字也没有说，胡宗宪一个字也没有问。

因为胡宗宪明白，像王翠翘这样的女子，终究不会心甘情愿屈身以事权谋。落发是她拒绝了罗龙文之后第一步明明白白的表态：仍相逼者，一死而已！

徐海那边并不知道杭州城里如此变故。胡宗宪封锁了所有的消息渠道，徐海已知的，只是计划进展一切顺利，于是他加紧运筹谈和事宜。与官军谈和的口风本来是他秘密放出去的，因为处理得当的缘故，反倒由福建三将率先提出，而徐海变成了应和者，所以他就以船队首脑的身份理所当然地成为了与官军谈和的代表。官军这边，胡宗宪则急于结束战斗，因为糜耗一日，对浙省的压榨就多一分，而且一旦王翠翘和罗龙文交恶的消息传到徐海耳朵里，情况立即会出现颠覆性的变化所以谈和过程很顺利。最终双方决定在六月十七日，官军让开道路，并且准备船只，放船队离开。

双方的条件是：

徐海船队一应头领人物所犯过恶既往不咎，劫掠的私财容许保留，此后复为良民。但不可居住在南北两京或任何一个沿海的省份，此外诸省可择一而居。

船队舰只一律没收，财物由官军调拨福船予以装载。这些福船舱阔舰低，跑远海并不得力，但在内河运载货物十分便捷。

船队的武器一律上缴，其他海寇酌情遣散。

这样的条件，船队众将虽然有人不赞成，但总的态势还是接受了。

于是六月十七日这一天，官军与船队就开始交接。为了确保船队安全，需要有一个介于船队和朝廷之间，身份特殊的人为人质。最好的人选自然是罗龙文，但罗龙文如今已经不可能再来了，于是只好改派胡元规。对船队来说，胡元规虽然不如罗龙文跟自己熟悉，但他也是杭州城里挑头的徽商，而且还与总督大人有亲，所以也很放心。

徐海则亲自与胡宗宪会面，这个会面在朝廷而言即是面缚请罪，事先胡元规再三解释，徐海才勉强应允。会面的当天，徐海带着数十名精锐士卒，风尘仆仆的赶到杭州庆春门。那里早已人山人海，无数百姓都兴味盎然的等着看这一代枭雄生得何等模样。胡宗宪早已等候多时。当他看见身长八尺的徐海从马上飞身跃下，身手矫健，虎虎生威的姿态，也不得不承认此人才是王翠翘的真命天子。徐海快步走到胡宗宪身前，翻身跪倒，依照胡元规所教的话，说道："罪民误入歧途，罪责深重，而今幡然醒悟，痛悔已迟！"

胡宗宪环顾周围，数万军民鸦雀无声，众人的眼光都集中在自己身上，而枭雄徐海跪伏面前。他突然想起那莹然如观音般的王翠翘，心里不禁有些同情徐海。他缓步上前，用手抚摸着徐海的头顶，温和地说："浪子回头，可叹可敬。知错能改，时犹未晚！"

交接持续了两天，过程都很平稳。但在第三天的黎明，变起肘腋！官军突然反目，这时船队的实力已经被分割得七零八碎。运载货物的福船在内河速度相当慢，所以前后蔓延十数里。而官军秘密集结，一时俱起，无论数量、兵员素质还是地理都占了绝对优势，船队完全没有还手之力。王亚六据守桐乡孤城曾经抵抗了官军两个月，但这场战斗在一夜之间就结束了，结局凄惨。不但曾经祸乱浙省的海寇，连徐海的手下也在战斗中死伤枕藉，船队总共五六千人，几乎全数覆灭！为首的大将，自徐海、叶麻以下，或擒或死，唯一不知所终的只有始终神秘的陈东。官军抓不到他，将他麾下的大头领陈四冒充陈东砍下头颅，交了差。总而言之，前后祸乱江浙震惊朝野几近半年之久的大倭乱，就这样戏剧般地结束了。

徐海、叶麻和洪东冈三人被擒，一起被关进了杭州城的死囚牢里。起先，徐海还以为是官府的障眼法，不久自己就会被放出来。但是随着日子一天天过去，狱卒都开始对他出言不逊，徐海也渐渐意识到一件极其可怕的事情正在发生。

他被官府抛弃了！

叶麻脾气暴躁，每天都扯着嗓子大骂。骂完胡宗宪就骂徐海。徐海只能假装没听见。牢里没有铜钱，徐海就从烂稻草里挑出比较长而完整的，他用这些稻草重新给自己卜了一卦，结果令他目瞪口呆。

仍然是坎上坎下的"坎"卦！

徐海抱着膝盖在牢房里沉闷的想了整整一夜。天亮的时候他大笑起来，笑声吵醒了叶麻和洪东冈。叶麻怒道："他妈的老徐，咱老子的命都坑在你手上，你还笑得出来！"徐海仍然按捺不住笑声。他终于参悟了"坎"卦的精髓。坎在五行属水，而在方位属北，"北"在兵法里是败亡之像。所以古人说"每战皆北"。卦象始终就是这样，从来未曾改变。他注定失败！他以为他的灵机巧辩可以骗过许多人，到了最后才发现连自己也被欺骗了。

徐海在牢里前后住了十天。这十天并不是因为胡宗宪格外宽容，而是他们既已被当做倭乱的首脑，如何处置就需请旨。第十天，旨意还没回来。牢门被打开了，一群如狼似虎的狱卒冲进来面无表情的说道："请二爷上路。"这一切来得如此仓促，甚至连事先必不可少的一顿"断头饭"都没有。徐海却也坦然，他知道有人不容他继续活下去。他从容地站起身来，拍了拍身上的尘土，对叶麻和洪东冈拱手："老叶，老洪，对不住，兄弟先走一步！"

叶麻和洪东冈愕然的望着徐海，他们从他脸上看不出丝毫恐惧。叶麻自诩半生豪壮，到此也不能不佩服徐海的豁达。他拱手还礼："明山，这几天我骂你了！是我不对！"

"该骂，骂得好！"徐海平静地说。他昂然走出门，不再回顾。一出门，狱卒衙役们就冲上来将他牢牢捆绑，嘴里塞住麻团，使他再不能喊出一句话。

对徐海的处决是杭州城里的一件大事。许多百姓还记得仅仅数天之前胡宗宪才摸着徐海的头嘉许他归降。在他们看来，倭寇当然该死，但如果倭寇头领里只能死一个，怎么也不该是徐海。这种感觉加上徐海出乎寻常的冷静，使得百姓们的情绪格外亢奋。衙门的衙役们鞭子抽得山响，也镇不住百姓们沸腾的鼓噪声，以至根本没人能听清监斩官所念的罪状。徐海被推推攘攘的一直架到刑场，往地上一墩——衙役们还是留了情的。他们敬服徐海是条好汉，倘若是旁人，单这一墩就足以令两膝骨碎——徐海跪在高高的刑台上，四面八方都是围观的百姓。他眼力很好，看到了高坐在芦棚里的官威显赫的胡宗宪，也看到了胡宗宪身边神色紧张的胡元规。他在人群里努力寻找着一个人，却始终没能如愿。

三声追魂炮响，两梆断魂锣敲，十来万人鸦雀无声。肥胖的刽子手磨着鬼头大刀，用手指试锋刃。有人走过来："二爷，您嘴里的东西，我们担点干系给您取出来，待会您想留句话，尽管留，不过太难听的就别往外撂，就算成全我们了！"

徐海点点头。他这时候的心境很奇怪，不害怕，却很忐忑。

那人拿出了堵住他嘴的东西。

徐海直起腰杆，十多万人都屏息静气。他们期望着他说点什么。一般这样的死囚要么不开口，一开口就是惊天动地！百姓们对他们的冤情固然无能为力，但至少很有兴趣传播这些八卦。所以当他们看到徐海最终也没有说话，只是微微笑了笑，摇了摇头的时候，都惊诧万分！而此时刽子手的大刀已高高扬起，刀刃顺势横推下去！

"二爷，走好！"

徐海的人头冲天飞起，颅腔中溅出一片血污！人们惊惶的喊叫起来。胡宗宪在高台上俯下身子，定睛张望，似乎想确定这个人是否真的就这么死了。然而就在同时他眼角的余光捕捉到人群里的一点莹白。他立即叫来胡元规："快，盯着她！"

胡元规应命急下。那点莹白也从人群中挤出来，登上一辆马车，匆匆而去。胡元规也随即策马疾驰。一车一马前后追赶，直到杭州城涌金门上。马车停了下来，王翠翘一跃而出。她周身上下都已经换好了重孝！胡元规翻身下马，愣愣的望着王翠翘径直上了涌金闸，而她的脚下就是碧波湖水。胡元规不知该怎么劝解王翠翘。他明白那是不听人劝的女子。他磕磕绊绊的喊："王姑娘，你……别做傻事！胡公很记挂你！"

王翠翘翩然回身，俏面上带着讥讽的笑容："胡公？就是那个背信杀降的胡宗宪？"她的笑容消失了，"你代我传一句话——他不得好死！"

说完她就像一片落叶一样飘下了闸门！胡元规仓皇的伸出手，仿佛想把她抓回来。但他的手停在半空中，耳边传来一声清响。

翌日朝廷的谕旨终于抵达浙江。旨意上对克定倭乱的赵文华和胡宗宪再三褒奖，并且特别提出，要将俘获的匪首——只剩下叶麻和洪东冈——押到京城去献俘。赵文华又借机克扣一笔，赚得私囊盆满钵溢，这才名利双收的凯旋还朝，留胡宗宪在浙省。

此后过了一年，又是一年，岁月将人们残存的记忆逐渐蚀刻斑驳。渐渐的已经没有人再记得刑场上那赫赫扬扬的一刀，也没有人再记得翩然跌落水面的孤弱身影。街上行人渐多，石墙上长满青苔，日子一天天过去，杭州城依然如是。

第15章 英雄相会

王直觉得自己日渐衰老，时为大明嘉靖三十五年。

这时候王直船队的实力已经降到有史以来的最低点。徐海等人的全数覆灭对王直船队的打击，甚至比当年徐惟学战死还要大。现在王直身边的主要头目就只剩下王㼅、王汝贤和叶宗满。谢和等人已老，暮气深重，他们在多年的海商生涯中已经积攒了数量可观的财富，现在只想安享晚年。以至王直即使想组织一支复仇的船队，都找不到足够的将领。

更麻烦的是五岛列岛的倭民。起初，倭民们对王直敬仰如神，因为徽王可以带领他们泛海逐利，使他们积累起巨额财富。但桐乡之役结束之时，主要由五岛列岛组成的倭人队几乎全灭。五岛之上的倭人数量本就不多，这一来弄得几乎家家都有丧事。他们对王直的称颂也就立即逆转成怨恨！许多寡妇开始痛恨船队，认为徽王不祥的黑帆给他们带来了噩运！这样的情况如果持续下去，王直担心有一天会待不下去。

而这些年来，王直的财力也已经大大缩水。王直不主张劫掠，而且也别出心裁的抛弃了沿海各士绅大族，直接和百姓做生意。这样受惠的百姓虽然更多，但在规模和程度上都有限制。加之多年战乱，王直的贸易额始终不成气候。起初，王直在平户岛上还曾经与西藩各国建立了友好的关系。但自从移居五岛之后，被松浦家趁势抢了不少生意。种种的不利因素交织在一起，使还不到五十岁的王直分外憔悴。他感觉自己就像一棵被掏空了的大树，在风雨之下随时可能倾颓，只能勉强挺立。

他愤恨胡宗宪对徐海等人的狠毒。当然，胡宗宪和徐海之间的密谋，王直是无从知晓的。他一天一天老下去，脾气反倒暴躁起来，一般人稍有不慎就会遭到他的呵斥！能在他身边说上话的，也就只有二王一叶而已。

"老叶！"有时候，王直疲倦地和叶宗满说，"这样下去不成！总有一天咱们会顶不住的，想想办法。"

叶宗满自然明白老义兄的苦楚，但他也无计可施。他现在亲自上阵，主持王直船队的对外贸易，常年在海上跑，但他也发现，时代真的变了。十几年前，王直等人还在许栋手下做海商的时候，所有海商都忙着赚钱，钱也的确好赚。而今的海商却换了一茬年轻人。他们杀价冷酷，生性狠毒，而且在海上一旦发现实力弱于自己的船队就大加挞伐。这些人做买卖的时候勉强算海商，翻过脸来就是海寇，而且甚至大张旗鼓地侵入内地劫掠，所过之地一片狼藉，以至他们走后许久，百姓们对其都还怀有深深的畏惧。有些原本是海商经常盘桓的地方，现在乡民们自己组织起来，封锁了海防，不准异乡船只靠岸。他们在掩体后边准备了号角，长刀和火枪。一旦遇警，附近都会赶来增援。所以和沿海各省的贸易几乎成了空谈。叶宗满现在只能尽量向远海跑，先到那霸，然后过琉球，下马六甲去南洋诸国，跑一趟来回至少得几个月。更糟的是，没人可以替代他，只能自己苦苦支撑！现在海上还悬挂着徽王黑旗的船队仍然非常多，但真正听从号令的却寥寥可数。

王璇此时有了一个模糊的计划。这个计划还没向王直禀报，因为王璇不敢。那就是招安！王璇在船队三杰里一向以狠勇闻名，现在却主张招安。个中原因只有他自己明白：一是他很清楚船队的真实情况，照这样下去，最多三五年之后，整个船队就会被拖垮；第二个原因则很诡异，因为胡宗宪杀了徐海！而他与徐海不和。

在朝廷看来，这个计划也是可行的。因为去年虽然有柘林、桐乡的两场大胜，倭寇死伤惨重，但时至今日海寇还是没有被完全消灭。而且，这时的海寇已经由先前官府公文里的"舶寇"正式变成了"倭寇"。倭国的战乱愈演愈烈，向外流窜的浪人武士，或铤而走险的渔民岛民也越来越多。在王直时代，船队里虽然也有倭人，多半还能收为己用，而今那些或大或小的海寇本身的凶恶就不亚于真正的倭寇，诸恶相济之后更是为祸愈烈。算起来，总数不多的大大小小近十支队伍，不到两万人，小者不过数百。但他们在海边侵扰，来去如风，残狠如狼。小拨官军民团，根本不是他们的对手，官军大举来剿，他们又望风而逃。所以朝廷也很头疼。胡宗宪虽已经做到总督，压力还是很大。

此外还有一件相当蹊跷的事。那是在桐乡大胜之后，赵文华、胡宗宪等人忙着向朝廷请功的时候，有一支倭寇突然出现在南直隶。人数很少，不过五十来人，然而凶猛异常！这些人一路向北，沿途烧杀劫掠，每个人的武器和身手都很不错，而且毫无人性，遇军杀军，遇民杀民，只有当官府出动大军征剿的时候才不敢正面对抗。他们对南直隶的地理相当熟悉，神出鬼没，来去无踪。半个月的时间就走了一千多里地。最后，他们鬼魅一样的出现在南京城下，作势欲攻。南京是当年太祖皇帝定鼎的皇城，民间传说中太祖朱元璋的军师刘伯温筑应天城的时候曾经请龙神帮助，而后将龙神封印在城下，许诺五更放出，所以南京城里不打五更。况且城池坚固无比，区区五十个人，哪怕每个力敌万夫也绝攻打不下来。但南京的官员士绅们却吓得魂不附体。官府出动大军围剿，穷尽心力才将这拨倭寇尽数歼灭，那时他们已经在南直隶盘桓月余，纵横数千里，前后杀伤数以千计的官民，朝廷为之侧目！

这件事情幸好是出自南直隶，否则当时赵文华和胡宗宪就不好交代。没有人知道那支倭寇究竟来自何方，但有些人怀疑可能是桐乡之乱中逃出去的倭寇余党，矢志复仇。总而言之，这起事件令整个大明王朝都认识到了倭寇的凶猛。虽然就胡宗宪等人看来，即使真正的倭寇也不至如此强盛。

胡宗宪并不反对与王直讲和。他有他的理由：首先，桐乡战后，来自两广、福建、河南少林寺乃至河间府、保定府的天下精兵终于络绎撤走。浙省的百姓虽喘了一口气，但元气尚未恢复，不宜再动刀兵。其次，现在他的辖区由浙闽扩大到整个南直隶。这样一来防御范围就大了很多，难免兵力不足——兵部的数据显示，南直隶的戍兵数量惊人，但以区区五十倭寇转战数千里杀伤过千的战绩，就足以知道这些戍兵是何等货色。大明王朝在表面上拥兵百万，但实际上勇猛而有战斗力的除了始终处于作战状态的辽军，边军就是少数将领所训练豢养的家兵。

但在这些表面原因之下，更深层次的原因，是胡宗宪一直想与王直议和。他经由朱纨之口听到王直的名字，至今已经快三十年了。徽州人世代经商，精明的人很多，然而勇武之人却少。胡宗宪少年时使枪弄棒，深习武事，至今以文武双全而成大明政坛上一颗冉冉升起的新星。所以他对同样精明而勇武的王直始终抱有一种亲切之感。

早在年初，胡宗宪已经派出了两个使者。这两个使者都是本省的秀才，一个叫蒋洲，一个叫陈可愿。胡宗宪为了考验他们，曾把他们关到牢狱里，暗自观察了一段时间，相信他们真有胆色。这才放心大胆地委以重任。蒋、陈二人也慨然许诺。因为这时候徽王王直作为倭寇的头脑已经被传说成杀人不眨眼吃人不吐骨头的魔王！传说王直因为吃人过多，双眼变成血红。他指挥着无数高大的战舰，战舰上都是不畏死的战士，指到哪里，鲜血和哀鸣就蔓延到哪里。浙江是天下富庶之地，一般的人绝不愿舍安闲、渡异域，见这种魔头。

结果蒋洲、陈可愿搭着海商的船辗转来到五岛列岛，见了王直，发现王直眼睛果然是红的。

不过并不是因为吃人，而是过度忧虑所致。

"实在不敢相信，倭国也有这样的地方。"

五岛列岛，蒋洲和陈可愿穿着宽大的衣袍，头发挽起，喝着清酒。树影婆娑，四周宁静。

"感觉这样的场景，好像我们小时候在家乡一样。怪不得徽王一到这里，就乐不思蜀了。"

"梁园虽好，终非久恋之乡。"王直闷闷不乐的答道。他当然看得出这两个秀才为何而来。不过因为陈东的缘故，他对辩士始终怀着一丝戒心。

"既非久恋之乡，不如归去！"陈可愿说。

"是的。"蒋洲道，"敝省总督胡汝贞胡大人，是徽王的同乡。他对徽王很是仰慕，多方访查，已经找到了徽王的夫人和幼子。"

王直霍然抬头，眼神为之一变。蒋、陈二人被他利剑般的目光一扫，顿时各出了一身冷汗，再也不敢轻视这个似乎已经衰朽了的老者。这是一只卧虎，老而威势不倒！

"徽王千万不要误会！"陈可愿连忙补充，"因为徽王与我明庭，其间毕竟有些隔膜。近来交锋数次，举国震动，胡大人因此生怕哪个地方官举动莽撞，惊动了尊夫人和令郎，所以抢先一步把他们从歙县接出来，现在在杭州城里择别院静养，专门有人服侍。一切都很妥当！"

"多谢胡大人费心。"王直又恢复了常态，"内人、犬子，既然已经有我这样一个丈夫、父亲,有什么样的结局,也只能看他们的命数。自求多福。"

蒋洲和陈可愿对望了一眼。

于是蒋洲诚恳地说道:"徽王可是不悦胡大人杀了徐海?"

陈可愿道:"徽王冤枉胡大人了。杀徐海,是赵文华的意思!赵文华节制胡大人,而且朝中还有严嵩父子撑腰。胡大人如果和他硬顶,不但救不了徐海,连自己也撑不过去。所以当初徐海临终之前,大人亲自去看他,流了许多泪。徐海也很感动,说道,他死则死,只愿可以一死应付赵文华,此后浙省倭事胡大人独掌,再无掣肘,徽王来日归国就方便得多了!"

"有这话?!"王直抬起头来,虎目含泪,比适才蒋、陈提起他妻子还要激动:"明山……明山真是这么说的?"

原本是虚无缥缈的事。但蒋、陈两个既敢泛海来说王直,自然皆有一口好辩才,装龙像龙,装虎像虎。蒋洲义正词严:"徽王大概还不清楚,咱们弟兄坐过杭州城的大牢。因为当年胡大人诛杀徐海,我们心里不服,写文章责骂大人,所以被和明山关在同一间牢里。胡大人和明山的谈话,我兄弟亲耳所听,绝无虚假!"

"明山!唉,明山……"王直心中感动,老泪不禁夺眶而出。

蒋洲和陈可愿在五岛列岛盘桓数日,从容离去。此后每隔一两个月就来一回,或带些土产,或捎几封许大小姐或者胡宗宪的书信,渐渐和王直船队各头领人物厮混的弟兄一般,极其熟络。天长日久,人人都以为招安是个好主意。

这固然是因为船队已无路可走,不招安,就得打,打仗就是打钱。王直虽然号称富可敌国,但对面是宏大无匹的大明帝国!真正耗下去,根本不是对手。而且王直船队维持财政的来源已经基本枯竭。叶宗满有一句话,众人都觉得说中了要害:此刻再不想办法求和,恐怕数年之内,我们再想求招安也不可得了!

意思很明显,船队正在衰落。几年之后,船队将再不复鼎盛时号令四海的赫赫威势。那时失去了谈和的本钱,朝廷是再不会同意招安了。

于是蒋洲和陈可愿再上五岛列岛的时候,随行多了一个人。

这个人仪表堂堂,辞色宽容而谦逊。虽然穿着平民的衣服,但神色可亲,气度也不凡。

"在下指挥使夏正，拜见徽王！"他主动报上名，拱了拱手。

蒋洲凑到王直耳边，低声咕哝了两句，王直神色立变："原来是名臣之后！失敬，失敬！徽王僭号，休再提起。"

"古人之王，有宗庙之王、社稷之王、天下之王。"夏正从容道，"我等身在异域，可以不拘程朱俗理。徽王之王，于宗庙自然是僭越，于国家更为叛逆，但于商人则足可名正言顺。昔年国朝巨富沈万三，传说有聚宝盆随身，日进斗金，也不曾如徽王这般商船遍于四海，声名播于异域。"

"先生言辞，真令人豁然开朗！"

"敝宗修的是阳明先生的心学。"夏正微笑。

夏正这一次上岛，却并不像蒋、陈一般浅尝辄止，他前后待了将近一个月。其举止谈吐，诸人都很敬服。而且传说他家世渊源，乃是先前首辅夏言的公子。夏言以嘉靖二年奏靖海令而为嘉靖赏识，后擢首辅，数十年中始终钳制着严氏父子不令其胡作非为，直到最后失势。作为这样的忠臣，政见虽与王直等人不同，但道德风骨上仍为人钦佩。他的公子显然要被高看一眼。

而夏正也有权。尽管他本身不过是小小指挥，但毕竟首辅公子，自有气度。似乎也受胡宗宪全权委托而来。许多谈和上的规矩细节，蒋洲、陈可愿不敢擅专，夏正都可以随口而定。而且所论有据，令人心悦诚服。

嘉靖三十五年十月，诸事大体已定，王直终于准备正式洽谈招安事宜。派出一个使臣，与胡宗宪先期接洽。这使臣就是王璬。

王璬是勇猛之士，折冲樽俎，显然不及叶宗满或王汝贤。但他打头阵别有一功。这也是当年叶宗满和王直商量过的，仿效梁山军师吴用，要想谈得好，就得打得好，首先必自重而后人重之。

王璬到了杭州，面见胡宗宪。胡宗宪果然提出，最近浙省沿海倭寇肆虐，而且，坦率的说为害愈烈！

王璬当即拜辞胡宗宪，提本部船队出海。不出半月，打了三仗，剿灭了为患最盛的两股倭寇，提首级来见，胡宗宪大喜！

胡宗宪大排筵宴，不吝赞美之词，而且要打造一块金印，赏赐王璬。王璬慨然道："我父亲王直，威势胜我十倍。胡公今日以金印许我，他日我父归来，又当以何物许之？"于是坚辞不受。席间众官绅皆以为胡宗宪虚礼下人，王璵神气豪壮，而更视王直为可一举平靖海事的关键人物！

这一年的初冬，王直终于亲自渡海西来，与胡宗宪相见。会面的地方，是近海一座无名小岛。岛上有个天然港口，只能容纳两三条大船，对海船船队全然无用，所以也没人经营。王直和胡宗宪的密会就在这里。事先为了保证双方安全，王璵和俞大猷各自调集雄兵环伺在侧。而王直和胡宗宪各乘一条小船在海滨相会。

王直这边有三个人：王直、王汝贤和叶宗满。胡宗宪这边也有三个人。除胡宗宪外，一个是随行护卫他的年轻将领，名叫戚继光。此人十年之后将名震天下，成为与辽东李成梁齐名的猛将，此时他才初露头角。另一个乃是熟人，就是当年王直下横港剿灭陈思盼、萧显时与之接头的把总张四维！

张四维和王直也是老交情了，相隔数年之后，彼此见面，感慨良多。王直昔年就已料定张四维的背景并不简单，绝非区区海道所能役使。起初以为他是时任总督王忬的亲信，却没料到数年之后他已出现在胡宗宪的船上。所以王直开宗明义，首先就是一句话："你是谁的人？"

"我是朝廷的人，"张四维一笑避开，："敝上就在舱中。"

他拉开舱门，于是胡宗宪缓缓走上船头。这一夜月色明亮，借着月光，王直第一次看到了这个集毁誉于一身的总督。胡宗宪也在仔细打量着这个被斥为沿海倭乱之罪魁的徽州异类。

两人几乎同时拱手，称呼却迥异。

"胡大人！"

"王兄！"

"一介草民，不敢劳大人下称。"

"王兄，不必客气！"胡宗宪诚恳地说，"咱们都是徽州乡里。亲不亲，一乡人。实话说，昔年贵县县令朱纨朱大人，是我绩溪胡家的世交。朱大人在时，常和我说，可惜与王兄仅有一面之缘，不然他很想收王兄为弟子。这样论起来，其实我该称你为世兄。"

"朱大人？收我为弟子？"王直瞠目结舌，这件事闻所未闻。自己后来做了私商，朱纨统兵攻打双屿，把自己打得落花流水，全然没有师父弟子的情谊。

"是的。"胡宗宪颔首微笑，"只是后来道有不同。不过自始至终，朱大人对王兄总是推崇有加。认为王兄倘若束发向学，孜孜于功名，将来未尝不能成为国朝有用之臣！"

"朱大人真是……厚爱……"王直一时找不到合适的话。

"不然！"胡宗宪道，"以我之见，虽然并无师徒名分，王兄倒不愧为朱大人的弟子！不，或者说，互为弟子。"

"愿闻其详。"王直诚心诚意地讨教。

于是胡宗宪叹息一声，推心置腹地说了起来。

朱纨和王直之前，其实是颇有些牵缠的。起初，朱纨把王直逐出歙县，然而待到自己为官浙江之后，却时常想起他。因为当时浙江沿海而居的百姓，冒着违反禁海令的危险私自出海打鱼乃至经商是极平常的事，屡禁不止。朱纨到任后，狠抓了几次，甚至将违规出海的人绑在太阳底下"枷号"。朱纨对违法的事情分毫不肯让步，结果却令他很震惊，百姓们不怕！

他们硬挺挺地咬牙承受着枷号，直到皮肤被骄阳烤得红肿发黑，汗水在皮肉上干涸，留下血一样的印迹。

这令朱纨的内心第一次受到触动。他不明白为什么国家的法令在这里竟然会被如此顽强地抵触。于是他微服私访，亲自跑到沿海的村子里去，像当地百姓一样每天起大早去赶海，用手指在泥沙里过滤小鱼小虾，看着板结的长不出庄稼的盐碱地，再回头看看近在咫尺的浩渺无边的大海。

他终于顿悟。

在此之前，作为一介书生，尽管本身就是穷苦的江南人，可朱纨从没有想到沿海百姓竟然会活得如此艰难！他们宁可冒着酷刑的危险一再出海，绝不是要刻意与朝廷法度作对，他们只是想活下去。

所以在朱纨任上，对于小规模的出海乃至海商活动，他学会了睁一只眼闭一只眼。这时他才深切地理解到当年王直等人近乎开玩笑一般说出来的"百姓为重，君为轻"。他对所谓"刁民"也有了新的认识。

而后，就是轰轰烈烈的朱纨征双屿。

朱纨征双屿的目的不是为了别的，而是因为双屿其势力太大。这个看似普通的海港就像一个深不见底的旋涡一样，将整个江南沿海的财源尽数吸了进去。而在其中获利丰厚的根本不是沿海百姓，而是始终居于百姓之上的士绅大族，所以朱纨才想打掉双屿。他成功了，但也因此搭上了自己的性命！

"朱老师当初所以就义，就是得罪了闽浙沿海的士绅大族。"胡宗宪不知不觉之间已经改了称呼，"王兄而今所以财源不振，也是因为得罪了闽浙沿海的士绅大族。所以说朱老师和王兄之间虽无弟子之谊，而有弟子之实！我敢说，倘若朱老师和王兄易地而处，所做所为，会完全一样！"

王直默然不语。

他从没有想到胡宗宪和他第一次见面竟然就谈到这种问题。而且谈得这么深，这么透！一时间他甚至有一种人生得一知己足矣的感慨！

他抬起头，月色之下，胡宗宪眼里隐隐有泪光。

王直重重点了点头。

他坦白胸襟："汝贞，你能有这样的见识，我错疑你了！"

胡宗宪也有些激动："五峰兄，你没有错疑！有时候甚至我自己也不明白，我胡汝贞究竟是个忠臣，还是个奸臣？坦白说，我这个总督位子，来得并不光明正大。我仗以升官的赵文华，本身就是个大奸臣。他上边严嵩、严世蕃，更是本朝祸乱之源。我在浙省两年，颇有人说我阿谀奸党而踏高位。但我自问在这总督位上什么该做，什么不该做，我心里明白！圣人云：'道不成乘桴浮于海！'所以五峰你可以一帆直去倭国，我胡汝贞不能！我这个总督轻轻一撒，不知道多少人在等这个位子。与其那些庸碌颠顸的人上位，还不如我！严氏父子现在如日中天，斗是斗不倒的！夏言夏阁老身份威望胜我十倍，现在下场如何？在大明当个官……不易啊！"

他唏嘘起来……

王直默然无语。

胡宗宪继续说道："这些话我埋了好久，今天总算有人可以听！五峰兄，在本朝当官，就要时时刻刻存一个自污的心。不自污，则上位者不会引你为心腹，朝廷不会视你为股肱。朱老师是君子，刚直不阿，结果搭上性命。但他总算做了点事情，如本朝有些夫子儒生，动以大义责人，寻章摘句连篇累牍，掷过治郡百无一用，将世事搞的颠乱如麻，徒挣了自己一个好名儿。这样的人，天下要之何用？我知道想成大事就不能独善其身！五峰，回来吧！回来帮一帮我！现在，我只能相信咱们徽州同乡了！"

"要我回来干什么呢？"

"我已经想好了。"胡宗宪道，"本朝有三大市舶司，五峰兄应该清楚。"

"嗯，宁波、泉州、广州。"

"对！其实夏首辅虽然上书请求禁海，这些年来，三大市舶司始终也没关闭。而且我可以告诉你。三大市舶司其实获利丰厚！"

"哦？"

"千真万确！朝廷通过市舶司与外洋贸易，在本朝则通过士绅大族收缴百姓的出产。只不过最后朝廷也没捞到实惠，百姓也没捞到实惠。五峰，你明白吧？"

王直慢慢点头。这其间的道理很简单，和私商船队一样，真正的暴利，都归了中间上下其手的士绅大族！

"所以我准备先动手试一试，把宁波市舶司的权收回来。"胡宗宪道，"和你老兄一样，绕过士绅大族，直接跟百姓征收各种出产。所得的利润，朝廷、官府、百姓三方均分？"

"官府也要分？"王直有点怀疑。

"当然要！"胡宗宪道，"修水利，垦良田，扩道路、养孤老、赈灾贫、建义仓、兴学校、推礼教……哪个不花钱？五峰，咱们民间老话说'吃不穷，穿不穷，算计不到就受穷'，现在咱们做官是一模一样。哪一步算计不到，需要临时筹措，就不知道被这些贪官上上下下剥多少层皮！所以官府手里必须有钱，以备万全。到时候谁再敢贪滥克扣，我就请天子剑摘他的脑袋！"

"明白了！"王直心悦诚服，"汝贞的意思是让我去市舶司？"

"对！"胡宗宪道，"五峰，这些年虽然你饱受士绅大族挤兑，毕竟也有所成就，胜于白手起家。将来入掌市舶司，我再派人协助，你的船队和贸易脉络就可以堂堂正正！"

"这……这可行么？"王直并非没见过世面的人，但仍觉得胡宗宪畅想的未来似乎太过美妙，"这样，你也很危险！"

"是！"胡宗宪重重喟叹，"现在换我来断他们财路，这些人绝不甘休。我只能内靠徽州同乡，外靠严嵩，且顾眼下。我胡汝贞在青史之上，只怕早已注定做了奸臣！"

于是两人都沉默了。戚、张、王、叶四人也无从插嘴。话题说到这里，深重到无以复加。众人静静听着海水拍打礁石的声音,远处突然一声若有若无的清音。

"听,是琵琶!"胡宗宪说。

那琵琶声似流水一样连绵倾泻出来,忽而四弦一抹,如清泉、如飞燕、如明珠跌落玉盘,如奔马踏过坚冰。众人凝神倾听,都不禁悠然神往。

"大概是冯千户,他是弹琵琶的名家!"张四维道。

王直侧耳倾听,在船舷上一记一记地随手打着牌子,朗声道:"浔阳江头夜送客,枫叶荻花秋瑟瑟,主人下马客在船,举酒欲饮无管弦。醉不成欢惨将别,别时茫茫江浸月……"

"这是白乐天的《琵琶行》。"胡宗宪饱读诗书,自是入耳即知。王直的吟诵并不很循音韵,然而语音沧桑,却别有一番滋味。

"五峰兄也读唐诗?"

"不,我是粗人,"王直道,"这是当年平户佛寺里老和尚教我念的。老和尚是倭国京都人,据说白居易的诗在倭国王宫里,人人都能背诵。"

"哦,这样看来倭国毕竟也还是心慕王化。"

"但总要我们自己先像个样子。"王直叹息,"老和尚先祖是我宋朝人,大宋的王族。渡海迁居倭国,已经两三百年了,每次跟我说起,还很伤心。虽然也想念故国,故国的话已经忘记怎么说了。"

说完,两人又是一阵沉默。

良久王直道:"汝贞?"

"是!"

"你说,像我们这样不问黑白的苦撑下去。大明王朝还会有多少年?"

胡宗宪皱着眉,认真的想了想。摇摇头。过了一会,又摇摇头。

"不好说……也不能说!"

桨声欸乃,他的小舟掉头而去。

王直的小舟跟着划出去,外边另一只小舟已经等在那里了。许大小姐和王直的幼子正等着他。

水面上传来胡宗宪悲凉的声音:"应念岭海经年,孤光自照,肝胆皆冰雪。短发萧骚襟袖冷,稳泛沧浪空阔。尽挹西江,细斟北斗,万象为宾客。扣舷独啸,不知今夕何夕……"

第16章 帝国最狠的商人

小岛之会后，王直打消了对胡宗宪的一切怀疑，谈和事宜加紧进行。同时在倭国五岛列岛也要渐次处理善后。从嘉靖二十七年至今，王直断断续续在倭国住了十年，前后相识了许多诸侯，一旦离别，也有一腔愁怀。到了大明嘉靖三十六年八月，王直船队正式拔寨起行。大海之上帆影连绵，回望五岛列岛，被焚毁的居所，火光尚隐隐可见。

这时无论倭国还是沿海诸海寇，人人都已听说老船主要归服王化。有些人不信，亲自来看，果然见之前标识徽王身份的黑帆皆已撤除。近十年来，徽王王直一直被海上群寇遥尊为首脑，即便柘林一战大败，海寇中也始终以为若非王直压阵，败得只会更快更惨。一听说他归降官府，这些人都不禁暗打算盘。而王璈以迅雷不及掩耳之势歼灭两股倭寇之事，更是人所共知。所以此刻王直船队浩浩荡荡大举西来，尚无任何号令，许多小海寇就已先偃旗息鼓，暂时收手不敢作乱。

但王直的实力的确已经大不如前了，之前在柘林的时候，手下人马尚能过万，而今收拾残局，空群而出，人数也不过堪堪五千。然而余威犹存，朝廷大力剿杀海寇之际，王直毕竟还是实力最雄厚的一支，余人皆莫能当。

九月初，船队抵达浙省。胡宗宪派出联络的人早已等候多时，还是指挥夏正。王直船队规模大，声名更大。未曾正式归服之前，辄需有个暂时容身之所。胡宗宪和夏正早已安排停当,选定了舟山的岑港。王直船停岑港,夏正便来亲自问候。

"胡公托我向五峰公多多致意。本当亲自来见，奈何京城下来了几个人，胡公不陪不成，没有法子。"夏正笑容诡秘。

待到饮宴之时，答案这才揭晓。原来京城里下来的并非官员，而是皇帝身边的太监。明朝的太监按制分四司八局十二监，总计二十四衙门。后来又添了东厂西厂，规模为历代最盛。这帮人生理残缺，所以大多心胸狭窄，不能容物，而且现今掌握大权，万万得罪不起！

而他们来浙江的缘由，也是荒诞不经。

原来就在不久之前，浙江舟山捕到了一只白鹿。浙江境内多名山，山中多鹿，偶尔捉到一只白的，本来也不稀奇。在山野村民的眼里，不过奇货可居而已。但落到总督大人胡宗宪的耳朵里，立即又是一篇好文章。因为本朝嘉靖皇帝酷喜道教，不下于昔年北宋徽宗道君皇帝。而仙人成仙了道，常乘的坐骑就是仙鹤与白鹿。所谓"且放白鹿青崖间"，是大大的祥瑞。胡宗宪心里原有一重心事，预备狠狠得罪一次地方。所以一有讨好皇帝的机会，自然不肯轻易放过。于是将白鹿收了来，再加有天下才子徐文长，笔杆一摇，便是一篇绝妙好辞的《上白鹿表》。连文章和白鹿一起送呈京城。

嘉靖皇帝见了，果然大喜！虽然并未宣扬，却在阁臣面前大大的夸了几句胡宗宪。胡宗宪是赵文华提拔上来的人，而赵文华是严嵩义子。所以严嵩虽然对胡宗宪越级献媚有些略感不然，毕竟引其为自己人，也顺水推舟夸了两句。皇帝更是高兴，于是派身边几个得力太监下来，捧旨嘉谕胡宗宪，同时"看一看"。这"看一看"可大可小，所以胡宗宪非得小心应付不可。

"所以这几个人走之前，还要麻烦五峰公在此安心多住几日。"夏正道，"待把他们打发回京，胡公自有筹划。"

"这不劳嘱咐，"王直道，"朝廷的事难做，我也知道。尽管放心！"

此后王直便在岑港暂住，连歇了几个月，海上安然无恙。

这时沿海诸倭寇听闻徽王竟已归顺朝廷，群龙无首无不乱了阵脚。浙江原有三员良将：俞大猷、卢镗、汤克宽，这时候又加了个戚继光！戚继光虽然年轻，然而善于练兵，训练士伍，如臂使指，比前面三将更高。加上王璜也时常统兵相助，前后数月之间，赶得沿海诸寇四处逃窜，沿海格局竟为之一新。王直看在眼里，心中喜悦，便经常与叶宗满商议将来重启海商之事。只是兹事体大，胡宗宪那边尚未发力，也只能议论议论而已。

时光荏苒，转眼便已到了新年。王直等人自从远去异域，多年以来，还是第一次在本国疆域内过年，所以热闹非常，连日饮宴。

这一日正是上元佳节，官府大摆筵宴，除胡宗宪不能亲至之外，以夏正为首，张四维、蒋洲、陈可愿都到了，一番饮宴，各自酩酊大醉。当晚王璇踉跄回到居所，突然感觉气氛有异。他是有武功的人，虽在醉中警觉不失，回手便去摸刀。突然间一人从背后扑出，和身将他抱住，低声道："海峰别喊，是我！"

"你是谁？！"王璇问，一者因他当时已醉酒，二者也实在没听出来。

"我是陈东！"

"啊！"王璇顿时一身冷汗，酒醒了大半！因为无论官府还是江湖传来的消息，都是陈东已在桐乡之乱中战死，首级被砍下献功。那么此刻陈东就该是只无头厉鬼！鬼，王璇倒不怕。但此刻这"鬼"将他牢牢抱住，挣扎不脱。"陈东，你活着的时候，我又不曾得罪你。干吗来缠我？"

"我又没有死……"陈东说道。

见王璇慢慢醒了酒，陈东也就一把放开了他，细讲经过。原来自从徐海二次回归船队，陈东就已经产生怀疑。后来徐海要领队去救王亚六，陈东更是生疑，所以主动要求跟随。待到绕路长江、深入太湖、受困桐乡，众人提出与官军谈和，陈东就料到其中有事。他本人是坚决反对谈和的，因为他家祖渊源，向来就不信任大明。但当时福建众人已经被徐海拉了过去，陈东没办法，为免成为众矢之的，只好随声附和，但暗中留了个心眼。所以当桐乡最后大乱的时候，他便领一支亲兵趁乱杀了出来！

他能在重围中侥幸杀出，是因为他的确又回了太湖。太湖方圆八百里水面，几十个人极易藏身。这样昼伏夜出，渐渐走到南直隶，传来消息说船队众人从徐海以下全军覆没。陈东勃然大怒，这才领麾下五十人大闹南直隶，一直辗转杀到南京城下！

"杀到南京城下，我就明白了一件事。"陈东道。

"是什么？"王璇这时候对陈东还活着已经毫不怀疑。

"徐海是内奸！"陈东道，"海峰，你想。我领着百十个人，没有给养，在南直隶纵横来去，几乎没有对手，一直杀到南京城下，是我们英雄么？非也，是南直隶官军饭桶！可就凭这样的饭桶，在嘉兴一带，竟然把咱们大军围得严严实实，冲突不过，怎么可能？很明显，当初在太湖以北阻截咱们弟兄的，是朝廷特意调来的精兵！然而我们奇兵突出，兵行神速，倘若官军事前不知情，他们不可能抢先拦在我们前头。后来我才知道，桐乡兵败，徐海、叶老麻和洪东冈被擒，朝廷下旨意要将他们解到京城。结果旨意下来前一天，胡宗宪砍了徐海！海峰，你说，这是什么意思？"

"灭口！"王滶惊得满身冷汗，"不能吧？胡大人……和义父谈的推心置腹，眼泪汪汪，他不是这样狠辣的伪君子啊！"

"嗤，你还信他，"陈东冷笑，"朱元璋的官儿，有什么好货？海峰，别犯傻！趁着他们还没动手，赶快禀报老船主。跑！回日本！不然就在此地先劫掠一番再回日本。记住，你们忠心朝廷，朝廷未必仁爱你们！"

他说到这里，门外响起脚步声。陈东立刻闭嘴，好在那脚步声从屋前直过。陈东深深喘一口气。

"那你呢？"王滶问，"你不留下？"

"我要去京城，还有一个仇人要杀！"陈东道，"海峰，再多的，我也说不出什么了。记住，前程险恶，善自珍重！千万不要信做官的！"

他的身影一晃，就隐没到门外的黑暗里。王滶伸手去抓时，陈东已经消失了。王滶一个人坐在漆黑的房间里，头脑一阵恍惚，竟然摸不清方才一幕是真实的，还是酒醉之后的幻觉。

这天晚上他并没有去找王直。

第二天天亮以后，他从床上爬起来，满身酒气，头痛欲裂。昨晚的事已经记不清了。

但悲剧就是在这一天发生了。

这天午后，夏正来见王直，满面春风："恭喜恭喜。五峰公，胡公终于拨冗得闲，可以见五峰公。下晌便请五峰公移驾杭城，胡公在彼恭迎大驾！"

王直也是宿醉未消，头脑昏昏沉沉，不疑他，当即答允。反倒是王滶隐隐约约感到不妥，提了个要求："义父初至杭州，威信未立。万一有些宵小意图不利于义父，如何是好？"

"这请少船主放心！"夏正答得爽快，"夏某愿意留此做当。五峰公安然归来则可。倘若五峰公少了一根汗毛，夏某愿以身相殉！"

堂堂相府公子如此大包大揽，众人自然疑虑尽除。于是就在这一天王直带了王汝贤和叶宗满两人，共数十随从前去杭州会见胡宗宪。而由王滶留在岑港统带全军，夏正一并在此做人质。

王直这一去，就再也没有回来。

他们一到杭州，就被官军拿了个正着。王汝贤奋力保护叔父，挥刀砍死了几个官兵，最后众寡不敌，被当场斩杀！王直和叶宗满力尽被擒，当即投入死牢。这一来船队和浙江本来大好的关系，顿时翻脸化作不可解的仇雠。

这是大明嘉靖三十七年正月二十五日。

王璇闻听消息，急怒之下，当场晕去。再醒来时当日陈东谆谆叮嘱字字句句都在心头，不由得痛悔无地，捶胸顿足大骂。

立即抓来夏正对质，可怜夏正这时尚懵然无知。

原来就在这短短几日之内，杭州城里的情形竟然也起了翻天覆地的变化。起先是严嵩父子和赵文华计议，觉得胡宗宪虽然勉强算自己人，终究并非贴心亲信，不够可靠。私献白鹿，似乎已有不忠之心，应当杀杀他的威风。所以他们派出一个巡按御史，叫做王本固，前来浙江。这原本是胡宗宪敬过的位置，单论官位权势，在胡宗宪管辖之下。但王本固于庙堂之中，要算少年新进。而且位属清流，自命不凡，十分不好说话。动辄以圣人为本，并不怎么把胡宗宪放在眼里。京城里的太监下到浙江之后，胡宗宪曲意奉承，热情款待，一心想将这些人打发走完事。王本固冷眼旁观，却认为胡宗宪热衷趋炎附势，不是忠臣。

这时正值王直船队大举西来，泊船岑港。其时动静未明，海寇们虽然尽知老船主要归顺朝廷，杭州城里的百姓却以为王直倭患又来，一日数乱。胡宗宪本来有平息之策，然而几个太监迁延不走，他怕被人抓住把柄，只能暗暗忍耐。落到王本固眼里，却又多了一条"勾结倭寇，祸乱海内"的罪名。

平心而论，王本固做官不贪不占，私节是好的，然而初临浙江，一切尚不明白，而又急于议论，是糊涂偏执，比贪滥而有能者更糟。何况王本固虽然本心并不奸恶，毕竟也有私心。当年胡宗宪以浙江巡按御史，几道奏章参掉了巡抚、总督，王本固这时师以故智，竟也连上了几道折子，弹劾胡宗宪"事官无能，惟擅阿谀，上下欺瞒，养倭自重"，而其中最狠的一句话，是照搬当年赵文华弹劾张经的"妙笔"。因为当年赵文华指斥张经不征福建海寇，是庇护同省同乡。而王直和胡宗宪不但同省，而且同府！两家相隔不过四五十里远。这对胡宗宪而言，也算报应不爽！

王本固这个折子，自然参不倒胡宗宪。因为一者嘉靖皇帝正欣赏胡宗宪，二者也有严氏父子和赵文华力保。王本固的弹劾不过为他人作嫁，白白将胡宗宪赶到了严嵩这边。所以明末时人评价清流和阉党有一句话，清流未必皆君子，阉党并非尽小人。就是这个道理。

但胡宗宪意图招安王直的事，却也因此见了光。胡宗宪本来预谋良久，打算循序渐进，先慢慢说服赵文华，再打通严氏父子关节，最后面君。结果叫王本固一封奏折揭个干干净净。还好当初胡宗宪和王直的密会，在场六个人里无一吐露。不然万一胡宗宪想收回市舶司交由王直打理的计划一露，得罪的人更多如山积，胡宗宪本人都会立即倒台。因此，胡宗宪实在已进退两难。不抓王直，无论皇帝、阁臣、清流、士绅都不赞成。此刻王直兵屯岑港，近在咫尺。即使被他逃了，自己仍有深重干系；抓了王直，招安大计毁于一旦！不但再度背信弃义，而且此后沿海后患无穷。这些时日以来，胡宗宪夜不能寐，苦苦谋求一个持中之计，终于还是不能如愿。连徐文长这等才子都跟着累得心力交瘁，灰心丧气。反复权衡之下，才终于屈就压力，设计诱捕了王直。

王直被捕入狱，王滶血贯瞳仁，当即作书一封，派人驰去杭州城交与胡宗宪，令其放人，胡宗宪自然不放。消息回来，王滶就将夏正四肢砍断，放到大锅里活活煮了！而后依旧扯起徽王黑旗，尽散资财，分遣手下遍请沿海诸大小海寇，又渡海去倭国调集五岛倭人并请诸侯相助。

好容易渐次平静的沿海只因王本固的一封奏章，再次大乱！书生清谈误国，自古皆然。

胡宗宪只能调拨手下大将分别迎敌。两军列阵，彼此默然。就在不久之前，还是一起并力杀敌的战友而今翻作仇雠！

这时旋涡中心倒是平静。王直坐在死囚牢里，没有人敢为难他，他甚至可以得到纸笔。在杭州城的大牢里，王直望着墙角布满灰尘的蜘蛛网，用粗笔在纸上写下一行行文字。这就是后世争议纷纭的《自明疏》。

其略如下：

"窃臣直觅利商海，卖货浙福，与人同利，为国捍边，绝无勾引党贼侵扰事情，此天地神人所共知者。夫何屡立微功，蒙蔽不能上达，反擢籍没家产，举家竟坐无辜，臣心实有不甘。前此嘉靖二十九年，海贼首卢七抢掳战船，直犯杭州。江头西兴坝堰，劫掠妇女财货，复出马迹山港停泊，臣即擒拿贼船一十三只，杀贼千余，生擒贼党七名，被掳妇女二口，解送定海卫掌印指挥李寿，送巡按衙门。三十年，大夥贼首陈四在海，官兵不能拒敌，海道衙门委宁波府唐通判、张把总托臣剿获，得陈四等一百六十四名，被掳妇女一十二口，烧毁大船七只，小船二十只，解丁海道。三十一年，倭贼攻围舟山所城，军民告急，李海道差把总指挥张四维会臣救解，杀追倭船二只，此皆赤心补报，诸司俱许录功申奏，何反诬引罪逆，及于一家？不惟湮没臣功，亦昧微忠多矣。连年倭贼犯边，为浙直等处患，皆贼众所掳奸民，反为向导，劫掠满载，致使来贼闻风仿效沓来，遂成中国大患。旧年四月，贼船大小千余，盟誓复行深入，分途抢掳。幸我朝福德格天，海神默祐，反风阻滞，久泊食尽，遂劫本国五岛地方，纵烧庐舍，自相吞噬。但其间先得渡海者，已至中国地方，余党乘风顺流海上，南侵琉球，北掠高丽，后归聚本国菩磨州者尚众。此臣拊心刻骨，欲插翅上达愚衷。请为游客游说诸国，自相禁治。适督察军务侍郎赵、巡抚浙福都御史胡，差官蒋洲前来，赍文日本各谕，偶遇臣松浦，备道天恩至意，臣不胜感激，愿得涓埃补报，即欲归国效劳，暴白心事。但日本虽统于一君，近来君弱臣强，不过徒存名号而已。其国尚有六十六国，互相雄长，往年山口主君强力霸服诸夷，凡事犹得专主。旧年四月，内与邻国争夺境界，堕计自刎。以沿海九州十有二岛俱用遍历晓谕，方得杜绝诸夷，使臣到日至今，已行五岛；松浦及马肥前岛、博多等处十禁三四。今年夷船殆少至矣。仍恐菩磨未散之贼，复返浙直，急令养子毛海峰船送副使陈可愿回国通报，使得预防，其马迹志山前港兵船，更番巡哨截来，今春不容省懈也。臣同正使蒋洲抚谕各国事毕方回。我浙直尚有余贼，臣抚谕归岛，必不敢仍前故犯。万一不从，即当征兵剿灭，以夷攻夷，此臣之素志，事犹反掌也。如皇上慈仁恩宥，赦臣之罪，得效犬马微劳驱驰，浙江定海外长涂等港，仍如广中事例，通关纳税；又使不失贡期，宣谕诸岛，其主各为禁制，倭奴不得复为跋扈，所谓不战而屈人之兵者也。敢不捐躯报效，赎万死之罪。"

写完这封长达千余字的自明疏，王直仿佛耗尽了所有的精力。他将笔一掷，靠着墙，就此瞑目不动。狱卒们惊奇于他的气度，他并不愤怒，也不吼叫，也不悲鸣，也不示弱。在他的脸上能够时刻看到的表情，只有一种深深的怜悯。王直下狱之后，也有不少人来看他。但对他说起任何事，他总是平静的回以一句"叫胡宗宪来见我。"

王直在监狱里前后住了整整二十三个月。从嘉靖三十七年正月二十五，到嘉靖三十八年十二月二十四。

胡宗宪始终没有来！

但这整整二十三个月之中，胡宗宪也的确尽了各种努力，终究还是势穷力孤。到了嘉靖三十八年十二月，嘉靖皇帝终于颁下谕旨，令胡宗宪将祸乱海疆勾结倭人魁首王直就地处斩。然而这是嘉靖三十六年年末就闹开了的事，整整延续了两年才最终定论，也足以见胡宗宪在其中努力之切。但这一切胡宗宪再没有机会对王直言明了。

嘉靖三十八年十二月二十五，王直终于被从死囚牢里提解出来。他知道自己的死期已到，并没有多说什么。当被锁入囚车，由牢里兜转去刑场的时候，街角站着一个人。

这是胡宗宪的谋士胡元规，他涕泗横流，眼泪在冬日的寒风里结成冰霜。四年以前，他亲自见证了徐海和王翠翘的死亡，而今，终于轮到老船主王直了。

他翘首望着王直的囚车辚辚推过，突然大声道："五峰公！胡公托我带话，说他罪孽深重，不敢请见。五峰公请且去，君之妻子，胡公养之！"

王直并没有答话。但纷纷雪花之中，他微一颔首。

刑场设在杭州官港口。虽然时值隆冬，此地却早已人山人海。人群中甚至有不远千里从福建、广东乃至王直故乡徽州歙县赶来的人们。杭州城衙役捕快空巢而出，并且调动了兵马，才弹压住秩序。监刑官见此阵势，压根没考虑封王直的口。因为封是封不住的，反倒可能激起民变。

王直站在刑场上，向四周张望。首当其冲就看到了妻子许大小姐和儿子。或者是胡宗宪说话算话，像王直这种重犯，居然的确没有株连妻子。她们颤抖的站在人群最前方，许大小姐泪落如雨。

王直静静地又看了看，向儿子招手。他儿子奔了过来，跪倒在地抱住他的双腿。

"阿爹……"

"阿爹要死了。"王直说。他的一字一句深深打入了人们的耳朵里,"没有想到,纵横数十年,上下几万里,最后死在这个地方!儿子,听着,爹有话说给你。"

王直之子大哭。

"要孝顺你娘!"

"嗯……"

"我死之后,把我的尸首带回老家。"

"嗯!"

"不要立碑……无名足矣。"

"阿爹……"王直之子怯怯的问,"有人说你是坏人,爹你是坏人吗?"

王直苦苦一笑。这种问题,如何说得清?他只说道:"不好说……也不能说!"

围观着的无数百姓里有一个人脸热了起来。他用貂裘的毛发遮住发红的脸。

那是胡宗宪!

年轻的戚继光站立在他身旁,冷冷的注视着这一切,没有人知道他在想些什么,但我们知道他的战斗才刚刚开始。

监斩官咳嗽一声,行刑狱卒们奔过来将王直父子分开。许大小姐和王直之子号啕大哭,刽子手高高举起大刀:"老爷,再留一句话么?"

王直望了望密密麻麻的人群,留下了在世间最后的话语:"王某死不足惜,但朝廷杀我不公!我死之后,东南必有十年大乱!"

手起……

——刀落!

声音戛然而止!

遥远的北京紫禁城中,嘉靖皇帝坐在深宫里,看着宣德炉上香烟冉冉升起。他神情呆滞如神像,似乎对这个王朝正在发生的事和即将发生的事漠不关心。

嘉靖王朝在王直死后又持续了七年。在明朝十六个皇帝十七个年号里，嘉靖在位的时间排名第二，仅次于在位四十八年的万历。

此前一年，也即嘉靖四十四年，胡宗宪因严嵩倒台牵连入狱，折辩无效，自尽而死，时年五十四岁。他死前，留下"宝剑埋冤狱，忠魂绕白云"的诗句。没有人知道彼时他是否曾经想到徐海或者王直。

王直死后，叶宗满被判发配边疆，终点是距离江南万里之遥的朔漠。叶宗满没有选择服罪，他用一根绳索结束了自己的生命，追随王直而去，就像水泊梁山吴用追随宋江一样。而王滶统领沿海群寇死战官军，两年后死于一场突如其来的风暴。他死后战乱仍持续十余年之久，果然应了王直"沿海大乱十年"的预言。群龙无首，失控的海寇们成为了真正的海狼，他们饥饿的吞噬着王朝的海岸线，同时也吞噬着自己。

只有戚继光在抗倭的战争中不断成长，建功立业。在那些经历了嘉靖朝二十余年海事风云的人们中，唯有他成功地进入了下一个时代，并在未来的日子里成为了天下名将。

那时，明朝依然是明朝，只不过已物是人非。庙堂之上的争辩依旧如昨，然而那些浸满鲜血和泪水的传奇已经淹没在浪花里，很快就被人遗忘。

在下一个时代，隆庆朝，王直生前始终梦想的解除海禁终于成为了现实，或许这也是他的"功劳"。

王直，这位"帝国最狠的商人"在九泉之下倘若知此，是否会得到一丝安慰呢？